KB073210

색소폰과
아코디언

색소폰과 아코디언

사랑의 온도는 무한(無限)도 | 권미경 지음

좋은땅

작가 권미경은 추위를 많이 타는 사람이다.

그러다 보니 자연스레 따뜻한 사람을 좋아한다.

그러나 세상엔 사람의 수만큼 다양한 체온들이 존재하기에 자신에게 맞는 사람을 찾기란 쉽지 않다.

그녀의 시름이 깊어진다.

"에이씨! 서로 온도 좀 맞추고 살면 안 되나?"

하지만 여전히 세상 사람들 대부분은 자기 체온을 절대 온도로 확신하며 모두가 자신의 온도에 맞추기를 강요한다.

작가는 결심했다.

모두를 품을 수 있는 사랑의 체온을 가진 사람들을 찾아내기로.

그러나 봉천동에도 압구정동에도 청담동에도 그런 사람들은 없었다.

결국 작가는 그녀의 소설 속에 자기 체온과 정확히 일치하는 캐릭터들을 만들고

그들이 세상 사람들과 교감할 수 있는 온도계로 색소폰과 아코디언을 설정했다.

작가는 인간의 음색과 가장 가까운 악기인 색소폰을 통해 세상의 체온을 동기화하고 추위에 약한 사람들을 아코디언처럼 깊숙이 안아 주고 싶었던 거다.

작가 권미경의 체온을 체크해 보자. 바로 지금!

- 오치우 작가(카피라이터 · 빅브라더스K 대표)

짧은 네 다리 위로
평생 무거운 지붕을 얹고 살아가는 거북을 볼 때면
안쓰러운 마음마저 든다.
엉금엉금, 느릿느릿. 이 모든 게 다 그 무거운 등껍질 탓인 것만 같아
다가가 슬쩍 떼어 내 주고 싶지만 그것은 절대 불가한 일이다.
그 등껍질이란 게 인간들의 베레모처럼 썼다 벗었다 할 수 있는 기호
품 따위가 아닌 척추와 단단히 연결된 뼈의 일부로서
거북과는 일생을 늘 함께해야 하는 숙명이기 때문이다.
그뿐 아니라 거북의 등껍질은
내부 장기를 보호하는 제2의 피부로서
만약 거북의 등껍질에 조금이라도 금이 가거나 부서지기라도 한다면
그 상처로 인해
결국 생명에 위협을 받게 된다.

[미치도록 떼어 내 버리고 싶은 그 등껍질이 누군가에겐
그토록 바라던 꿈일지도 모른다.]

목차

제1화
거북이 등껍질

B-612.

어느덧 어린 왕자도 떠나 버린 작은 별에서 거북이 한 마리가 몽실몽실 피어난 하얀 구름을 침대 삼아 곤히 잠을 자고 있다.

옆에서 그 모습을 물끄러미 바라보던 토끼가 눈물을 글썽이며 조심스럽게 거북의 등껍질을 어루만진다.

잠시 후, 결연한 의지의 심호흡과 함께 두 눈을 질끈 감은 토끼는 단숨에 거북의 등껍질을 떼어 내 구름 아래로 사정없이 내던져 버렸다. 거북의 외마디 비명과 함께 흰 구름에 둥그런 구멍 하나를 남긴 거북의 등껍질은 지구 도심을 향해 쏜살같이 내달려 마침내 어느 집 지붕 위로 요란을 떨며 내려앉는다.

차만복은 조금의 미동도 없이 그저 자신의 할 일을 묵묵히 이어 나갔다.

빛이 바래고 여기저기 흠집이 많이 난 긴 자개장 위로 낡은 TV만이 덩그러니 놓여 있는 휑한 느낌의 넓은 방은 고급 빌라 외관과는 어울리지 않는 영 초라한 풍경이다. 하지만 그런 것엔 전혀 관심 없다는 듯 칠순을 갓 넘긴 만복의 얼굴엔 온화한 미소만이 가득하다. 그는 자신의 몸집보다 한 품은 더 커 보이는 해진 양복을 걸쳐 입고는 자개장 거울 앞에 바짝 붙어 앉아 정성 들여 삐에로 분장을 시작한다.

주름과 검버섯으로 얼룩진 그의 얼굴이 밀가루를 뒤집어쓴 듯 허연 도화지로 변하더니 금세 시꺼메진 눈가 밑으로 검은 눈물방울 하나가 수줍게 박힌다.

마지막으로 빨갛게 입술 화장을 끝낸 만복은 삐에로 가발을 힘껏 눌러쓰며 예의 함박웃음을 지어 보였다. 그러자 이내 가뭄에 논바닥 갈라지듯 그의 얼굴 위로 흰색 주름 물결이 일렁거린다.

잠시 후 뭔가가 생각난 듯 그는 옆에 놓여 있던 시커먼 큰 가방 속을 뒤지더니 오래된 색소폰 하나를 꺼내 들었다. 색소폰을 들고 거울 앞에 선 만복은 사뭇 진지한 표정으로 거울 속 자신의 모습을 물끄러미 바라보다 이내 또 히죽 웃는다.

* * * * *

재즈 선율이 흐르는 레스토랑 유리창엔 햇살을 머금은 깊은 눈매와 입체감을 살리는 오뚝한 콧날을 담은 형우의 조각 같은 얼굴이 선명하게 내비쳤다.

그의 맞은편에선 영아가 긴 속눈썹을 내리깔며 화이트 와인을 한 모금 들이킨다.

와인 잔을 거머쥔 그녀의 가녀린 흰 손가락은 빨간 실크 블라우스에 감춰진 볼륨 있는 몸매를 한층 더 돋보이게 만들었다.

연인인 듯 아닌 듯, 차가운 듯 아닌 듯.

너무 완벽해서일까? 두 사람 사이에 뭔가 보이지 않는 벽이 느껴진다.

두 사람은 마치 밀당이라도 하듯 말없이 서로의 얼굴을 바라보았다.

이윽고 영아가 동그란 눈을 삼빡이자 그제야 형우도 미소를 짓는다.

"형우씨 그렇게 웃을 때 얼마나 섹시한지 알아요? 절대 다른 여자 앞에선 그런 미소 짓지 말아요!"
"하하하~."
"농담 아니예요!"

순간 영아가 손가락으로 테이블 위를 딱딱딱 두드렸다. 뭔가 불안하거나 자신의 생각을 강조할 때면 나오는 그녀의 오래된 습관이었다.

"걱정 마. 날 웃게 만드는 여잔 영아밖에 없으니까."
"형우씨…."

하지만 그녀의 감동이 채 가시기도 전에 휴대폰 벨이 두 사람 사이에 불쑥 끼어들었다. 발신인을 확인한 형우는 영아에게 양해를 구한 뒤, 재빨리 밖으로 뛰쳐나와 통화 버튼을 누른다.

"또 무슨 일이에요? ……이해를 못 하는 건 아니지만 아무리 그래도 그러시면 안 되죠. 그러지 말고 제가 지금 갈 테니까 조금만 더……. 여보세요! 여보세요!!"

상대방의 뭔가 개운치 못한 통보에 방금 전까지만 해도 구름 위를 걷던 형우의 마음은 금세 깊은 나락으로 떨어져 버렸다.

형우의 그런 마음을 비웃기라도 하듯 레스토랑 근처에 자리한 도심공원에선 뽕짝 메들리 소리가 흥겹게 울려 퍼진다. 분수가 뿜어져 나오는 공원 한가운데선 짙은 화장에 섹시한 옷차림으로 한껏 멋을 부린 은숙이, 신나게 아코디언을 연주하고 있는 진철과 함께 약을 팔고 있다.

"어르신들 안녕하세요? 제가 오늘은 아버님, 어머님들을 위해 특별한 상품을 하나 들고 나왔습니다. 다들 궁금하시죠? 바로 이겁니다. '났다모!'

어르신들도 잘 아시다시피 이 상품은 현재 홈쇼핑에서도 최고 인기 상품입니다. 자, 이 '났다모'를 드시게 되면요(대머리가 된 진철의 얼굴이 담긴 대형 브로마이드를 펼쳐 보이며). 이랬던 사람이(머리숱이 풍성한 진철을 가리키며) 이렇게 변한답니다. 어르신들 어떠세요? 10년은 더 젊어 보이지 않나요? 자, 단돈 오천 원! 이 기적 같은 약을 단돈 오천 원에 모시고 있습니다. 막걸리 한두 병 투자해서 10년이나 젊어진다는 거 이거 정말 대단한 일 아닙니까? 이제 상품이 몇 개 안 남았습니다. 빨리빨리들 구입하세요."

은숙의 말이 끝나기가 무섭게 노인들이 그녀 앞으로 우르르 몰려들었다. 몇몇은 물건을 사기도 했지만 대부분은 시큰둥한 반응들이다. 그저 은숙에게 치근대는 할아버지에, 또 어떤 할머니는 진철의 머리를 의심하며 세게 잡아당겨 본다. 하지만 할머니의 짓궂은 장난에도 진철은 싫은 내색 하나 없이 내내 싱글벙글이다.

사실 선천적으로 발달 장애를 가지고 태어난 진철은 나이는 서른 살이 훌쩍 넘었음에도 정신 연령(지능)은 꼭 대여섯 살의 어린아이와 같았다.

어느새 어스름 저녁이 다가오자 은숙과 진철은 아쉬움을 뒤로한 채 수섬주섬 짐을 챙겼다. 한참을 떠들며 약을 팔았지만, 오늘도 어김없이 남매의 돈통은 가볍기만 하다. 돈통의 무게와 남매의 피로감은 정확하게 반비례했다.

그때였다. 불행은 떼를 지어서 온다고 했던가? 순찰대원 두 명이 허리춤에 매단 봉을 덜렁거리며 그들을 향해 다가오고 있었다. 허둥지둥 중요한 짐만 챙겨 도망을 가는 은숙과 진철을 향해 대원들이 호각을 불며 뒤쫓는다. 다급해진 은숙의 발에서 빨간색 샌들 두 짝이 춤을 추듯 떨어져 나갔다.

하지만 얼마 가지 못해 두 사람은 결국 순찰대원들 손에 붙잡히고 만다.

"여기서 이러는 거 불법인 거 몰라요?"

이윽고 순찰대원 하나가 은숙을 잡아끌려는 그때, 갑자기 진철이 소리를 지르며 사내에게 달려들었다. 진철은 평소엔 개미 한 마리도 못 죽이는 순수 청년이지만 오늘처럼 은숙이 위험에 처할 때면 오빠로서의 본능이 살아나는 듯했다.

진철은 쓰러진 사내의 배에 올라타 그의 머리채를 잡고 마구 흔들어 댔다.

"내 동생이야! 내 동생이야!"

그렇게 시작된 싸움은 진철에게 달려드는 나머지 순찰대원과 그를 막으려는 은숙까지 휘말려 들게 되면서 결국 2 대 2 난투극이 되고 만다. 마침내 두 명이 피를 보고서야 싸움은 끝이 났다. 코피를 흘리는 사내가 급소를 맞고 바닥을 뒹구는 사내를 일으켜 세웠다.

폭행죄로 경찰서에 연행된 은숙과 진철은 다행히 진철의 장애가 인정되어 약간의 벌금과 훈방 조치로 마무리되었다.

경찰서를 나서는 은숙과 진철의 얼굴이 그새 많이 늙은 듯했다.

지나치는 사람들뿐만 아니라 그들의 애완견들까지도 꼴이 엉망이 된 두 사람을 빤히 쳐다본다.

* * * * *

형우는 엘리베이터 문을 빠져나오자마자 재빨리 현관문을 열었다. 현관 안으로 발을 들여놓자 고장 난 센서 등이 깜박거리다 이내 꺼져 버리고 만다. 깜깜한 실내, 아무도 없는 듯 조용하다. 그때 갑자기 어디선가 들려오는 기괴한 웃음소리. '히히히.', '히히히.'

형우가 조심스럽게 거실 불을 켜는 순간! 쓰레기장이 되어 버린 거실 귀퉁이에서 흰 소복 차림에 긴 머리 가발로 얼굴을 가린 누군가가 귀신처럼 웃고 있다. 하지만 놀람도 잠시, 이내 형우의 얼굴엔 분노가 치밀어 오른다.

형우가 분노를 터뜨리려던 찰나, 소복을 입은 누군가가 시꺼먼 가발을 돌리며 서서히 감춰진 얼굴을 드러냈다.

차만복이다.

"누구세요?"

"아버지!"

만복은 허옇게 들뜬 화장 위로 검은 눈물과 빨간 립스틱이 번져 얼룩 덜룩해진 얼굴로 형우 주위를 맴돌며 덩실덩실 춤까지 추었다.

"우~~~~."

"그만 좀 해! 왜 자꾸 이러는 건데? 이러니까 아줌마들이 하루를 못 버 티고 다들 도망가는 거 아냐! 제발 정신 좀 차리란 말야!"

하지만 그런다고 그만둘 만복이 아니다.

"뿌뿌뿌뿌…."

급기야 만복이 형우의 얼굴에 대고 시끄럽게 색소폰을 불어대자 형우 는 재빨리 자신의 방문에 설치된 도어락 잠금을 해제하고는 매몰차게 방으로 들어가 버렸다.

만복의 발밑으로 뜨끈한 오줌이 흘러내린다.

*****

꼬불꼬불 좁고 굽이진 골목길 끝자락에 자리한 허름한 단칸방.

비록 작고 지저분한 월세방이지만 그저 둘이 함께 지낼 수 있다는 것 만으로도 은숙과 진철은 충분히 좋았다. 게다가 골목길을 따라 조금만 더 올라가면 푸른 숲을 거닐 수 있는 멋진 동산과 이 집 최고의 히든카드 인 작은 앞마당이야말로 분에 넘치는 호사였다.

지난봄 이 집에 이사를 오던 날에도 은숙은 진철에게 말했었다.

'마당에서 라면도 끓여 먹고 삼겹살도 구워 먹고 한여름엔 시원한 등목도 하고 정말 좋겠지?'

'와! 맛있겠다.'

역시나 먹는 것에 진심인 진철은 군침까지 삼켜 가며 시멘트가 깨져 울퉁불퉁한 마당을 신나게도 뛰어다녔다.

해질녘 마당에 놓인 작은 평상에 둘러앉아 끓여 먹는 라면 맛은 정말 일품이었다.

그날 밤, 은숙은 뽀얗게 먼지가 내려앉은 백열등 아래서 부업으로 가져온 인형에 눈알을 박았다. 예정에 없던 경찰서까지 다녀온 터라 몸도 마음도 많이 지쳤을 법도 한데 은숙의 밤은 낮과 별반 다르지 않았다. 오히려 밤이 깊어갈수록 그녀의 손놀림은 더욱 바빠졌다.

한편 진철은 일찌감치 눈알 박기를 집어치우고 그녀 옆에서 노래 연습을 하고 있었다.

"나(미), 나(도), 나(솔), 나의 사알던 고향은 꽃 피 꽃 피 피———."

은숙은 진철이 혹여 상처라도 받을까 내내 참고 있던 웃음을 이 대목에서 끝내 터뜨리고 만다.

"처음부터 너무 높게 시작했잖아. 조금만 더 낮춰서 불러 봐."

"그만할 거야!"

진철은 이불 속으로 몸을 구겨 넣고는 자신의 분신과도 같은 곰돌이 인형(칠복)을 정성껏 옆에 눕혔다.

"칠복이가 그렇게도 좋아?"
"응. 좋아."
"그거 버리고 새 걸로 하나 사자. 너무 낡아서 보기 싫어."
"안 돼. 우리 칠복이 버리면 안 돼."

　행여나 은숙이 뺏어 가기라도 할까 봐 진철은 재빨리 칠복을 꼬옥 끌어안았다.

"오빠."
"응?"

　하지만 은숙은 더 이상 말을 잇지 못했다. 너무 오랫동안 잊고 있었던, 아니 애써 잊으려 했던 그 단어를 차마 입 밖으로 꺼낼 용기가 없었다.
　금세 잠이 든 진철은 낮에 못다 한 싸움이라도 하는지 잠꼬대를 하며 팔을 허우적거렸다. 은숙은 태양 빛에 검게 그을린 진철의 얼굴과 세월에 때가 탄 곰돌이 인형을 번갈아 바라보다 이내 지갑 속에서 낡은 사진 한 장을 꺼내 든다. 빛바랜 사진 속에선 젊은 한 남자와 어린 남매가 서로의 손을 꼬옥 맞잡고 환하게 웃고 있었다.

* * * * *

간밤에 한바탕 전쟁을 치른 만복의 집에도 어김없이 아침이 찾아왔다.

다행히 오늘 아침은 웬일로 집안이 고요하다. 거울 앞에 선 형우는 무슨 중요한 일을 앞두고 있는지 평소보다 머리며 차림새에 더욱 신경을 썼다. 마지막으로 비뚤어진 넥타이를 다시 고쳐 매고 막 돌아서려는 찰나! 만복의 방에서 울음소리가 들려왔다.

순간 형우의 입은 치를 떨며 반항했지만 그의 발은 벌써 만복의 방으로 달려가고 있었다. 이윽고 안방에 들어선 형우의 얼굴이 새파랗게 질려 버린다.

"아버지!!"

기절 직전의 형우는 재빨리 만복의 손에서 만신창이가 된 구두를 낚아챘다.

하지만 화가 나기는 만복도 마찬가지였다.

"나쁜 놈. 우리 엄마 거야!"

"이젠 날 아예 말려 죽일 셈이야? 왜 자꾸 내 앞길을 막는 건데!"

형우가 윽박지르자 만복은 한술 더 떠 어린애처럼 대성통곡을 했다.

날이 갈수록 심해지는 만복의 치매 증세에 형우의 인내심도 바닥을 드러낸 지 이미 오래다.

주변에선 만복을 시설에 보내라고들 하지만 형우라고 왜 그런 생각을 안 했을까!

문제는 형우가 그런 생각을 행동으로 옮기려 할 때마다 희한하게도 만복이 감쪽같이 멀쩡해지는 것이었다. 물론 금세 다시 돌아오긴 했어도 그런 일이 계속 반복되다 보니 도리어 무언가가 그것을 막고 있다는 생각에 형우는 두려움마저 느꼈다.

극도의 스트레스로 몸서리를 치던 형우는 걸레가 된 구두를 만복의 면전에다 던져 버리고는 다급히 누군가에게 전화를 걸었다.

"어, 장대리. 지금 빨리 홍보실에 넘긴 신제품 샘플 거취 좀 확인해 봐."

빵-빵! 삐뽀삐뽀! 빠라바라바!
수십, 수백만 개의 욕망들이 달려 나온 출근길 풍경은 언제나 그렇듯 전쟁터다.
은숙의 낡은 용달차도 옆 좌석에 진철을 태우고는 그 전쟁터 속을 힘겹게 내달리고 있다. 매끈한 도로인데도 불구하고 덜컹거리는 용달차의 모양새가 가뜩이나 바쁜 은숙의 마음을 더욱 초조하게 만들었다. 반면 진철은 은숙이 초조해하든 말든 그저 곰돌이 인형 칠복이만을 챙기며 창밖 풍경에 푹 빠져 있었다. 잠시 후 용달차가 신호 대기에 걸려 멈춰 서려는 그때, 진철이 그만 인형을 창밖에다 떨어뜨리고 만다.

"칠복아!"

그 순간 용달차도 놀랐는지 브레이크마저 오작동을 일으키며 결국 앞서가던 차의 뒤 범퍼를 세게 들이받는다.

진철과 은숙의 몸이 앞으로 쏠리며 출렁거리자 앞 차에 타고 있던 운전자도 황급히 차 밖으로 튀어나왔다.

　은숙을 향해 뚜벅뚜벅 걸어오는 사내의 코발트색 재킷 사이로 차형우란 이름이 박힌 사원증이 슬며시 고개를 내밀었다.

제2화

거북이들의 경주

"죄송합니다. 정말 죄송합니다!"

연신 머리를 조아리는 은숙의 모습도 짜증났지만 찌그러진 범퍼를 보자 더욱 화가 치밀어 오르는 형우다.

"아니, 브레이크가 뭔지 몰라요?"
"그게 갑자기 고장이 나는 바람에… 어디 다치신 데는…."
"됐고, 바쁘니까 빨리 명함이나 내놔요."
"제가 명함이 따로 없어서… 연락처 빨리 적어 드릴게요."

용달차에 올라타는 은숙의 뒷모습을 한심한 눈초리로 쳐다보던 형우는 찌그러진 범퍼를 보자 극도의 피로감이 몰려왔다.

마침내 신호가 바뀌자 뒤에 줄지어 선 차들이 시끄럽게 경적을 울려 댄다.

그러거나 말거나 은숙은 볼펜을 찾느라 허둥지둥 볼수록 가관이다. 이래저래 짜증이 머리끝까지 차오른 형우는 늑장 부리는 은숙을 다그치려다 이내 누군가의 전화를 받고는 명함도 잊은 채 황급히 현장을 빠져나간다. 은숙은 그제야 발밑에서 굴러다니는 머리가 부서진 볼펜 하나를 겨우 찾아냈다.

하지만 형우는 이미 사라진 지 오래다. 시끄럽게 빵빵거리던 뒤차들이 그녀의 용달차 옆을 지나가며 저마다 한마디씩 던진다.

"꼬물차 갖다 버려!"
"여자가 아침부터 재수 없게!"
"야, 그렇게 할 일이 없으면 우리 집에 와서 강아지 똥이나 치워!"

은숙은 시동마저 켜지지 않는 용달차 위에서 울컥 눈물을 삼켰다.

* * * * *

무슨 일인지 형우의 집 가스레인지 위에서 된장찌개가 보글보글 맛나게 끓고 있다. 능숙한 칼 솜씨로 각종 채소와 흰 두부를 먹기 좋게 한입 크기로 썰어 된장찌개에 집어넣는 손길이 참 정갈하다.

"형부! 식사하세요~."

형우의 이모 목소리는 언제 들어도 정겹다.

형우가 미처 도우미 아줌마를 구하지 못하자 당분간만이라도 만복을 돌봐 주겠다고 나선 그녀 때문에 모처럼 숨 막히는 집 안에 생기가 돌았다. 정말이지 오랜만에 맛보는 평화였다.

형우 이모와 식탁에 마주 앉은 만복은 김이 모락모락 피어오르는 된장찌개를 바라보며 회한에 잠겼다.

"우리 옥이도 잠 좋아했는데…."

만복의 그 한마디에 이모도 괜시리 눈물 바람이다.

"형부. 그게 기억나요? 언니 많이 보고 싶죠? 살아서 오래오래 형부 옆에 있었으면 얼마나 좋았겠어요. 그럼 형부가 이렇게 아프지도 않았을 텐데."

만복이 된장찌개를 한술 떠 입으로 가져간다.

"옥이가 끓여 주던 그 맛이야."
"형부. 제발 아프지 말고 지금처럼 우리 언니 기억해 줘요. 그래야 이 다음에 옥이 언니 만나면 서로 반갑게 인사 나눌 거 아녜요. 형부가 이렇게 말짱하니까 정말 하늘을 날아갈 것 같이 기쁘네요."

가뭄에 콩 나듯 아주 가끔 있는 일이지만 오늘처럼 만복이 제정신이 돌아올 때면 만복도 보호자도 어떻게든 그 시간을 붙잡아 두려 애를 썼다.
하지만 애석하게도 그 기쁨의 시간은 너무나도 짧았다.
식사를 끝내고 형우 이모가 막 안방 자개장을 닦을 때였다. 그 순간 야구방망이를 든 만복이 등지고 서 있는 그녀를 향해 살금살금 다가왔다.

"넌 죽었다."

화들짝 놀라 뒤를 돌아본 이모의 낯빛이 순간 잿빛으로 변한다.

"형…부, 왜 이래요? 그거 내려놔요. 어서요!"

하지만 만복은 살의에 찬 눈빛을 쉬 거둬들이지 않았다.

"형부, 정신 차려요. 나예요. 옥분이. 형부 처제 분이요. 제발 그것 좀 내려놔요!"

그때였다! 이모의 왼쪽 어깨에 앉아 있던 파리가 그녀의 머리 위로 날아오르자 만복은 방망이를 높이 들어 있는 힘껏 내리쳤다.

"악!!"

뿌웅~ 동시에 대포처럼 터져 나온 만복의 방귀 소리에 이모가 감았던 눈을 조심스럽게 치켜뜨자 다행히 자신을 향하던 만복의 방망이를 그녀의 두 손으로 꼭 붙잡고 있었다. 이모와 눈이 마주친 만복은 예의 두 눈을 껌벅거리며 히죽 웃는다.

"똥 쌌어요."
"형부!"

자개장 거울에 비친 만복의 모습은 마치 열 살 남자아이가, 좋아하는 여학생을 짓궂게 놀려 대는 모양새와 꼭 닮아 있었다.

*****

형우가 몸담고 있는 구두 회사 '엘라'는 매번 내놓는 신제품들마다 대박을 치며 동종 업계에서는 그야말로 미다스의 전설로 통했다. 오늘은 그동안 야심차게 준비해 온 형우의 새 작품이 드디어 첫 선을 보이는 날로 10층 회의실에선 형우의 신제품 설명회가 한창이었다. 형우는 최근 몇 년 사이 여러 히트작들을 내놓으면서 엘라뿐 아니라 정체돼 있던 제화업계에도 큰 반향을 일으킨 꽤나 핫한 인물이었다.

빔 프로젝트 화면에선 형우의 설명에 맞춰 다양한 컬러와 갖가지 모양의 여성 구두들이 나타났다 사라지기를 반복한다.

"여성들이 맘에 드는 구두를 갖게 되었을 때 딱 한 가지 아쉬워하는 부분이 바로 이 굽 높이입니다. 여성들은 대부분 미니스커트나 스키니 진 같은 섹시한 룩을 입었을 때는 높은 굽을, 반대로 원피스 같은 가벼운 캐주얼 룩을 입었을 때는 낮은 굽을 선호한다는 설문조사 결과가 있었습니다. 하지만 안타깝게도 자신이 선택한 구두가 이 두 가지 스타일을 다 소화할 수 없다는 점에서 여성들은 큰 아쉬움을 느껴야만 했죠."

이윽고 프로젝트 화면엔 만복이 망가뜨린 구두와 똑같은 모양의 신상품 구두가 그 모습을 드러낸다.

"그래서 이번에 저희 엘라에서는 바로 플러스 원투쓰리! 슈즈 하나로 세 가지 이상의 효과를 낼 수 있는 신제품, 일명 매직슈즈를 개발하게 된 것입니다. 이 매직슈즈는 하나의 어퍼에 높이가 다른 여러 개의 아웃솔을 만들어 필요에 따라 굽을 자유자재로 바꿔 끼울 수 있게 디자인된 제품으로써 여성 고객들의 마음을 100% 만족시킬 수 있을 거라 확신합니다!"

회의장 안이 박수 소리로 넘쳐나자 최 회장이 형우의 얼굴을 다시 한 번 올려다본다. 또한 형우 옆에서 빔 프로젝트를 담당했던 동건은 물론, 형우의 대학 동기인 나필수도 형우를 향해 엄지를 치켜세우며 힘을 실어 주었다. 하지만 단 한 명, 배불뚝이 정 이사만은 박수도 치는 둥 마는 둥 불만이 가득한 얼굴로 연신 입을 삐죽거렸다.

잠시 후, 모두가 빠져나간 회의실엔 형우와 동건만이 남아 내내 꼭꼭 닫혀 있던 창문들을 활짝 열어젖혔다. 그러자 신선한 봄바람이 불어와 후끈 달아올랐던 형우의 얼굴을 스쳐 지난다.

작은 눈을 부라리며 신제품 구두를 요리조리 살피던 동건이 너스레를 떨었다.

"대박! 실물로 보니 그냥 감이 팍팍 오는구만. 이번에야말로 정말 부장 자리 하나 꿰차겠어. 축하해, 형."

"부장이고 뭐고 오늘로 내 인생 쫑날 뻔했어."

"무슨 소리야?"

"내 인생 쫑낼 사람이 아버지밖에 더 있겠냐?"

동건도 이미 알고 있는 듯 잠시 말을 잇지 못하다 이내 다시 특유의 명랑함으로 희망 섞인 농을 던졌다.

"형, 아,ㅆ 보니까 회장님도 엄청 좋아하시더라. 구두의 명가 엘라의 사위라⋯. 근데 말야, 기분 나쁘게 영아씨는 왜 여동생이 없는 거야!"

"⋯ 아직 말 못 했다."

"뭘?"

"아버지."

순간 동건은 '정말 형을 사랑한다면 영아씨도 다 이해하고 받아 줄 거야'라는 말이 목구멍까지 치고 올라왔지만 끝내 내뱉지는 않았다.

* * * * *

직업소개소는 허름한 건물 2층에 붙박여 있었다. 군데군데 페인트칠이 벗겨진 벽 위에 위태롭게 매달린 벽시계가 막 12시를 알렸다. 점심시간이 되었는데도 사무실 안은 여전히 일을 구하려는 사람들로 북적거렸다. 진철을 용달차에 남겨 둔 채 면담을 기다리고 있던 은숙의 시선이 칼자루를 쥐고 있는 소장에게로 향했다. 그는 귀가 잘 안 들리는 건지 아니면 직업병 탓인지, 목소리 톤이 마치 화난 사람처럼 거칠고 쩌렁쩌렁했다. 이윽고 차례가 되어 소장 앞에 다가선 은숙은 그의 날카로운 눈매 앞에서 괜히 주눅이 들었다.

"이쪽 일은 해 봤어요?"

"그럼요. 청소, 설거지, 파출부, 전단지 알바. 안 해 본 게 없습니다. 무슨 일이든 시켜만 주시면 열심히 하겠습니다."

"자리 생기면 연락줄 테니까 저쪽 가서 인적 사항 적어 놓고 가요."

"감사합니다."

처음 있는 일도 아닌데 오늘따라 자신의 이름과 나이, 주소, 연락처를 적어 내려가던 은숙은 알 수 없는 슬픔과 지독한 외로움을 느꼈다.

그래서였을까? 은숙은 처음으로 그곳을 찾은 사람들의 얼굴을 찬찬히 바라보았다.

대기실 의자엔 20대부터 70대까지 다양한 연령층의 사람들이 자신의 순서를 기다리고 있었다. 비록 나이와 성별은 달라도 그들에겐 숨길 수 없는 공통점이 하나 있었는데 그건 바로 삶의 끝에 내몰린 자들에게서 나오는 절박함이었다.

그들 중에서도 특히 두 사람의 모습이 은숙의 시선을 잡아끌었다.

굽은 허리에 갓난아기를 등에 업은 초로의 여인은 일을 하게 되면 아기는 절대 현장에 데려가지 않겠다는 약속을 거듭 강조하였고, 한쪽 다리를 저는 50대 남자는 씨니컬한 반응을 보이는 소장을 향해 자신은 30년을 공사판에서 살았다며 아픈 다리는 전혀 문제 되지 않는다는 점을 특별히 부각시켰다.

이처럼 모두가 절박했고 어떻게든 살아남으려 발버둥 쳐 보지만 안타깝게도 그들에게 내일 같은 건 없어 보였다.

은숙은 여전한 외로움 속에서 못다 쓴 전화번호를 마저 적어 넣는다.

그 시각, 용달차 안에서는 진철이 메모지에 뭔가를 열심히 끼적이고 있었다. 삐뚤빼뚤 괴발개발로 써 내려간 것은 다름 아닌 은숙의 이름과 연락처였다.

"다 됐다."

자신의 업적에 흐뭇해하며 은숙이 돌아오기만을 애타게 기다리던 진철은 드디어 그녀가 모습을 드러내자 차 앞 유리에 바짝 달라붙어 신나게 진철 표 명함을 흔들어 댔다.

점심시간이 한참이나 지나서야 겨우 인근 공원 무료 주차장에 주차를 한 은숙과 진철은 나무 벤치에 걸터앉아 빵과 우유로 허기진 배를 채웠다. 은숙은 허겁지겁 먹어 치우는 진철에게 자신의 빵을 큼직하게 잘라 내어준다.

"천천히 먹어. 그러다 체해."

뜨거운 봄 햇살 때문인지 은숙의 눈에 눈물 같은 것이 어른거렸다. 진철 몰래 재빨리 눈물을 훔치려는 그때, 주머니 속 그녀의 휴대폰이 그 일을 방해했다.
발신자를 확인하는 은숙의 얼굴에 오랜만에 환한 미소가 번졌다.

"엄마! ……네. 잘 지내시죠? ……한번 찾아봬야 하는데 죄송해요. ……오빠도 잘 지내요. ……네? …찾았…다구요?"

휴대폰을 꼭 쥔 그녀의 야윈 손이 한겨울 추위라도 맞은 듯 파르르 떨려왔다.

은숙의 용달차가 새벽이슬이 채 마르지도 않은 비포장도로 위를 털털거리며 내달린다. 창문 밖으로 길게 팔을 뻗은 진철은 모처럼 맞이하는 시골 풍경에 연신 탄성을 자아냈다.

"우와! 나무들이 막 뒤로 걸어간다. 신기해."
"난 오빠가 더 신기해!"

괜히 으쓱해진 진철은 갑자기 목청을 가다듬더니 뜬금없이 지하철 노선도를 읊어 댔다.

"신도림, 대림, 구로디지털단지, 신대방, 신림, 봉천, 서울대입구, 낙성대, 사당…."
"우와~ 그걸 언제 다 외웠대? 역시 우리 오빤 천재라니까!"

신이 난 진철이 창밖으로 머리까지 내밀고는 환호성을 질렀다.

"위험해!"

은숙이 이럴 때 쓰는 저방약이 바로 막대사탕이다.

역시나 막대사탕을 입에 문 진철은 금세 순한 양이 되었다.

시골길 양옆으로 피어 있는 형형색색의 이름 모를 꽃들이 세상에 단 하나뿐인 꽃길을 만들며 은숙과 진철을 반겨주었다.

드디어 고된 여정을 끝낸 용달차가 아름드리나무로 둘러싸인 천사보 육원 앞마당에 그 큰 머리를 들이밀자 마치 산타할아버지라도 나타난 듯 여기저기 흩어져서 놀던 아이들이 용달차 주위로 모여들었다. 은숙 은 아이들 하나하나를 일일이 안아 주며 아는 체를 했다.

"아휴 요 녀석 그새 많이 컸네? 가만 있자, 진서는 이제 이불에 오줌 안 싸지?"

그때 불쑥 진서의 8살 된 친오빠가 끼어들었다.

"진서 어제도 오줌 쌌대요."
"그거 내가 싼 거 아냐!"

오빠의 놀림에 그만 울음보가 터진 다섯 살 진서를 은숙이 품에 꼬옥 안으며 달랜다. 옆에서 뭐가 그리 재밌는지 깔깔거리며 웃던 진철은 잔 디밭에서 공놀이를 하고 있는 사내 녀석들의 모습에 커다란 두 눈이 더 욱 반짝거렸다. 이윽고 소란스러운 소리에 달려 나온 할머니 원장이 두 팔 벌려 은숙과 진철을 반긴다.

"엄마!"

그녀의 품은 여전히 포근하고 따뜻했다.

어느덧 일흔을 바라보는 할머니가 되었어도 마음만은 늘 청춘이었고 아이들을 사랑하는 그녀의 마음은 흘러간 세월만큼 더 깊어졌다.

은숙은 처음 그녀를 만났던 순간을 지금도 생생하게 기억하고 있다.

어린 은숙과 진철이 낯선 보육원 앞마당에 들어서던 그때, 40대 초반의 젊은 그녀는 여름 장마에 비가 새는 것을 막기 위해 보육원 지붕에 올라가 못질을 하고 있었다. 그녀는 높은 지붕 위에서 벌떡 일어나 환하게 웃으며 어린 남매를 향해 손을 흔들었고 그때 그녀의 그 강렬한 첫인상은 어린 은숙의 마음을 단숨에 사로잡았다. 그녀의 미소는 마치 살아 돌아온 엄마가 자신을 향해 웃어 주는 것만 같아 은숙도 홀린 듯 그녀를 향해 손을 흔들어 주었다.

원장이 머리에 쓰고 있던 검은색 두건을 벗어 버리자 하얗게 다 새어 버린 그녀의 머리칼이 모습을 드러냈다. 백발이 된 것도 모자라 얼굴에 핀 검버섯과 깊게 패인 주름들까지, 야속한 세월은 어느새 젊었던 그녀의 그림자까지도 다 삼켜 버린 듯했다.

"많이 힘들지?"
"이 정도로는 끄떡없어요."

원장은 애써 씩씩한 척하는 은숙을 안쓰럽게 바라보며 그녀의 거친 손을 어루만졌다.

"아이고 내 정신 좀 봐라. 중요한 걸 빠뜨릴 뻔했네"

원상이 떨리는 손으로 은숙 앞에 쪽지 한 장을 내밀었다.

"연락 기다리고 계실 거야. 네 연락처도 물으시길래 우선 네가 먼저 연락할 때까지 기다려 보라고 했어."

은숙은 그저 흰 쪽지를 멍하니 바라보고만 있을 뿐 아무런 미동도 없었다.

"죽을죄를 졌다며 내 앞에서 펑펑 우시더라. 그동안 죽을 고비도 여러 번 넘기셨…."
"그만하세요."

시간이 필요해 보이는 은숙을 뒤로하고 원장은 창가로 걸음을 옮겼다. 보육원 앞마당에서 아이들과 신나게 공놀이를 하고 있던 진철이 원장을 향해 손을 흔든다.

"진철인 언제 봐도 씩씩하구나."

원장의 말이 끝나기가 무섭게 은숙은 날이 선 말을 내뱉었다.

"좋은 집안에서 태어났으면 오빠 아마 천재 음악가가 됐을 거예요."
"지금도 충분히 훌륭해."

더 이상 귀에 아무 말도 들리지 않는 은숙은 그저 서슬 퍼런 눈빛으로 원장이 건넨 쪽지만을 노려보았다.

*****

　도심 외곽의 산 중턱에 자리 잡고 있는 예술관의 휴일 풍경은 마치 한 폭의 그림처럼 고즈넉하고 아름다웠다. 게다가 오전 내내 내린 봄비로 공기는 더없이 맑고 깨끗했다.

　멋지게 턱시도를 차려입은 형우가 예술관으로 들어서자 복잡한 빌딩 숲에서는 절대 맛볼 수 없는 쾌감이 그의 온몸을 짜릿하게 감쌌다.

　이윽고 시원한 바람이 스치자 형우의 손에 들린 보랏빛 꽃다발에서 프리지어 꽃향기가 물씬 풍겼다.

　형우는 공연장으로 들어가기 전 누군가에게 전화를 걸었다.

“…휴일에 쉬지도 못하고 미안하다…. 착한 사람은 절대 안 괴롭히는 거 알지?…… 무슨 일 있으면 톡 하고. ……그래. 그럼 수고!”

*****

　그 시각, 형우의 집에선 동건의 수난 시대가 막 시작되고 있었다.

“으악~~.”

　형우와 통화를 끝낸 동건은 만복의 비명 소리에 놀라 득달같이 안방으로 뛰어 들어갔다.

"아버님! 무슨 일이에요?"

하지만 만복은 동건의 말은 무시한 채 뭔가를 향해 노기 띤 음성으로 계속 말을 이어갔다.

"이놈! 감히 누구 앞에서 낼름낼름 혀를 놀리는 것이냐!"
"아버님! 지금 누구랑 대화하시는 거예요?"

그제야 만복은 동건을 향해 알 수 없는 명령을 내린다.

"어서 빨리 저놈을 죽여라!!"

만복이 가리키는 곳엔 낡은 TV 한 대가 놓여 있었고 TV 화면에선 아나콘다 같은 큰 뱀이 혀를 날름거리고 있었다. 이로써 순식간에 상황 파악을 끝낸 동건이 재빠르게 TV를 꺼 버리자 만복은 경외에 찬 눈빛으로 신나게 물개박수를 쳤다.
웃어야 할지, 울어야 할지, 어찌 됐건 만복이 만족했으니 동건도 그걸로 족했다.
주말 아침이면 늘어지게 늦잠을 자야 할 동건이지만 다른 사람은 몰라도 형우의 부탁만큼은 절대로 거절하는 법이 없다.
오늘도 그랬다.
치매 노인을 돌본다는 것이 결코 쉬운 일은 아니나 그것이 형우를 위한 일이라면 마다할 이유가 없었다.
형우의 가장 큰 미덕이라면 뛰어난 재능과 남다른 감각으로 늘 저만치 앞서가면서도 행여나 뒤처지는 후배가 있다면 언제든 먼저 손을 내밀어 이끌어 줬다는 것이다. 그 수혜를 가장 많이 입은 후배가 바로 동건이었다.

이윽고 만복이 방을 나가자 동건도 바짝 긴장하며 그의 뒤를 쫓는다.

*****

로얄석에 앉아 영아의 바이올린 연주를 감상하고 있는 형우는 그녀의 가녀린 팔이 바이올린을 격정적으로 켤 때마다 함께 전율을 느꼈다. 이 순간 형우는 모든 상념은 떨쳐 버리고 오롯이 그녀에게만 집중하고 있었다.

그녀의 흰 피부 위로 반짝이는 검은색 드레스와 레드 바니쉬를 곱게 입힌 바이올린이, 몽환적인 분위기를 자아내며 오케스트라와 협연을 펼치는 순간엔 하마터면 저 여자가 내 여자라고 소리까지 지를 뻔했다. 일상에서는 볼 수 없었던 그녀의 열정적인 모습이 아마도 잠자고 있던 그의 감성을 제대로 자극한 듯했다.

하지만 이런 호사를 누리는 것도 아주 잠깐이었다. 형우만이 그녀를 독점하며 행복을 만끽하고 싶었으나 정작 현실은 그렇지 못했다.

그도 그럴 것이 로얄석엔 형우뿐 아니라 영아의 아버지인 최 회장과 엘라의 정 이사까지 자리하고 있었다. 한 여인을 두고 각자 다른 생각을 품고 있던 그들은 연주회 내내 불편한 동거를 감내해야만 했다.

예술관 로비는 연주회 관람을 마친 사람들로 북적거렸다.

미리 홀을 빠져나온 최 회장과 정 이사는 특별히 연주회 관계자들을 위해 마련된 룸에서 영아를 기다리고 있었다.

성 이사는 연주회 도중 깜빡 졸았던 것을 만회라도 하려는 듯, 시종일 관 영아를 치켜세우며 최 회장의 마음을 얻으려 애를 썼다.

잠시 후, 형우가 룸으로 들어서자 두 사람의 안색이 노골적으로 변한다.

보아하니 최 회장도, 정 이사도 형우와 영아의 관계가 썩 마음에 들지 않는 눈치다.

특히나 최 회장은 공사(公私) 구분이 확실한 사람으로, 바로 이 지점 에서 차형우라는 인물의 가치가 달라진다.

엘라를 위해서는 분명 존재 가치가 있는 인물이나 사윗감만큼은 자신 의 못다 이룬 욕망을 채워 줄 수 있는 인물이 필요했기에 형우 정도의 스 펙으로는 어림도 없었다.

한편 영아를 일찌감치 며느릿감으로 점찍었던 정 이사 또한 여러모로 자신의 계획을 방해하는 형우가 몹시 못마땅했다.

한마디로 이들에게 있어 형우의 가치는 그저 돈벌이 수단에 불과할 뿐, 다른 영역에 있어선 오히려 자신들의 욕망을 저해하는 껄끄러운 존 재일 뿐이었다.

이윽고 정 이사가 침묵을 깨며 잠시 소강상태였던 대화를 다시 이어 나간다.

"회장님. 애들 만나는 자리는 언제가 좋겠습니까? 아들 녀석이 영아 양을 빨리 만나 보고 싶은 모양이에요."

다분히 형우를 의식한 발언이었다.

"쇠뿔도 단김에 빼라고 다음 주 토요일로 하지."

"네 회장님. 그럼 준비는 저희 쪽에서…."

정 이사의 말이 채 끝나기도 전에 형우는 황급히 룸을 빠져나간다.

그 시각, 만복의 방 창가에 송글송글 맺혀 있던 빗방울들이 창문 유리를 타고 주르륵 흘러내렸다. 한편 안방 한 가운데에 마주 앉은 만복과 동건은 무슨 중대한 의식이라도 치르는 사람들마냥 비장미마저 뿜어 내며 서로를 바라보았다. 동건의 얼굴을 한참 동안 바라보던 만복이 이내 고개를 갸웃거린다.

"넌 누굴 닮았냐?"
"엄마 닮았는데요."
"허허. 니 아버진 속도 좋구나."
"헤헤…. 근데 아버님. 이거 꼭 해야 하나요? 안 하면…."

만복이 눈을 부릅뜨자 동건이 바로 꼬리를 내린다.
이윽고 만복은 진지한 눈빛으로 검은 물감을 칠한 붓을 동건의 얼굴로 가져갔다.

"아버님 젊었을 때 연극배우셨다면서요? 그것도 맨날 주인공만 하셨다고 형이 엄청 자랑하더라구요!"

하지만 동건의 말은 무시한 채 얼굴을 터치하는 만복의 손길이 점점 거칠어졌다.

"전 가수가 되는 게 꿈이었거든요. 그래서 부모님 몰래 오디션도 많이 보러 다녔어요. 물론 보는 족족 떨어졌지만요. 정말 가수가 되고 싶었는데 사람들은 저더러 형사 얼굴이래요. 눈은 작아도 날카롭다나 뭐라나. 근데 정말 화가 나는 건요, 아니 비는 되는데 왜 저는 안 되는 거죠? 저보다 눈이 작은 비는 최고의 미녀 김태희랑 결혼했는데 저는 왜 못생긴 애인 하나 없냔 말입니다. 아버님! 제가 비보다 부족한 게 대체 뭐죠?"

"다 됐다."

"벌써요?"

동건이 재빨리 거울을 들여다보자 거울 속에선 삐에로가 아닌 눈 주위가 시꺼먼 판다 곰 한 마리가 단춧구멍 같은 작은 눈을 쉴 새 없이 부라리고 있었다.

"아버님!!"

*****

"고마워요, 형우씨."

꽃다발 속 프리지어는 그새 많이 시들어 있었지만, 영아는 2시간여 가까이 바이올린 연주를 했다고는 믿기지 않을 정도로 활력이 넘쳐 보였다. 그건 아마도 사랑하는 사람에게 자신의 매력을 맘껏 뽐낸 성취감에서 나오는 에너지였을 것이다. 반면 형우는 지친 기색이 역력했다. 이 사랑을 지킬 수 없을지도 모른다는 불안감이 고단한 형우를 더욱 지치게 만들었다. 그도 그럴 것이 하필이면 오늘 그 불안의 실체를 직접 눈으로, 귀로 확인했으니 말이다.

"형우씨. 우리 오늘 저녁은 형우씨 집에 가서 먹어요. 내가 크림 파스타 맛나게 만들어 줄게요."

"우리… 집에서?"

"뭘 그렇게 놀래요? 집에 우렁각시라도 숨겨 놨어요?"

"요새 신제품 마케팅 때문에 초비상인 거 영아도 잘 알잖아."

"또 일 핑계야? 오늘같이 특별한 날은 좀 색다르게 보내면 안 돼요?"

"미안. 내일까지 새로운 기획안 넘겨줘야 해서 집에 들어가자마자 꼼짝없이 그것부터 마무리 지어야 해. 오늘은 그냥 밖에서 간단히 먹자."

"하여간 일 중독이라니까. 다음엔 절대 안 봐줄 거야."

"……."

"근데 형우 씬 집 얘기만 나오면 은근 예민해지는 거 같더라. 나한테 뭐 숨기는 거 있어요? 난 거짓말하는 남자는 용서 못 해요. 물론 형우씨는 절대 그럴 일 없겠지만."

순간 아킬레스건이 구둣발에 차인 것처럼 욱신거렸다.

*****

은숙과 진철은 보육원에서 돌아오자마자 휴식 없이 곧바로 인형에 눈

알 박는 작업을 시작했다. 진철은 웬일로 불평 한마디 없이 새하얀 강아지 얼굴에 까만 눈알을 잘도 박았다. 신기하게도 보육원을 다녀온 날이면 으레 며칠 동안은 모범생 진철씨를 잘도 유지했다.

이윽고 시계가 정확히 오후 4시 44분을 가리키는 그때,

"아가씨! 아가씨 집에 있어?"

은숙이 방문을 열자 미용실 보자기를 머리에 두른 주인아줌마가 저승사자마냥 떡하니 마당 한가운데 서 있었다. 순간 파마약이 은숙의 코끝을 자극했다.

"어쩐 일이세요?"

"딴 게 아니고 담달부터 월세도 좀 더 올려 줘야겠어. 다른 집들도 싹 다 올렸드라고."

"얼마…나요?"

"쬐끔만 더 줘. 20만 원."

"20만 원이나요?"

"막말로 그 돈으로 이런 마당 있는 집 어디 가서 못 구해. 나니까 어려운 사람들 사정 봐주는 거지."

"아직 보증금도 다 준비 못 했는데….'

"여하튼 난 전했으니까 잊지 말고 날짜 맞춰서 꼭 좀 입금해 줘. 그럼 부탁해!"

어느 저승사자가 이보다 더할까!

여자의 살찐 엉덩이가 대문 밖을 막 빠져나갈 즈음 진철의 흥겨운 노랫소리가 방문 밖으로 새 나왔다.

"육십 세에 저세상에서 날 데리러 오거든 아직은 젊어서 못 간다고 전해라. 칠십 세에 저세상에서 날 데리러 오거든 할 일이 아직 남아 못 간다고 전해라. 팔십 세에 저세상에서 날 데리러 오거든……."

* * * * *

형우는 저녁 시간이 훌쩍 지나서야 집으로 돌아왔다.

현관 입구에 한가득 쌓여 있는 배달 음식들의 잔해를 보고 있자니 온종일 만복에게 시달렸을 동건의 모습이 눈에 선했다. 이윽고 어느새 귀신으로 변한 동건이 삐에로가 된 만복을 등에 태우고는 엉금엉금 안방을 기어 나왔다.

"형! 왔어?"

아니나 다를까 형이란 말이 무색할 정도로 동건은 하루 새 폭삭 늙어 있었다.

순간 형우의 마음속에선 사랑을 지킬 수 없을 거란 불안이 커 가는 사랑을 저만치 앞서가고 있었다.

제4화
애증: 사랑(愛)과 미움(憎)

진철은 나무 벤치에 걸터앉아 눈앞에 우뚝 선 고층 빌딩을 흥분된 얼굴로 올려다보고 있다. 빌딩 한쪽 벽면에는 '엘라'라는 로고와 함께 형우가 디자인한 매직슈즈가 수놓아진 현수막이 봄바람에 살랑거린다.

"와! 재밌겠다."

진철의 시선을 붙잡고 있는 빌딩 13층에선 노란색 보호 안전모를 눌러쓴 은숙이 굵은 줄에 매달린 채 창문을 닦고 있었다. 물론 더 높은 층은 베테랑 동료들의 몫이다.

은숙이 닦고 있는 창문 너머엔 스트레칭을 하는 사람, 바벨을 들고 스쿼트를 하는 사람, 벤치프레스를 하는 사람. 달리기를 하는 사람. 윗몸 일으키기를 하는 사람 등등. 다양한 연령층의 남녀들이 점심시간을 이용해 한창 운동 중이었다.

그러나 그들 중 어느 누구 하나 은숙에게 관심을 보이는 이는 없었다.

"다들 팔자가 늘어졌네."

이윽고 팔을 길게 뻗어 새똥을 닦으려는 순간 막 러닝머신 위에 올라

타는 한 남자가 은숙의 눈길을 잡아끌었다.

"어디서 봤더라….."

은숙으로 하여금 호기심을 불러일으킨 남자는 다름 아닌 형우였다. 하지만 그도 다른 사람들과 마찬가지로 창문 너머의 은숙을 유령 취급하며 그저 러닝머신 위를 열심히 내달릴 뿐이었다. 은숙도 별 영양가 없는 고민 따윈 재빨리 거둬들이고 다시금 유리창 청소에 매진했다. 비록 유리문 하나만을 사이에 두고 있지만, 은숙이 바라보는 창문 안의 세상은 그녀가 도저히 가질 수 없는 허구의 세상에 불과했다.

이윽고 세찬 빌딩 바람이 불어오자 모퉁이에 달라붙어 있던 새똥이 떨어지지 않으려 몸부림을 치다 이내 창문에 희뿌연 흔적을 남기며 13층 아래로 떨어진다.

순간 떨어지는 새똥을 좇아 아래를 내려다보던 은숙은 아찔함에 눈앞이 캄캄해졌다. 은숙은 다시금 산만해진 정신을 가다듬고 일의 속도를 내보지만 이미 열 개 층의 청소를 다 마친 터라 양팔 근육은 지칠 대로 지쳐 있었고 창문을 닦는 그녀의 손놀림도 굼벵이마냥 점점 굼떠졌다.

'정신 차리자, 김은숙!'

그렇게 악으로 깡으로 버티며 은숙은 자신에게 주어진 할당량을 완수하기 위해 젖 먹던 힘까지 짜냈다. 잠시 후, 다음 창문으로 자리를 옮기려는 찰나, 매달려 있던 줄이 오작동을 일으키며 갑자기 급강하하기 시작했다.

"으악!"

그제야 운동을 하던 사람들이 일제히 창문 쪽으로 우르르 몰려와 목을 빼며 아래쪽을 내려다본다. 물론 그들 속엔 형우도 있었다. 아래서 지켜보던 진철도 많이 놀랐는지 발을 동동 구르며 연신 은숙의 이름을 불렀다.

전광석화처럼 빠르게 낙하하는 은숙의 모습이 1인 미디어 시대에 걸맞게 각양각색의 폰에 생생히 담겼다.

그 순간 오롯이 혼자만의 힘으로 공포를 이겨 내야만 했던 은숙은 아이러니하게도 더 높은 곳에 대롱대롱 매달려 있는 동료들의 모습에서 도리어 안도감을 느꼈다.

다행히 줄은 3층 높이에서 멈춰 섰고 은숙은 제일 먼저, 가장 많이 놀랐을 진철을 향해 목청껏 외쳤다.

"오빠! 난 괜찮아!"

은숙은 잊지 않고 자신의 동료들을 향해서도 오케이 사인을 보냈다. 그런데 그 사인이 의도치 않게 헬스장에서 지켜보고 있던 형우에게까지 전해졌다. 하지만 자신과는 상관없는 일이라는 듯 형우는 다시금 창문 안쪽 세상의 안락함을 만끽하며 러닝머신의 속도를 올렸다.

우여곡절 끝에 유리창 청소를 무사히 마친 은숙은 실내 청소를 하기 위해 빌딩 안으로 향했다. 그에 앞서 진철을 더 이상 밖에 홀로 둘 수 없었던 그녀는 사무실로 복귀하는 동료들에게 부탁하여 그를 함께 데려가도록 조치했다. 진철이 한사코 안 가겠다고 고집을 부리는 통에 본 게임도 하기 전에 이미 은숙의 몸은 녹초가 돼 버렸다.

은숙은 계단, 화장실, 복도 곳곳을 누비며 몸이 부서져라 닦고 또 닦았다. 종일 물을 써서 하는 일이다 보니 그녀의 온몸은 흐르는 땀과 스며든 물로 마를 새가 없었다.

"아줌마! 여기 껌 안 보여? 돈을 받았으면 제대로 해야 할 거 아냐!"

배불뚝이 정 이사였다. 그의 꼴불견 갑질에 순간 분노가 치밀어 올랐지만 결국 은숙은 힘없는 을이 되어 애꿎은 껌만 박박 긁어 댔다.

도시가 더욱 활기를 띠는 깊은 밤, 은숙과 진철은 알록달록 싼 티 나는 반짝이 의상을 걸치고는 신장개업 나이트 홍보를 위해 강남역으로 향했다. 대다수 사람들이 그들의 손길을 매몰차게 거절했지만 그럼에도 두 사람은 단돈 몇 푼이라도 벌어야 한다는 일념 하나만으로 묵묵히 그 일을 해낼 작정이었다.

전단지가 거의 바닥을 보일 무렵 인력 사무소에서 은숙에게 연락을 해 왔다. 새로운 먹잇감을 던져 주는 소장의 목소리가 어찌나 쩌렁쩌렁하던지 옆에 있던 진철의 귀까지 간지럽혔다.

은숙은 오늘 밤만큼은 수고한 자신과 오빠를 위해 오징어 한 마리와 맥주 한 캔 정도는 기분 좋게 쏠 심산이다.

* * * * *

어느새 초여름이 성큼 다가오자 이른 아침의 햇살도 그새 많이 쨍쨍해졌다.

오전 9시. 외출을 준비하는 형우의 손길이 분주하다. 이번 외출은 운

좋게도 날짜가 주말에 걸려 따로 월차를 낼 필요는 없었다.

이윽고 형우는 준비해 둔 물품들을 챙긴 뒤 곧장 만복과 함께 집을 나섰다.

사실 이번 외출은 만복을 핑계로 포기할 수도 있었지만 이렇게 무리해서라도 강행하는 이유는 오늘 있을 영아와 정민호의 만남을 잠시라도 잊을 수 있는 도피처가 필요했기 때문이다. 물론 그 전에 영아를 말릴 수도 있었지만 형우는 굳이 그녀에게 자신이 그 일을 알고 있다는 사실을 알리고 싶진 않았다.

고속도로를 한참 달려 형우와 만복이 도착한 곳은 경기도 외곽의 어느 한적한 동산이었다. 오솔길을 따라 한참 올라가다 보니 동산 언덕에 봉긋 솟아오른 자그마한 묘지 하나가 모습을 드러냈다. 밭은 숨을 몰아쉬며 묘비 앞에 막 다다를 즈음, 비석 앞에 놓인 흰 국화꽃 한 송이가 형우의 눈길을 사로잡는다. 순간 반사적으로 주위를 두리번거리며 둘러보지만, 그 어디에도 사람의 모습은 보이지 않았다. 다만 묘비 앞에 떨어져 있는 깨끗한 담배꽁초 하나가 국화꽃을 가져다 놓은 이가 누구인지를 짐작하게 할 뿐이었다.

"엄마! 잘 있었지? 오늘도 아버지랑 둘만 왔어. 엄마가 형 좀 붙잡아 두지 그랬어."

내내 아무런 말이 없던 만복은 그제야 방긋 웃으며 입을 열었다.

"엄마."

그늘진 모퉁이에 수줍게 피어난 할미꽃 한 송이가 이내 태양이 구름을 벗어나자 숙였던 고개를 힘껏 들어 올렸다.

그 시각, 정오의 햇살이 내려앉은 신성호텔 스카이 라운지에선 맛깔스런 애피타이저가 막 서빙되고 있었다. 룸 안에선 최 회장과 영아 그리고 정 이사와 그의 아들 민호가 테이블에 놓이는 애피타이저 음식들을 응시하며 어색한 공기를 환기시켰다.

먼저 서먹서먹한 침묵을 깬 건 최 회장이었다.

"민호 군은 못 본 새 인물이 더 훤해졌구만. 이젠 제법 CEO 냄새가 나."

정 이사가 오버하며 껄껄거리자 민호가 영아를 의식하며 재빠르게 답을 했다.

"과찬이십니다."

"요즘 잘 나간다고 소문이 자자하던데 소문대로 재미가 좋지?"

"네. 아무래도 IT 쪽은 다른 사업들보다는 좀 더 미래지향적이다 보니 점점 상승세를 타는 것 같습니다."

순간 정 이사가 근질거리는 입을 주체 못 하고 대화에 불쑥 끼어들었다.

"이번에 이 녀석이 드디어 매출 천억을 돌파했습니다."

"그래? 축하하네. 역시 내가 사람 보는 눈은 정확하구만!"

"회장님 사람 보는 안목이야 옛날부터 알아줬죠. 그건 이 정태성이가 산 증인 아닙니까! 하하하!"

남자들의 호탕한 웃음소리는 문밖 복도 끝까지 전해졌다..하지만 화기애애한 세 남자와는 달리 영아는 내내 마뜩잖은 얼굴로 불편한 심경을 대놓고 드러냈다. 그럼에도 영웅담에 취해 있던 최 회장은 눈치 없이 유쾌한 분위기를 계속 이어 나갔다.

"오늘 이 자리는 이미 짐작했겠지만, 우리 영아하고 민호 군을 서로의 배필…."

최 회장의 말이 채 끝나기도 전에 영아가 그의 말꼬리를 잡았다.

"아버지, 왜 자꾸 이러세요? 제가 다 말씀드렸잖아요."
"이미 다 끝난 얘기야."

영아는 더 이상 아버지와는 말이 안 통하자 어쩔 수 없이 정씨 부자에게로 눈을 돌렸다.

"정 이사님과 아드님껜 죄송하지만 제가 오늘 이 자리에 나온 건…."

이번엔 최 회장이 영아의 말꼬리를 잡는다.

"이건 이미 정 이사하고 오래전에 약속된 일이야. 고집 그만 피우고 넌 그냥 아버지가 하자는 대로만 해.”

“그렇겐 못 하겠어요! 아니 안 할 거예요.”

상황이 점점 이상하게 흘러가자 정 이사와 민호의 얼굴에선 웃음기가 싹 사라졌다. 그러거나 말거나 영아는 세 남자를 향해 마지막 쐐기를 박아 버린다.

“전 이미 결혼을 약속한 사람이 있습니다.”

“그만하지 못해!”

순간 정 이사와 민호의 눈꼬리가 눈썹까지 치켜 올라갔다. 하지만 영아는 모질게도 내 알 바 아니라는 듯 박은 쐐기를 한 번 더 세게 박아 버렸다.

“마케팅부 차 형우 과장님과 저, 결혼을 약속한 사입니다. 그러니 다시는 이런 자리 안 만드셨으면 좋겠네요. 그럼 이만 먼저 실례하겠습니다.”

보기 좋게 한 방 먹은 최 회장은 괘씸함에 치를 떨었고 정 이사는 분노의 헛기침을 연발했으며, 민호는 황당함에 그저 헛웃음만 나왔다.

* * * * *

뿌얀 먼지와 시꺼먼 기름때가 덕지덕지 달라붙은 빨간 라디오에선 낭랑한 목소리의 DJ가 오후 3시를 알렸다. 은숙과 진철은 제법 큰 규모의 돼지갈빗집 뒷마당에서 숯불에 그을린 불판과 그릇들을 정신없이 닦아대고 있었다.

식당 규모가 큰 만큼 한바탕 점심시간이 남기고 간 흔적은 실로 대단했다.

진철은 닦고 은숙은 헹구고. 같은 일을 몇 시간째 반복하다 보니 이젠 두 사람의 손발이 눈을 감고도 척척 맞아 들어갔다.

"오빠, 힘들지? 저기 의자에 가서 잠깐 쉬어. 나머진 나 혼자 할 테니까."
"재밌어. 우리 이거 내일 또 하자."
"정말? 콜!"
"콜!"

두 사람이 콜콜 거리며 시시덕대고 있을 때 주인아저씨가 작은 접시에 구운 돼지갈비를 한가득 담아 마당으로 내왔다.

"출출할 텐데 이거 좀 먹고 해요."

노릇노릇 맛나게 구워진 고기 앞에서 진철이 침을 꼴깍 삼켰다.

"고맙습니다."

은숙은 얼떨결에 받아들긴 했지만, 행여나 손님들이 먹다 남긴 고기일지도 모른다는 찜찜한 생각에 영 마음이 내키질 않았다. 하지만 고기의 출처야 어찌 됐든 마지막 한 점까지 싹싹 먹어 치운 진철은 분명 내일뿐 아니라 평생 이 일을 하자고 조를 게 뻔했다.

"이거 매일매일 먹었으면 좋겠다."

'그럼 그렇지!'

*****

어스름 저녁이 되자 형우의 집안이 또다시 소란스럽다.

성묫길엔 웬일로 조용하다 싶었던 만복이 어느새 다시 어린아이가 되어 생떼를 부리기 시작했다. 하지만 형우는 시종일관 아무런 미동도 없이 거실 소파에 앉아 TV 화면만을 응시하고 있었다. 형우의 그런 무관심, 무반응이 만복의 생떼를 더욱 부추겼다. 물론 그런 사실을 모를 리 없는 형우지만 그렇다고 태도를 바꿀 마음도 없었다.

비록 눈은 TV를 향하고 있어도 신경은 온통 영아와 정민호에게 가 있던 형우는 종일 무기력증에 빠져 아무것도 손에 잡히질 않았다.

사실 성묘를 마치고 돌아오는 길에도 영아에게서 몇 차례 전화가 걸려 왔었다. 하지만 그는 받지 않았다. 아니 받을 수가 없었다. 아무 일도 없었던 것처럼 이야기할 그녀에게 형우 또한 아무렇지도 않은 것처럼 반응할 자신이 없었다.

혹시라도 영아가 정민호에게 조금이라도 마음을 뺏겼을지도 모른다는 의심과 불안이 하루 내내 형우를 괴롭혔다.

"빨리 짜장면 내놔!"

"배달이 와야 줄 거 아냐?"

드디어 반응을 보인 형우에게 만복이 기다렸다는 듯 득달같이 달려들었다.

"나쁜 놈! 나쁜 놈!"
"아야! 왜 때려!"

하지만 그리 쉽게 그만둘 만복이 아니었다.

"그만 좀 해! 아프단 말야! 악!"

그때 마침 초인종이 울리자 형우는 구세주라도 만난 양 헐레벌떡 현관으로 내달렸다.

"아니 짜장면 주문한 지가 언젠데…."

이윽고 현관문을 여는 순간 무엇을 본 건지 형우의 낯빛이 한겨울 산송장처럼 창백해졌다.

"여… 영아야."

[빨리 짜장면 내놔~~~]

제5화

위기: 위험(危)과 기회(機)

"형우씨!"

영아의 앙칼진 목소리에 간신히 정신을 챙기는 형우다.

"이 시간에 어떻게⋯."
"아니, 하루 종일 연락도 안 되고 걱정돼서 왔죠. 근데 형우 씬 내가 반갑지 않은가 봐."

그때였다.
어느새 안쪽 현관문 앞까지 쫓아 나온 만복이 두 사람의 대화에 끼어들었다.

[짜장면 내놔~~~]

형우는 그제야 황급히 현관문 밖으로 몸을 빼냈다.

"집에 손님이 오셨나 보네?"
"어? 어⋯ 내가 말 안 했던가? 요새 작은아버님이 와 계신다고. 병원

치료받으려고 올라오셨는데, 있을 곳이 마땅치 않으셔서 우리 집에서 당분간 지내기로 하셨거든."

"처음 듣는 얘긴데? 암튼 잘 됐네요. 재료 넉넉히 준비해 왔으니까 작은아버님이랑 셋이서 맛나게 만들어 먹어요. 근데 작은아버님도 해물탕 좋아하시려나 모르겠네."

영아의 손에 들린 큼직한 비닐봉투에서 비릿한 해산물 향기가 확 풍겨 났다.

"영아야 그게 말야."

그 순간, 현관문 안쪽에 바짝 붙어 있던 만복이 형우 속도 모르고 또다시 자신의 존재감을 드러냈다.

[배고파, 밥 줘!!]

"어떡해! 작은아버님이 배가 많이 고프신가 봐."

"저기 영아야. 지금 작은아버지가 많이 편찮으셔. 그게… 얼마 전에 작은어머님이 돌아가셔서 그 충격으로 요새 정신과 치료받고 계시거든. 근데 며칠 전부터는 치매 증상까지 보이시더라고, 아무래도 오늘은 좀 힘들 거 같은데 어쩌지?"

"몰라! 집에서 밥 한번 먹는 게 뭐가 이리 어려워!"

"미안해. 웬만하면 인사도 시켜 주고 그럴 텐데 지금 상태로 봐선 병원에라도 가 봐야 할 거 같아서."

이번엔 마치 형우의 말을 증명이라도 하려는 듯 만복은 아예 현관문을 발로 걷어차며 발악을 해 댔다.

[야! 이 나쁜 놈아. 밥 달라고 밥!]

흠칫 놀란 영아가 자신도 모르게 뒷걸음질을 쳤다.

"영아야, 조만간 작은아버지 내려가시면 그때 다시 정식으로 초대할게."
"할 수 없지, 뭐. 형우씨도 몸조심하고 이건 먹든지 버리든지 알아서 해요."

영아는 실망감인지 안도감인지 알 수 없는 표정을 지으며 비닐봉투를 형우의 손에 내팽개치듯 건네고는 발걸음을 재촉했다. 순간 머릿속이 하얘진 형우는 그저 멍하니 그녀의 뒷모습만 바라볼 뿐 손끝 하나 움직일 수가 없었다.
검은 비닐봉투 표면에 맺혀 있던 물방울들이 형우의 발등 위로 뚝뚝뚝 떨어졌다.

"계속 이렇게 살다간 나까지 돌아 버리고 말 거야. 대체 언제까지 이럴 건데? 정말 미치는 꼴 보고 싶어서 그래? 이젠 더 이상 도망갈 곳도 없어. 아버지 이럴 때마다 그냥 콱 죽어 버리고 싶다고!"

형우가 홍수에 봇물 터지듯 분노를 쏟아 내는 상황에서도 만복은 한가로이 짜장면을 맛나게 먹고 있다.

"지금 내 말 듣고 있는 거야? 그만 먹고 뭐라 말 좀 해 보란 말야!"
"배고파 밥 줘!!"

자괴감은 바로 이럴 때 쓰는 말이다.

하지만 또 곰곰이 생각해 보면 꼭 맞는 말도 아닌 것이 형우는 이미 경험상 만복이 이렇게 나올 거란 걸 충분히 예견할 수 있었다. 고로 만복의 반응과는 상관없이 단지 형우가 일방적으로 화풀이를 한 것에 불과하기 때문에 자괴감이란 표현보단 약이 올랐다거나 분함 정도가 맞지 않을까 싶다. 허나 지금 이런 논쟁이 무슨 의미가 있으랴!

기든 아니든, 자괴감이든 분함이든 마지막까지 꿋꿋하게 그릇에 묻어 있는 짜장면 소스를 혀로 핥아먹고 있는 만복이 진정한 승자인 것을.

*****

다음 날에도 은숙과 진철은 돼지갈빗집 뒷마당에서 또다시 불판을 닦고 있었다. 역시나 소문난 대박집답게 오늘은 어제보다 설거지 양이 배나 더 많이 쏟아져 나왔다.

표정을 보아하니 아무래도 이틀 연속 이 일을 한다는 건 진철에게도 무리인 듯했다.

아니나 다를까 불판을 닦던 진철이 갑자기 동작을 멈추고는 은숙을 빤히 쳐다본다. 평상시 진철이 곤란할 때 하는 행동이었다.

"이제 여기 그만 오자."

"왜? 어젠 좋아했잖아."

"이젠 아니야."

"설거지하기 힘들지? 오빠 좀 쉬어."

진철은 불판과 은숙을 번갈아 쳐다보며 잠시 고민하는가 싶더니 이내 다시 불판을 집어 들었다. 그새 철이 든 건가? 이 정도 힘든 노동은 처음 경험해 보는 진철이라 은숙은 그가 이렇게까지 오래 버틸 줄은 상상도 못 했었다. 아무리 고기를 좋아하는 진철이라 해도 힘든 노동이 전제 조건일 때는 얘기가 달라진다.

어찌 됐건 힘든 순간에도 진철이 자신보다 동생을 더 생각했다는 사실에 은숙은 가슴이 뭉클했다.

이토록 우애 좋은 남매가 그 많던 불판을 다 닦을 즈음, 오늘도 어김없이 사장이 구운 갈비를 듬뿍 담아 내왔다. 어제 내온 접시보다도 훨씬 더 큰 접시였다.

"오늘은 더 맛있을 거야. 둘이 먹다 하나가 죽어도 모른다니까."

가뜩이나 찜찜했는데 오글거리는 사장의 자화자찬은 은숙의 의심을 더욱 부추겼다.

하지만 오늘도.

"고맙습니다."

접시를 받아들고 말았다. 그런데 웬일로 진철의 반응이 어제와는 사뭇 다르다.

진철은 고기를 하나 집는가 싶더니 이내 다시 내려놓았다.

아무래도 지난 새벽 내내 배앓이를 하며 대여섯 번이나 화장실을 들락날락거린 게 다 이 숯불고기 탓이라 여기는 듯했다. 한마디로 어제 이 숯불고기만 안 먹었어도 자신은 그런 개고생을 하지 않았을 것이고, 결국 평소 먹지 않던 음식을 먹은 것이 지난 새벽 참사의 원흉이었다는 것이다.

"오빠. 다음번엔 우리 이 집에 와서 돈 주고 숯불갈비 사 먹자. 그땐 설거지 말고 당당하게 손님으로 오는 거야."
"숯불갈비 싫어. 라면 먹을 거야. 김밥이랑."

비싼 숯불갈비를 마다하고 고작 라면이라니! 진철의 저렴한 입맛이 꼭 자기 탓인 것만 같아 은숙의 마음엔 또 그렇게 대못 하나가 쿵 하고 박힌다.

때마침 벽에 걸린 빨간 라디오에선 사연 많은 여가수의 구슬픈 노랫가락이 후끈한 바람을 타고 흘러나왔다.

* * * * *

하루하루가 모두에게 살얼음판이고 전쟁터다. 은숙과 진철이 그러하고 형우와 만복이 그러하다.

요사이 며칠 동안은 형우의 이모가 만복을 잘 보살펴 주고 있어 한시름 놓았다지만 그것 또한 언제 끝날지 모르는 시한부 협정이기에 형우의 마음은 늘 불안하고 초조했다. 그건 마치 언제 터질지 모르는 불량폭탄을 안고 살아가는 것과 같아서 형우에겐 하루하루가, 아니 매 순간순간이 공포 그 자체였다. 그렇다고 그 폭탄을 마음대로 버릴 수도 없는 운명이기에 그저 매일 폭탄이 무사하기만을 바라며 오롯이 버텨 내는 수밖엔 다른 길이 없었다.

일주일의 중간인 수요일도 벌써 절반이 훌쩍 지나고 있었다. 형우의 이모는 만복과 함께 저녁 찬거리를 사기 위해 가까운 동네 대형 마트를 찾았다. 예상했던 대로 만복은 물 만난 고기처럼 마트 안을 헤집고 다니며 여기저기서 크고 작은 사고를 쳤다.

"형부. 이러지 않는다고 저하고 약속했잖아요. 자꾸 이러면 앞으론 형부하고 같이 못 와요."

하지만 아무리 어르고 달래도 다 소용없는 일이다.
그렇게 한참을 실랑이하며 겨우 장바구니를 채우고는 마침내 카운터에서 계산을 할 때였다.

'할아버지! 이제 그만 좀 먹어요!'

순간 욕을 먹고 있는 할아버지가 만복이란 걸 본능적으로 알아차린 이모는 즉각 소리의 근원지를 찾아 달려갔다.

"형부!"

근원지는 바로 오리고기 시식 코너였다. 바짝 약이 올라 있던 담당 아가씨가 만복을 챙기는 이모에게 불만을 퍼붓는다.

"할아버지 가족 되세요? 이제 그만 좀 모시고 가세요. 아니 굽는 족족 할아버지가 다 갖다 먹는 바람에 다른 손님들은 맛을 볼 수가 없잖아요. 시식 코너가 배 채우는 데도 아니고 여기서 이러시면 안 되죠."
"죄송해요. 형부가 치매 끼가 있어서 그런 거니까 아가씨가 이해 좀 해 줘요."

거듭 양해를 구한 이모는 안 가겠다는 만복을 힘겹게 돌려세우며 이내 계산대로 향했다. 이모의 사과에도 분이 덜 풀렸는지 아가씬 두 사람을 향해 계속 구시렁거렸다.

"하여간 치매 걸린 노인네들 식성 하나는 알아줘야 한다니까. 뱃속에 그지 새끼가 들었는지 먹고 또 먹고 먹고 또 먹고 아주 거덜을 내요. 그 것도 더럽게 손으로. 아니, 치매 걸린 사람이 비싼 건 어찌 그리도 잘 알 아? 저쪽에 가면 두부도 있고 도토리묵도 있고 싼 게 사방에 널렸는데."

하지만 그런 소릴 듣고 절대 그냥 지나칠 형우 이모가 아니었다.

"이 봐요, 아가씨! 지금 뭐라 그랬어? 아가씬 부모도 없어? 그거 좀 먹 었다고 그렇게 함부로 말해도 되는 거야! 유세 떨게 따로 있지, 그깟 오 리고기가 몇 푼이나 한다고 그래? 얼마야? 형부가 먹은 거 다 계산해 줄 테니까 빨리 우리 형부한테 사과부터 해. 당장 사과하라고!"

"나 참 기가 막혀서. 지금 누구보고 사과하라는 거예요? 내가 뭘 잘못 했는데요? 거지같이 손으로 다 집어 먹은 저 할아버지가 잘못한 거잖아요!"

"뭐, 거지같이?"

"요즘은 거지도 저렇겐 안 할 걸요?"

"야!!"

결국 이모와 아가씨의 육탄전이 벌어지면서 금세 마트 안은 아수라장으로 변해 버린다. 그런 와중에도 만복은 지글지글 불판 위에서 익어 가는 오리고기를 손을 데 가며 집어 먹느라 정신이 없었다.

어느새 마트를 나와 건널목 앞에 멈춰 서는 이모의 발걸음이 천근만근이다. 반면 만복은 뭐가 그리 신이 났는지 지나치는 사람들을 일일이 간섭하며 연신 싱글벙글거렸다.

이모의 헝클어진 머리와 찢어진 블라우스가 불어오는 바람에 나풀거린다.

잠시 후 쌩쌩 달리는 자동차들을 보자 또 흥분해서는 자꾸만 차도로 뛰어들려고 하는 만복을 이모가 애를 먹으며 다시 안쪽으로 잡아당겼다.

"형부, 제발 가만히 좀 있어요. 저기 빨간불이 초록색으로 바뀌면 그때 움직이라구요."

"네."

땡삐처럼 쏘아붙이는 이모 목소리에 만복이 한발 물러섰다.

이윽고 이모에게 전화 한 통이 걸려 오자 발신인을 확인한 그녀는 다급히 동화 버튼을 눌렀다.

"네, 선생님. 결과는 어떻게 나왔…."

그때였다. 빨간불이 초록불로 막 바뀌려는 순간 만복이 갑자기 차도로 뛰어들었다.

"빵~~~."
"형부!!"

브레이크를 밟으며 시끄럽게 미끄러지는 차의 스키드마크 소리와 몰려든 사람들의 웅성거림이, 눈 앞에 펼쳐진 상황이 그리 좋지 않음을 말해 주고 있었다.

멈춰선 대형 트럭 앞엔 만복과 이모가 피를 흘리며 쓰러져 있고 장바구니에서 튕겨 나온 오리고기 조각들은 만복의 몸 위를 나뒹굴었다.

제6화

필요충분조건

병원문을 박차고 뛰어 들어오는 형우의 낯빛이 백지장처럼 하얗다.

잠시 후 로비를 돌아 도착한 응급실엔 머리에 붕대를 감은 만복과 꼴이 엉망이 된 이모가 양옆으로 나란히 누워 있었다. 마침 자리를 지키고 있던 담당의가 형우를 맞았다.

"보호자 되세요?"

"네."

"할아버지는 다행히 이마만 조금 찢어져서 바로 퇴원하셔도 되는데, 아주머닌 허리를 많이 다치셔서 아무래도 입원이 불가피해 보입니다."

의사의 짧은 소견이 끝나자마자 형우는 먼저 이모부터 챙겼다.

"죄송해요….."

"사내 녀석이 울긴. 형부가 크게 안 다쳤으니 얼마나 다행이야! 이모도 금방 나을 거니까 너무 걱정하지 말고. 그나저나 내가 이렇게 돼서 앞으로 우리 형부 어쩌니? 도우미 구하기도 힘들 텐데."

그 순간 편안히 잠든 만복을 물끄러미 바라보던 형우는 해서는 안 될 생각을 하고 말았다. 아무리 긴 병에 효자 없다지만 이런 시악한 생각까지 하다니, 형우는 그런 자기 자신이 정말 부끄럽고 한심스러웠다.

과거, 그는 부모를 해친 자식들의 불미스런 이야기를 접할 때마다 그네들을 패륜아라 욕하며 강한 혐오감을 드러냈었다. 그런데 이제 와서는 정작 본인이 살인을 저지르고 있다. 비록 그것이 마음속에서 벌어진 일이라 할지라도 그 죄의 크기는 결코 그네들과 다르지 않았다.

형우는 자신의 잘못을 만회라도 하려는 듯 침대 밑을 굴러다니는 만복의 낡은 운동화를 한데 모아 한쪽에 가지런히 놓았다.

그때였다. 잠에서 막 깨어난 만복이 다짜고짜 이모에게 달려들어 그녀의 머리채를 잡고 흔들어 댔다. 재빨리 만복을 뜯어말리는 형우와 이모의 비명을 듣고 달려온 간호사들이 한데 뒤엉키며 한바탕 전쟁이 벌어졌다.

형우의 온몸에 걷잡을 수 없는 피로감이 몰려왔다.

* * * * *

"아가야 울지 마."

그 시각 은숙은 어느 가정집에서 우는 아기를 달래느라 애를 먹고 있었다. 진철도 칠복이 인형까지 흔들어 대며 온갖 재롱을 떨어 보지만 아기는 울음을 쉬 그치질 않았다.

오히려 그들의 의도와는 달리 은숙과 진철의 목소리와 액션이 커질수록 아기는 당장 숨이 넘어갈 것처럼 자지러지며 더 큰 울음을 터뜨렸다. 알바 인생 중 최고의 위기를 맞은 은숙에게 고난도의 스킬이 필요한 순간이었다. 하지만 안타깝게도 달리 뾰족한 수는 없었다.

"아가야, 왜 이렇게 우는 거야? 밥도 먹고 기저귀도 갈고 다 했는데. 엄마가 보고 싶어서 그래? 엄만 조금 있으면 볼 수 있으니까 제발 그만 좀울어."

이러기를 벌써 삼십 분째다. 시끄럽다며 귀를 막고 있던 진철이 순간뭔가 좋은 생각이라도 떠올랐는지 자신의 아코디언을 슬쩍 집어 들었다. 그리고는 은숙이 말릴 틈도 없이 반주에 맞춰 노래까지 불러 댔다.

"육십 세에 저세상에서 날 데리러 오거든 아직은 젊어서 못 간다고
전해라. 칠십 세에 저세상에서 날 데리러 오거든 할 일이 아직 남아
못 간다고 전해라. 팔십 세에 저세상에서 날 데리러 오거든……."

그런데 이게 웬일인가! 은숙의 염려와는 달리 신기하게도 노래가 다끝나기도 전에 아기가 울음을 그치고 스르륵 잠까지 들어 버렸다.
그 순간 문득, 아침에 집을 나서는 진철에게 아코디언은 필요 없으니그냥 집에 두고 가자고 했던 말이 떠올라 정신이 아찔했다. 물론 진철에게 칠복과 아코디언은 분신 같은 존재여서 절대 두고 올 일은 없었겠지만 말이다.

"우리 오빠 아무래도 자장가 앨범 하나 내 줘야겠다. 아주 대박이 나겠어."

다른 건 몰라도 대박이 좋다는 건 누구보다 잘 아는 진철이 이번엔 더

큰 소리로 노래를 불렀다.

"육십 세에 저세상에서 날 데리러…."

"쉿! 이제 그만 불러도 돼. 아기 깨."

진철의 도움으로 무사히 위기를 넘긴 은숙은 쉴 틈도 없이 곧바로 남겨진 집안일을 시작했다. 아기 돌보는 일을 쉽게만 생각했던 은숙은 돌아서면 할 일이 생겨나는 마법 같은 상황에 혀를 내둘렀다. 정말이지 다시는 경험하고 싶지 않은 공포의 신세계였다. 마지막으로 아기 젖병 소독을 끝내고 거실에 널브러진 옷과 장난감들을 정리하려는 그때, 거실 벽에 걸려 있는 가족사진이 은숙의 시선을 끌었다.

태어난 때부터 지금까지 엄마 아빠의 사랑을 듬뿍 받고 자란 아기의 모습은 그야말로 행복 그 자체였다. 그것은 은숙의 기억에는 없는 행복이었다.

이윽고 은숙의 시선이 소파 위에서 곤히 잠든 진철에게로 향했다.

신은 정말 공평했다. 진철에게 장애를 허락한 대신 그에게 천국을 주셨으니까.

적어도 진철은 다른 사람과 자신의 처지를 비교하며 불행을 느끼지는 않는다. 살아갈 수 있는 최소한의 것만 보장된다면 그는 늘 행복하며 설령 불만이 있다 해도 그마저도 상대적인 것이 아닌 절대적인 자신만의 본능으로서, 그것이 해결이 되든 안 되든 상관없이 그 마음은 5분을 채 넘기는 법이 없다. 그래서 예수님도 어린아이같이 되지 않으면 결코 천국에 들어갈 수 없다고 했나 보다.

은숙은 난생처음 어쩌면 진철이 자신보다 더 행복한 사람일지도 모른 다는 생각이 들었다.

잠시 후 은숙의 휴대폰에서 알람 소리가 울리자 다시 그녀의 손발이 분주해진다.

"벌써 시간이 이렇게 됐네."

은숙은 재빨리 진철부터 깨웠다. 그리고는 무슨 일인지 비몽사몽 잠 이 덜 깬 진철을 그의 짐과 함께 현관 밖으로 내보냈다.

"아까 그 계단에서 기다리고 있어. 아기 엄마 돌아오면 바로 나갈게. 오빠, 절대 다른 데 가면 안 돼!"

잠시 후, 6시를 조금 넘기자 아기 엄마가 양쪽 손에 쇼핑백을 한 아름 안고 집으로 들어섰다. 그런데 그녀는 예상치 못한 일로 은숙의 심기를 건드렸다.

"보내 드리기 전에 잠깐 집안 좀 살펴볼게요."

대놓고 도둑년 취급이라니! 파출부 일을 하면서도 이제껏 한 번도 경 험치 못했던 상황이라 은숙의 얼굴엔 당황한 기색이 역력했다. 잠시 후 집안을 둘러본 아기 엄마가 은숙에게 돈 봉투를 건넨다.

"카메라가 꺼진 줄도 모르고 그냥 나갔더라구요. 이후라도 불미스런 일이 발견되면 다시 연락할게요."

은숙은 목까지 차오르는 무언가를 애써 억누르며 재빨리 진철이 기다리고 있는 계단으로 향했다.

해가 뉘엿뉘엿 서쪽 하늘에 붉은 노을을 만들 무렵, 은숙과 진철은 달동네 골목길이 아닌 고급 주택들이 들어선 큰길을 오르고 있었다.

"지금 어디 가는 거야?"

은숙은 진철의 궁금증은 무시한 채 손에 꼭 쥔 흰 쪽지만을 만지작거렸다. 잠시 후 은숙의 발걸음이 어느 집 대문이 바라보이는 길모퉁이에서 멈춰 선다. 하지만 그녀는 더 이상 가까이 다가가지 못하고 날 선 눈빛으로 대문만을 응시했다.

"누구네 집이야?"

진철이 또다시 물었지만, 은숙은 여전히 말이 없었다.

그렇게 한 10여 분쯤 지났을까. 고급 승용차 한 대가 그 집 대문 앞에 멈춰 서며 한 무리를 쏟아 냈다. 50대로 보이는 부부와 20대로 보이는 남매의 다정한 모습을 보는 순간, 사색이 된 은숙이 치를 떨며 무리들의 다음 행보를 좇았다. 그런 줄도 모르고 그들은 더욱 큰 소리로 웃어대며 은숙을 자극했다. 이윽고 대문이 자동으로 열리자 아버지로 보이는 남자가 부인과 아이들을 살뜰히 챙기며 대문 안으로 사라져 갔다.

"저 사람들 누구야?"

애초에 진철을 데려오는 것이 아니었다.

어린 자식들을 비정하게 버리고 떠난 남자, 이젠 다른 누군가의 아버지가 되어 행복하게 살고 있는 저 남자를 은숙은 찾지 말았어야 했다. 굳게 닫힌 대문을 보자 더 큰 후회가 밀려왔다. 은숙과 진철이 떠난 자리엔 갈기갈기 찢어진 하얀 종이 가루만이 밤바람에 휘날리고 있었다.

주택가를 빠져나와 도로변을 걷고 있던 은숙과 진철이 오래된 문방구 앞에서 발걸음을 멈춰 섰다. 이윽고 은숙이 가게 안으로 들어가더니 작은 인형 하나를 들고나왔다.

"오빠! 원숭이 예쁘지? 칠복이는 이제 버리고 이 원숭이하고 친구 하자."
"싫어. 칠복이 버리면 안 돼! 칠복이 버리면 아빠가 못 찾아온단 말야!"

다 잊은 줄 알았는데… 아버지 따윈 기억도 못 하는 줄 알았는데… 진철의 입에서 아빠란 말을 듣는 순간, 억누르고 있던 분노가 한꺼번에 터져 나왔다. 은숙은 강제로 칠복을 빼앗아 길바닥에 내던져 버렸다.

"하늘나라 갔다고 했잖아! 우리한테 아빠 같은 건 없으니까 다시는 그딴 말 꺼내지도 마!"
"미워!"

재빨리 칠복을 주워 품에 안은 진철은 은숙을 향해 눈물로 항변했다.

"버려! 버리라고! 이젠 더 이상 필요 없으니까 제발 좀 버리란 말야!!"
"싫어! 안 버릴 거야!"

순간 분노와 가여움과 설움이 한데 뒤섞이며 은숙은 참고 참았던 울음을 꺼이꺼이 토해 냈다.

* * * * *

만복과 함께 병원에서 돌아온 형우는 저녁 내내 전화통만 붙잡고 있었다.

"네. 잘 알죠. ……꼭 좀 부탁드립니다. ……네. 그럼 연락 주세요."

벌써 한 시간째 씨름 중이지만 누구 하나 시원한 답을 주는 이는 없었다.
이야기를 들어 보니 이미 도우미들 사이에서 유명 인사가 되어 버린 만복 때문에 인력 사무소 소장들도 여간 애를 먹는 게 아니었다.
그렇다고 마냥 기다릴 수도 없고 그저 형우의 애꿏은 속만 새까맣게 타들어 갔다.
당장 내일부터가 문제였다.
이모처럼 선뜻 나서 줄 친지들도 없는 데다 만복을 혼자 둘 수도 없는 노릇이기에, 만약 이대로 아침까지 도우미를 구하지 못한다면 가차 없이 형우가 맡을 수밖에 없다. 하지만 그 짓도 하루 이틀이지, 무슨 일이 있어도 반드시 다른 대안을 찾아내야만 한다. 시간은 촉박한데 걱정은 꼬리에 꼬리를 물며 이어지자 나오는 건 한숨뿐이었다.

한편 그 한숨의 제공자가 자신인 줄은 꿈에도 모르는 만복은 거실 소파에 가부좌를 틀고 앉아 머리에 감긴 붕대를 풀어 헤치며 방긋방긋 미소를 날린다.

형우는 결국 고심 끝에 요양원 안내 책자를 집어 들었다.

* * * * *

은숙에게 제대로 삐진 진철은 저녁도 먹는 둥 마는 둥 가슴팍에 칠복이를 꽁꽁 묶고는 일찌감치 잠자리에 들었다. 벽에 기대어 앉아 물끄러미 그 모습을 지켜보던 은숙은 미처 하지 못한 속엣말을 꺼내 놓았다.

"오빠."

"……."

"이젠 정말 우리 둘뿐이야. 오빠도 이제 그만 잊어버려."

이것은 비단 은숙이 진철에게만 하는 말이 아니었다.

오늘 일만 하더라도 그를 지켜보며 평정심을 잃은 것도 진철이 아닌 은숙이었고 그를 향한 분노와 증오 때문에 괴로워하는 것도 은숙이었다.

지금 이 순간, 누구보다도 망각의 선물이 필요한 사람은 바로 은숙이었다.

'은숙아 이제 그만 잊어버려'

이른 새벽. 단칸방 문틈으로 새어 나오는 진철의 코 고는 소리가 유달리 요란스럽다. 은숙과 진철이 깊은 새벽잠에 빠져 있던 그때, 시끄럽게 울려 대는 전화벨이 은숙의 단잠을 깨웠다.

"여보세요. ……네? 아무래도 그건 좀……."

이윽고 상대방에게서 무슨 말을 들었는지 은숙은 눈곱이 매달린 눈을 동그랗게 뜨며 벌떡 일어나 앉았다.

"정말요? 정말 일당을 따따불로 준다구요?"

자욱한 새벽안개를 뚫고 어느 집 현관문 앞에 다다른 은숙은 벨을 누르기 전 다시 한번 옷매무새를 점검했다. 그때 계단 입구에서 얼굴만 빼꼼 내민 진철이 은숙을 향해 손을 흔든다.
이윽고 은숙이 벨을 누르자 누군가 황급히 달려 나와 현관문을 열었다.

"누구세요!"
"도우미예요."

새삼 따따불의 위력을 실감한 남자는 은숙을 보며 기쁨을 감추지 못했다.

제7화
동병상련: 무엇은 같고 무엇은 다르고

"여기가 차형우씨 댁 맞죠?"

"들어오세요."

은숙이 현관 안으로 들어서자 고장 난 센서 등이 깜박거리다 금세 꺼
져 버린다.

"고쳐야 하는데 자꾸 잊어버리네요."

형우의 축 처진 어깨 너머로 삶의 고단함이 그대로 전해져 왔다. 형우
는 곧장 집안 곳곳을 보여 준 뒤 메모가 한가득 적혀 있는 노트 한 장을
은숙에게 건넨다.

"주의사항이랑 제 연락처는 거기에 다 적어 놨으니까 참고하시고, 혹
시 연락이 안 되면 메시지라도 꼭 남겨 주세요."

"네. 걱정 마세요."

"일이 생각보단 많이 힘들 거예요. 끝까지 잘 좀 부탁드리고, 잠겨 있
는 방은 신경 안 쓰셔도 됩니다."

"네."

시종일관 사무적으로 대하는 형우의 얼굴을 가만히 보고 있자니 은숙의 마음에 불현듯 의문 하나가 생겨났다.

　'이 남자 왜 이렇게 낯이 익지?'

　그때, 막 잠에서 깬 만복이 팬티 차림으로 불쑥 나타나 다짜고짜 은숙의 등을 내리쳤다.

　"엄마야!"

　"안녕?"

　"안녕…하세요?"

　순간 자신도 모르게 내뱉은 형우의 깊은 한숨이 가뜩이나 가라앉은 집안 공기를 더욱 무겁게 만들었다. 하지만 더 이상은 물러설 곳이 없는 그였기에 애써 태연한 척, 다시금 대화를 이어 나갔다.

　"이런 거에 놀라시면 일 못 합니다. 어떻게 듣고 오셨는진 모르겠지만 그냥 조금 난폭한 애기다 생각하고 일하셔야 할 거예요."

　"네, 잘 알겠습니다."

　뭔지 모르는 동질감을 느낀 은숙은 무거운 발걸음으로 집을 나서는 형우를 향해 침묵 대신 따뜻한 인사말을 건넸다.

　"걱정 마시고 다녀오세요."

　이에 질세라 은숙 옆에 착 달라붙어 있던 만복도 앵무새처럼 그녀의 말꼬리를 물었다.

"다녀오세요!"

그리고는 은숙과 눈이 마주치자 이내 방긋 웃는다.

"배고파, 밥 줘."

전쟁이 시작됐다.

하지만 은숙의 걱정과는 달리 의외로 일은 쉽게 풀려 나갔다.

"난 김진철. 아저씨 이름은 뭐야?"
"몰라."
"아저씬 동생 없어? 얘는 내 동생 칠복이야. 예쁘지?"

만복은 대답 대신 진철이 흔들어 대는 칠복을 보며 히죽히죽 웃음을
쪼갰다.

"근데 아저씨 머리 아파?"
"응. 아파. 머리."

만복은 자신의 머리에 감긴 붕대를 가리키며 얼굴을 찌푸렸다.

"내가 호 해 줄게. 내 동생도 나 아프면 호 해 줬어. 호~~~호~~~. 이제
안 아프지?"
"응."
"둘이 아주 죽이 척척 맞으시네."

생각지도 못한 두 사람의 찰떡 케미에 한시름 놓은 은숙은 남은 설거지
를 마저 끝내고는 형우가 건넨 메모를 다시 한번 찬찬히 들여다보았다.

"절대로 혼자 두지 말 것, 절대로 불 근처에 못 가게 할 것(가스레인지,
라이터, 성냥 조심), 밥은 너무 많이 주지 말 것, 용변은 자주 체크할 것.
와~ 정말 애기랑 똑같네."

형우의 연락처를 폰에 저장한 뒤 잠시 집안을 둘러보던 은숙은 이내
자석에 이끌리듯 굳게 잠겨 있는 방문 앞으로 성큼 다가섰다.

"금고라도 숨겨 놨나."

그때였다.

[아! 똥 냄새! 아저씨 똥 쌌다!]

드디어 올 것이 왔다. 진짜 전쟁은 지금부터다.

*****

    형우는 은숙 덕분에 무사히 전쟁터를 탈출하긴 했지만, 회사 사정도 그리 녹록지는 않았다. 그가 개발한 매직슈즈가 초반만 해도 대 히트를 치며 업계를 단숨에 평정했으나, 최근 들어서 제품 하자로 인한 반품과 컴플레인이 지속적으로 발생하면서 그야말로 엘라 전체가 초비상 상태에 놓여 있었다.

    오늘도 형우는 출근하자마자 컴플레인이 접수된 매장들을 일일이 돌아보고 이제 막 회사로 복귀하는 중이었다. 시원한 로비에 들어서자 함께 동행했던 동건이 땀에 젖어 달라붙은 셔츠를 후드득 털며 몸에서 떼어 냈다. 이윽고 두 사람이 엘리베이터를 타려는 그때, 마침 정 이사와 그의 아들 민호가 승강기를 막 빠져나왔다.

    오늘따라 아들을 의식해서인지 정 이사의 거들먹거림이 두 뼘도 모자라 세 뼘은 더했다.

    "차 과장, 언제까지 이렇게 시끄럽게 할 거야? 지금 회장님께서 얼마나 맘고생이 심하신 줄 알아? 하여간 이번 주 안으로 해결 못 하면 그땐 매직이고 뭐고 다 끝이야."

    "죄송합니다."

    형우가 군말 없이 고개를 숙이자 정 이사도 자신이 너무했는가 싶어 바로 화제를 돌렸다. 하지만 주제만 달라졌을 뿐 형우의 속을 긁는다는 점에선 도긴개긴, 별반 다를 게 없었다.

"아, 여긴 내 아들 정민호 사장. DCA그룹 알지? 요번에 매출 천억 돌파했다고 회장님께서 손수 축하 자릴 마련하셨지 뭐야. 하하하! 회장님께서 일찌감치 우리 아들을 사위로 점 찍어 놓으신 데는 다 그만한 이유가 있는 거야. 안 그런가, 장 대리?"

"네?"

정 이사의 느닷없는 질문에 동건은 반사적으로 형우의 얼굴을 쳐다보았다. 하지만 형우의 얼굴에선 정 이사의 바람과는 달리 아무런 동요도 느껴지지 않았다.

"그럼 계속 수고들 하라고."

거들먹거리는 정 이사보다도 민호의 여유 있는 미소가 더욱 형우의 자존심을 건드렸다.

승강기를 타고 올라가는 내내 형우는 여전히 아무런 말이 없었다. 반면 동건은 그 짧은 시간 동안에도 정 이사와 민호를 안주 삼아 쉴 새 없이 재잘거렸다.

"DCA 그룹? 웃기고 자빠졌네. 왜, 다찾아 그룹이라고 하면 쪽팔리는가 보지? 아까 그 말 듣고 웃음 참느라 열나 힘들었다니까! 생긴 건 또 왜 그 모양이야? 형도 봤지? 꼭 기생오라비같이 생긴 거. 머리 벗겨지고 배만 나오면 딱 정 이사 판박이더라고. 그 재수탱이들 땜에 내 예쁜 눈만 버렸다니까. 회장님도 참 보는 눈도 없으시지. 바로 눈앞에 있는 다이아몬드를 못 보고 어디서 그런! 내가 말을 말아야지."

하지만 여기서 끝낼 동건이 아니다.

"지들이 그래봤자 결국 영아씨 선택은 차형우일 텐데. 주제도 모르고 깝치고 있어. 하여간 대가리에 똥만 차…."
"그만해."
"왜, 내 말이 틀려?"
"나도 다를 거 없어."

'땡' 어느새 엘리베이터가 목적지에 도착했다.

*****

만복은 여전히 밥상 앞에서 며칠을 굶은 사람마냥 게걸스럽게 음식들을 해치웠다. 그 모습이 신기한 진철은 만복의 숟가락 동선을 좇으며 연신 감탄사를 연발했다. 하지만 은숙은 만복의 식탐을 어찌해야 할지 몰라 머리가 다 지끈거렸다.

"천천히 드세요. 체하면 큰일 나요."
"밥 더 줘."
"이제 그만 드세요. 더 드시면 안 돼요."
"빨리 밥 줘!"
"벌써 두 공기 드셨잖아요. 안 돼요. 더는 못 줘요."
"이년이!"

숟가락으로 은숙을 때리려던 만복이 갑자기 얼굴을 찡그리며 엉덩이를 살짝 들었다.

"으윽~."
"아, 똥 냄새. 은숙아, 아저씨 똥 쌌나 봐."
"또??"

만복이 욕실 문 앞에 쪼그리고 앉아 손빨래를 하고 있는 은숙을 서커스 구경하듯 쳐다보며 관심을 보였다.

"앞으론 밥 한 공기씩만 드세요. 밥 많이 드시면 아드님이 싫어한단 말예요. 그리고 절대 기저귀 빼시면 안 돼요. 아셨죠?"
"네."
"그래도 이 정도면 잘하시는 거예요. 혹시 첫날이라고 봐주시는 거 아니죠?"
"네."
"내일도 모레도 앞으로도 계속 쭈욱~ 오늘처럼만 해 주세요. 그럼 맛난 거 많이 해 드릴게요."
"네. 엄마."
"엄마요?"

순간 할아버지도 누군가의 소중한 아들이었다는 생각에 문득 측은한 마음이 들었다.

"그래요. 까짓거 뭐 엄마 한 번 돼 보죠, 뭐."

어느덧 또 하루해가 저물어간다. 둘이 얼마나 쿵짝이 잘 맞던지 틈만 나면 온 집안을 휘젓고 다니는 진철과 만복 때문에 은숙의 손발은 하루 종일 쉴 새 없이 바빴다. 이윽고 8시가 되자 은숙의 휴대폰에서 알람이 울린다.

"오빠!!"

은숙은 재빨리 안방으로 향했다. 하지만 진철의 모습은 온데간데없고 만복만이 장롱에다 귀를 갖다 대고는 유심히 뭔가를 엿듣고 있었다.

"오빠. 장롱 안에 있어? 빨리 나와. 얼른 나가야 한단 말야."

다급해진 은숙이 장롱문으로 다가가려 하자 만복이 가로막으며 은숙을 저지했다.

"이러지 마세요. 시간 없어요. 아드님 오기 전에 빨리 나가야 한단 말예요. 오빠!"
"나쁜 년!"
"빨리 좀 비키세요!"

어쩔 수 없이 강제로 만복을 밀쳐 내려는 순간 다리에 힘이 풀린 만복이 방바닥으로 고꾸라지며 부딪치지도 않은 붕대 감은 머리를 감싸 쥐고는 엄살을 피웠다. 하지만 어떻게 손 씨볼 새도 없이 은숙 앞에 더 큰 시련이 닥쳐왔다. 언제 돌아왔는지, 이미 형우가 그녀 앞에 돌연 모습을 드러낸 것이다.

"무슨 일입니까?"

누가 봐도 오해를 살 만한 상황에 괜히 은숙의 얼굴이 화끈거렸다.

"그게 그러니까⋯."

그 틈을 타고 만복이 장롱문을 열어젖히자 이불 위에서 곤히 잠들어 있던 진철이 부스스 눈을 떴다. 그 순간 진철을 바라보는 세 사람의 표정은 그야말로 천태만상이었다. 만복은 함박웃음, 은숙은 초죽음, 형우는 어이없음.

하지만 그것도 잠시, 눈치 없는 만복과 진철은 미처 못다 한 술래잡기 놀이를 곧바로 재개했다.

"나 잡아 봐라!"

신이 나서 도망가는 만복을 진철은 더 신이 나서 뒤쫓았다.

두 사람이 거실로 사라지자 형우의 시선이 자연스레 은숙에게로 향했다.

눈앞에서 벌어지고 있는 이 모든 상황이 정말이지 기가 막힌 형우다.

은숙은 장롱 속으로 숨어 버리고 싶을 만큼 창피했고 혹여 일이 잘못될까 싶어 극도로 불안하고 초조했다.

"죄송해요. 저희 오빤데 혼자 둘 수가 없어서 같이 아저씨 돌봐 드렸어요. 미리 말씀 못 드려 죄송합니다. 내일부턴 안 데려올게요."

진철 때문일까? 아니면 내일이란 말 때문일까! 순간 은숙을 바라보는 형우의 눈빛이 갈피를 찾지 못해 흔들거렸다.

달동네 골목길을 오르는 은숙과 진철의 발걸음이 여느 날과는 달리 경쾌했다.

"정말 내일 또 가는 거지?"
"응. 오빠가 맘에 들었나 봐."
"대박."

신이 나서 뛰어가는 진철을 보고 있자니 지난날들이 주마등처럼 은숙의 눈앞을 스쳐 지났다. 그간 진철 때문에 울기도 많이 울었지만, 그 못지않게 진철 때문에 웃을 수 있는 날들도 많았었다. 오늘이 바로 그런 날이다.

'낼부터 같이 오세요. 수고비는 좀 더 챙겨 드릴게요.'

형우의 그 말에 은숙은 자존심이고 뭐고 고맙다며 몇 번이고 고개를 숙였었다. 진철이 누군가에게 인성을 받은 기념비적인 순간에 지존심 따윈 중요치 않았다.

잠시 후, 무슨 일인지 앞서가던 진철이 아랫집 담벼락에 몸을 숨긴 채 머뭇거리고 있었다.

"오빠. 왜 그래?"
"저…기."

진철이 가리키는 곳을 바라보니 웬 사내가 길게 목을 뺀 채 은숙의 집 대문 안을 몰래 훔쳐보고 있었다. 은숙은 진철을 안심시키고는 이내 그를 향해 다가갔다.

"누구…세요?"

이윽고 의문의 사내가 뒤돌아보며 시꺼먼 얼굴을 드러냈다.

제8화

숨바꼭질

만약 그날 그곳에 가지 않았더라면, 그가 다른 여자와 희희낙락거리는 모습을 보지 않았더라면 은숙은 지금 눈앞에 서 있는 그를 반겼을지도 모른다.

"은숙아, 진철아!"

하지만 은숙은 자신의 이름을 부르는 남자 앞에서 단 한 발자국도 움직일 수가 없었다.

"은숙아."

이윽고 한 번 더 자신의 이름이 불리고 나서야 은숙은 진철을 강제로 잡아끌며 대문 안으로 발을 들여놓았다.

"정말 보고 싶었다. 제발 못난 이 애빌 용서해 다오."

울먹이는 남자의 간절한 고백은 결국 은숙의 발걸음을 붙잡는 데 성공한다. 하지만 여전히 은숙은 그를 쳐다보지 않았다.

"돌아가세요!"

"제발 한 번만이라도 내 얘기 좀 들어줄 수 없겠니?"

하지만 남자가 간절해질수록 은숙은 더 냉정해질 뿐이었다. 은숙이 다시금 진철을 이끌고 방으로 들어가려던 찰나, 다행히 호기심 많은 진철이 그나마 남자에게 작은 희망의 불씨가 돼 주었다.

"은숙아, 저 아저씬 누구야?"

"진철아! 아빠야."

"아빠 아닌데. 은숙이가 우리 아빤 하늘나라에 있다고 했는데."

"아니야, 내가 니 아….''

그 순간 더는 참을 수가 없었던 은숙은 남자의 말이 채 끝나기도 전에 못을 박는다.

"아빠라구요? 우린 그딴 거 없으니까 다신 우리 앞에 나타나지 마세요."

남자 또한 더 이상 물러날 곳이 없자 급기야 은숙과 진철 앞에 무릎을 꿇었다.

"이 애비가 죽을죄를 졌다. 절대로 용서받을 수 없는 죄인이야. 하지만 이거 하나만은 믿어다오. 너희들을 정말 단 한시도 잊어 본 적이 없어."

순간 서슬 퍼런 은숙의 두 눈에 분노가 치민다.

"잊은 적이 없다고요? 보고 싶었다고요? 근데 왜 그랬어요? 꼭 데리러 오겠다고 약속해 놓고 그때 왜 안 나타났냐구요? 새로 얻은 마누라가 가지 말라고 하던가요? 아니면 있어봤자 무거운 짐밖에 안 되는 자식새끼들이 꼴도 보기 싫었어요? 병든 자식이 그렇게도 부끄러웠냔 말예요! 그래 놓고 이제 와서 우리 앞에 나타난 이유가 뭐예요? 뭐 드라마 속 주인공처럼 암이라도 걸려서 이식 좀 해 달라고 부탁하러 온 거예요?"

"은숙아…."

감정이 격해진 은숙은 진철의 손에 들려 있던 칠복을 낚아채 남자의 얼굴 앞에 들이밀었다.

"이거 기억나요? 기억 못 하죠? 근데 오빠 1년 365일 이걸 끌어안고 오지도 않는 아버지를 맨날 기다렸어요. 버리면 주워 오고, 버리면 주워 오고… 이 까짓 게 뭐라고."

은숙은 있는 힘껏 칠복을 대문 밖으로 집어던졌다. 그러자 진철이 재빨리 달려가 칠복을 품에 안으며 대성통곡을 했고 그 모습을 지켜보던 남자도 끝내 참았던 통회의 눈물을 쏟아냈다. 그것도 모자라 하늘에선 비까지 뿌려 댔다.

"애비 자격도 없는 놈이 끝까지 이렇게 니들한테 고통만 안겨 주는구나."

하지만 남자의 애절한 눈물 앞에서도 은숙은 끝까지 이성의 끈을 놓지 않았다.

"다 잊고 그냥 계속 행복하게 사세요."

은숙은 또다시 칠복을 빼앗아 남자의 면전에 던져 버리고는 매몰차게 진철을 잡아끌었다.

"칠복아!!"
"빨리 들어가! 내 말 안 들으면 나 다신 오빠 얼굴 안 볼 거야!"

이제껏 단 한 번도 보지 못한 은숙의 독기 어린 모습에 기가 한풀 꺾인 진철은 하는 수 없이 일단은 방안으로 몸을 구겨 넣었다.
소낙비가 내리는 마당에 홀로 남겨진 남자는 은숙과 진철을 삼켜 버린 방문을 하염없이 바라보다 이내 흙탕물에 고꾸라져 있는 칠복을 주워 품에 안는다.

"이 못난 애비 대신 네 오빠 잘 보살펴 줘서 정말 고맙다."

방구석에 쪼그려 앉은 은숙은 다리에 얼굴을 파묻은 채 터져 나오려는 눈물을 힘겹게 억누르고 있었다. 반면 진철은 속절없이 흐르는 시간 앞에서 행여나 칠복이 잘못될까 연신 은숙의 눈치만 살폈다. 그러다 도저히 안 되겠는지 더는 못 버티고 결국 밖으로 뛰쳐나가고 만다.

"칠복아!"

잠시 후, 훌쩍거리며 방 안으로 돌아온 진철의 손엔 칠복이 대신 흰 봉

투 하나가 들려 있었다. 잔뜩 화가 난 진철은 흰 봉투를 은숙 앞에 내던
지며 성난 땡삐처럼 쏘아붙였다.

"칠복이가 없어졌어! 우리 칠복이 찾아와!"

은숙은 발 앞에 떨어진 흰 봉투를 보자마자 갑자기 실성한 사람처럼
웃어 댔다. 그러다 이내 다시 차갑게 돌변하며 문을 박차고 뛰쳐나가더
니 마당이며 대문 밖 주위를 두리번거렸다. 하지만 그 어디에도 남자의
모습은 보이지 않았다.

그 시각 형우는 한 시간 만에 겨우 만복을 재우고는 그제야 단숨에 냉
수 한 잔을 들이켰다. 이윽고 부엌을 나서려는데 식탁에 붙어 있는 메모
지 하나가 형우의 눈에 띄었다.

'밑반찬 몇 가지 만들어 놨어요. 저녁 안 드셨으면 찌개랑 데워서 드
세요.'

메모지를 구겨 휴지통에 던져 버리고는 이내 거실 불을 끄려던 찰나,
또 하나의 낯선 물건이 형우의 시선을 잡아끌었다.

그것은 다름 아닌 거실 탁자에 놓인 작은 화분이었다. 근데 그 화분이
란 게 꽃집에서 돈을 주고 산 것이 아닌 누군가 직접 손으로 만든 것이었
다. 자세히 들여다보니 플라스틱 음료수병 밑동을 잘라 바닥에 작은 물
구멍 몇 개를 뚫고는 그 안에다 흙을 가득 채워 만든 수제 화분이었다. 흙

속에는 깊게 뿌리를 내린 노란 민들레꽃이 앙증맞게 피어 있었다. 그리고 작은 접시 위에 올려진 화분 옆엔 역시나 메모지 한 장이 놓여 있었다.

'아버님이랑 산책 나갔다가 담벼락 밑에서 발견한 꽃이에요. 한번 보시라고 잠깐 안에 들여놨어요.'

작은 꽃잎에서 제법 향긋한 꽃내음이 풍겨 났다.

다음 날 아침.
은숙은 아무 일 없었다는 듯 그녀 특유의 밝은 얼굴로 진철과 함께 다시 형우의 집을 찾았다. 형우와 만복 또한 어제와 똑같은 모습으로 두 사람을 맞이했다.

"오늘은 아버지 모시고 병원 좀 다녀와야 하는데. 할 수 있겠어요?"
"염려 마세요. 잘 모시고 다녀올게요."

형우가 집을 나서자마자 기다렸다는 듯 만복과 진철은 온 집안을 뛰어다니며 재회의 기쁨을 만끽했다.

"얌전히들 좀 있어요! 그러다 아래층에서 올라오면 어쩌려고 그래요!"

그렇게 또 전쟁 이튿날이 시작되었고, 난장판이 된 집안은 은숙의 손을 거치자 반짝반짝 윤이 났다. 물론 말썽쟁이 두 남자때문에 금세 또 망가질 게 뻔했지만 부지런한 은숙에겐 그 정도쯤은 일도 아니었다.

은숙은 만복의 이른 점심을 해결한 뒤 형우의 부탁대로 두 남자를 이끌고 병원으로 향했다. 형우에게 걱정 말라고는 했지만, 은숙은 사람이 많은 종합병원에서 애기 같은 만복을 통제할 일이 큰 부담으로 다가왔다. 아니나 다를까, 병원에 들어서자마자 만복은 사람이든 사물이든 가리지 않고 닥치는 대로 간섭하며 오지랖을 떨었다.

그러고 보니 진철이야말로 만복에 비하면 선비나 다름없었다.

60대 나이임에도 풍성한 검은 머리를 자랑하는 담당 의사가 붕대를 푼 만복의 머리 상태를 꼼꼼하게 체크 했다.

"다행히 잘 아물었네요. 이제 병원은 그만 오셔도 되겠어요. 처방되는 약은 딱지 떨어질 때까지만 발라 주시면 됩니다."

"네. 고맙습니다."

은숙의 말이 끝나자마자 마치 짜기라도 한 것처럼 진철과 만복이 동시에 말을 내뱉었다.

"네! 고맙습니다."

간호사가 대놓고 키득거리자 의사가 헛기침을 하며 무언의 눈치를 준다. 그런데 문제는 그다음이었다.

고개를 숙인 채 처방전을 쓰고 있는 의사를 가만히 지켜보던 만복이 갑자기 그의 머리채를 확 낚아채는 게 아닌가. 그 순간, 눈앞에 웃지 못

할 광경이 펼쳐졌다.

"어머나!"

이건 간호사의 입에서 터져 나온 감탄사였다.

여하튼 만복의 손엔 풍성한 검은 가발이 쥐어져 있었고 의사의 머리엔 몇 가닥 안 남은 머리카락들이 을씨년스럽게 앞으로 길게 늘어져 있었다.

그것도 모자라 진철과 만복이 대머리를 드러낸 의사를 가리키며 자지러지게 웃어 대는 통에 은숙은 여간 곤혹스러운 게 아니었다. 그런데 사건은 여기서 멈추지 않았다.

간호사가 터져 나오려는 웃음을 겨우 참으며 사태를 수습하려는 찰나, 만복이 아예 가발을 들고 진료실 밖으로 뛰쳐나가 버린 것이다.

"오빠! 빨리 아저씨 붙잡아!"

진철도 은숙을 따라 만복의 뒤를 쫓았다. 병원 곳곳을 요리조리 잘도 헤집고 다니는 만복을, 은숙과 진철은 합동 작전을 펼쳐 겨우 붙잡을 수 있었다.

되찾은 가발을 허둥지둥 머리에 뒤집어쓰는 의사를 보며 은숙은 일분일초라도 빨리 그곳을 벗어나고만 싶었다.

우여곡절 끝에 처방전을 받아들고 병원을 나서려는데 이번엔 진철이 누군가를 가리키며 아는 체를 했다.

"어, 어제 그 아저씨다."

그것은 분명 진철의 말대로 어제 저녁 집까지 찾아왔던 은숙의 아버지, 기섭이었다. 기섭은 금방이라도 쓰러질 것 같은 여자를 부축하며 승강기를 막 빠져나오고 있었다. 게다가 여자를 보아하니 얼마 전 은숙이 기섭을 찾아갔던 날 그 옆에서 너무나도 행복하게 웃던 바로 그 여인이었다. 은숙은 요동치는 마음을 애써 외면한 채 만복과 진철을 이끌고 황급히 발걸음을 재촉했다.

그 시각, 형우는 구두 생산 현장을 둘러보고 있었다. 최첨단 기계 공정과 기술자들의 세밀한 손기술을 거쳐 탄생되고 있는 매직슈즈는 누가 보더라도 흠잡을 데 없는 완벽한 제품이었다.

"소장님. 불량품들이 대체 어디서 나오는 거죠? 생산 과정을 보면 아무런 문제가 없어 보이는데요."
"그러게 말입니다. 저희는 분명 완제품들만 선별해서 내보내고 있거든요."

도깨비장난도 아니고 분명 사람 손에서 벌어진 일인데 형우는 그 어디에서도 사건의 원인을 찾을 수가 없었다. 오늘도 마지막 희망을 안고 찾아왔건만 돌아오는 건 도리어 더 깊은 절망뿐, 도무지 앞이 보이질 않았다.

한편, 영아와 민호는 상견례 이후 다시 한번 만남의 자리를 가지고 있었다. 민호의 예상대로 영아는 여전히 까칠했다.

"오해는 말아요. 정 이사님이나 그쪽이나 자꾸 미린을 떨어서 한 번 더 제 뜻을 확실하게 못 박으려고 나온 거니까."

하지만 그녀의 도도함 못지않게 민호의 자신감도 만만치 않았다.

"영아씨, 그거 알아요? 이미 이긴 게임을 재방송으로 볼 땐 긴장할 필요가 없다는 거."

"지금 무슨 말을 하는 거예요? 이긴 게임이라뇨?"

"거북이가 토끼를 이기는 건 동화 속에서나 있는 일이죠. 현실에선 거북인 절대 토끼를 이길 수 없거든요."

"대체 하고 싶은 말이 뭐예요? 지금 우리 형우씨가 거북이라도 된단 말예요? 아무래도 병원에 좀 가 보셔야겠네요."

"지금은 영아씨가 그놈, 아니 그 남자한테 눈이 멀어서 내 말을 무시하나 본데, 조만간 두고 보면 알게 될 겁니다."

"더 이상 시간 낭비하고 싶지 않네요. 그만 일어날게요."

"그러지 말고 오늘 저녁이나 같이합시다."

"어쩌죠? 형우씨랑 약속이 있어서요."

"그래요? 그럼 뭐 어쩔 수 없죠. 어차피 평생 나랑 같이 살 건데 그 정도는 봐 드리는 수밖에."

잔뜩 약이 오른 채 카페를 나온 영아는 곧바로 형우에게 전화를 걸어 일방적으로 쏘아붙였다.

"형우씨, 아버님은 언제 소개시켜 줄 거예요? 대체 언제까지 기다려야 하냐고요! 아버님을 만나 봬야 일이 어떻게든 진행될 거 아녜요. 나랑 결혼할 생각은 있는 거예요?"

잠시 후, 영아의 노기 띤 얼굴이 다시금 편안해진 것으로 보아 형우에 게서 분명 흡족할 만한 답을 얻어 낸 모양이다.

＊＊＊＊＊

형우는 깊은 밤이 돼서야 집으로 돌아왔다. 현관문을 열고 들어서자 어느새 고장 난 센서 등이 말끔히 고쳐져 있었다.

"제가 손 좀 봤어요."

무심한 형우는 은숙에게 고맙다는 말 한마디 없이 그저 자기 할 말만 계속했다.

"오늘 병원에선 별일 없었죠?"
"네. 선생님께서 이제 딱지 떨어질 때까지 약만 잘 발라 주면 된대요."

그때 진철이 불쑥 두 사람 대화에 끼어들었다.

"아저씨가 가발을 훔쳐서 막 도망 다녔는데."

은숙이 당황하며 뭔가 변명을 하려는데 이번엔 만복이 은숙보다 한 템

포 넌서 치고 들어왔나.

"대머리. 헤헤헤."

"이게 다 무슨 소리예요?"

"아무것도 아녜요. 아까 드라마에서 나오는 거 보고 그러는 모양이에요. 신경 쓰지 마세요. 그럼 저흰 이만 가 볼게요."

은숙과 진철도 돌아갈 집이 있고 만복도 평화로운 꿈나라를 찾아갔건만 오직 형우만이 갈 곳을 찾지 못해 방황하고 있다. 그는 이 세상 모든 짐은 다 진 듯한 얼굴로 벌써 사십 분째 집안을 배회 중이다.

일, 사랑, 가족. 아무리 발버둥 쳐 봐도 정말이지 어느 것 하나 만만한 것이 없다.

그렇게 시간은 속절없이 흐르고 삶의 고뇌가 최고조에 다다를 즈음, 형우는 결심한 듯 어딘가로 전화를 걸었다.

"…육십 대 남자 한 분만 좀 구해 주세요…."

제9화
필살기

어느덧 성큼 다가온 여름은 칙칙했던 달동네를 온통 초록빛으로 물들였다. 동산 숲속 참새들이 유난히도 짹짹거리는 일요일 아침, 쉬는 날임에도 무슨 일인지 은숙과 진철은 외출 준비에 한창이었다. 이윽고 두 사람이 막 방문을 나서려는데 뽀글 파마를 한 주인 여자가 대문 안으로 얼굴을 들이밀었다.

"다행히 집에 있었네. 요새 얼굴 보기가 왜 이리 힘들어?"
"안녕하세요?"
"안녕하세요?"

은숙을 따라 인사를 건네는 진철을 보자 주인 여자가 생글거리며 농을 던졌다.

"어머, 총각은 이젠 장가보내도 되겠구만. 처음 볼 때보다도 훨씬 더 늠름해지고 남자다워졌어. 어디, 내가 색시 자리 좀 알아봐 줘?"

진철의 얼굴을 힐끔 쳐다보던 은숙은 주인 여자의 말에 대놓고 불편한 기색을 드러냈다.

"근데 어쩐 일로…."

"아! 저기 그게 말야. 자기 아직 얘기 못 들었어?"

"무슨…."

"여기가 재개발 지역으로 선정됐다고 다들 난린데 자기만 깜깜인가 보네."

"재개발이요?"

"그래서 말인데 나도 조만간 이 집을 내놔야 해서 자기도 방을 좀 빼 줘야 할 거 같은데."

"아니, 당장 갈 데가 어디 있다고."

"어쩌겠어. 나랏일을 우리가 막을 수도 없고. 자기도 괜히 힘 빼지 말고 용역 애들 뜨기 전에 빨리 집부터 알아보라고."

노골적으로 진철을 위아래로 훑어보는 여자의 시선이 영 마뜩잖았던 은숙은 대답도 하는 둥 마는 둥 그녀보다도 먼저 진철을 이끌고 대문을 나섰다.

"인물이 아깝다, 아까워. 저 인물에 멀쩡하면 얼마나 좋아!"

혀까지 차가며 주절거리는 여자의 목소리가 대문 밖을 나서는 은숙과 진철의 귀에까지 선명하게 들려왔다. 은숙은 당장 쫓아가 따끔하게 한마디 해 주고 싶었지만, 그보다도 행여 진철이 상처라도 받았을까 조심스럽게 그의 안색부터 살폈다.

"오빠. 힘들지 않아? 힘들면 안 가도 돼."

"아저씨하고 놀 거야. 아저씨하고 노는 거 재밌어."

세속적인 안목과 잣대 따윈 다른 세상의 얘기일 뿐, 진철은 여전히 때 묻지 않은 밝고 순수한 소년의 모습 그대로였다. 그런데 이상하게 자꾸만 주인 여자의 안타깝다는 그 말이 계속 은숙의 신경을 건드렸다. 그동안 오빠를 어린애로만 생각하고 너무 무심했던 건 아닌지 괜히 속상하고 미안한 마음에 진철의 얼굴을 제대로 쳐다볼 수가 없었다.

이윽고 용달차가 세워져 있는 마을 공터에 다다르자 몇몇 사람들이 두 개의 가로등을 기둥 삼아 '재개발 반대'라는 글씨가 박힌 플래카드를 높이 매달고 있었다.

*****

형우는 평소와는 다르게 조금 긴장된 얼굴로 은숙과 진철을 맞아주었다.

"쉬는 날인데 불러서 미안해요."
"급할 땐 서로 돕고 살아야죠."
"오래 걸리진 않을 겁니다. 잠시만 부탁드릴게요."
"4시까진 괜찮으니까 걱정 말고 다녀오세요."

은숙도 오후엔 중요한 약속이 있었기에 굳이 다시 한번 4시를 힘주어 강조했다.

한편, 만복과 진철은 사람이 집을 나가든 말든 오늘도 어김없이 그들만의 세상에서 그들만의 유흥을 즐겼다.

은숙이 안방 문을 열자 진철의 아코디언 연주에 맞춰 춤까지 추고 있던 만복이 우두커니 서 있는 은숙의 손을 잡아끌며 빙글빙글 회를 돌았다.

"어지러워요! 그만하세요!"

만복과 은숙이 방바닥에 나뒹굴고 나서야 한바탕 소동은 끝이 났다. 하지만 그것도 잠시, 만복과 진철은 또다시 풍악을 울리며 흥겨운 가무를 이어나갔다. 은숙은 도망치듯 안방을 빠져나와 거실 소파로 다가가려는 순간, 깜짝 놀랄 무언가가 그녀의 시선을 사로잡았다.

은숙은 시커멓게 입을 벌리고 있는 형우의 방문 앞으로 살금살금 다가갔다.

그 시각, 형우는 도심 외곽에 자리 잡은 풍경 좋은 식당에서 일생일대의 가장 중요한 행사를 치르고 있었다. 푸른 잔디 위에 피어난 알록달록 예쁜 화초들이 내려다보이는 창가 자리엔 웬 멋진 노신사가 마주 앉은 형우와 영아를 바라보며 인자한 미소를 지어 보였다.

"형우씨가 아버님을 닮아서 이렇게 멋진가 봐요. 정말 너무 멋쟁이세요."
"하하하. 그래요? 이거 예쁜 예비 며느리한테서 칭찬을 들으니 더 듣기 좋은데요?"
"호호호. 이렇게 멋진 아버님을 형우 씬 왜 이제야 소개시켜 주는가 몰라요. 더 일찍 뵀으면 좋았을 텐데."
"내가 워낙 벌여 놓은 일들이 많아서 1년 365일을 여기저기 바쁘게 돌아다니다 보니 형우 이 녀석도 중간에서 꽤나 애를 먹었을 거예요."

"저희가 제주도로 먼저 찾아뵀어야 했는데 죄송해요."

"죄송하긴. 괜히 바쁜 척하는 나 때문에 그리된 건데."

"근데 바쁘게 사셔서 그런가 아버님은 연세보다 10년은, 아니 20년은 더 젊어 보이세요. 아주 최강 동안이세요."

"하하하하!"

대화 내내 잠잠히 두 사람의 이야기를 듣고만 있던 형우는 간간이 미소로 화답하며 상견례의 구색을 맞춰 나갔다. 하지만 애써 웃음 짓는 그 억지 미소 뒤엔 그야말로 좌불안석, 초조한 마음이 최고조에 달해 있었다. 그런 줄도 모르고 영아는 예비 시아버지 앞에서 최선을 다하는 모습이다.

"조만간 아버님 편하신 시간에 맞춰서 저희 아빠랑 식사 자리 한 번 마련할게요."

"그래요. 회장님께서도 우리 형우 맘에 들어 하시죠?"

"그럼요. 형우씨처럼 완벽한 남자를 싫어할 사람이 어딨겠어요? 저희 아버지께서도 장차 당신의 뒤를 이을 사람으로 일찌감치 형우씨를 점찍어 놓으셨거든요."

"팔불출 같지만 이 녀석이 어렸을 때부터 좀 특출나긴 했지."

"정말요? 아버님, 형우씨 어린 시절 얘기 좀 해 주세요."

"그러니까 그게…."

예상치 못한 노신사의 오지랖은 가뜩이나 초조한 형우를 더욱 긴장하게 만들었다.

"이제 그만하세요."
"아버님! 빨리 말씀해 주세요. 형우씨 어린 시절이 너무너무 궁금하단 말예요."

두 사람 사이에서 이러지도 저러지도 못하는 노신사를 구해 준 건 때마침 주문한 식사를 내오는 종업원이었다. 물론 그의 등장이 반갑기는 형우도 마찬가지였다.

"얘기는 나중에 하시고 우선 식사부터 하시죠."
"아버님, 맛나게 드세요."
"우리 예쁜 며느님도 맛있게 들어요."

두 사람 사이에서 위험한 외줄타기를 하고 있는 형우는 긴장과 초조, 불안감에 휩싸이며 매 순간순간이 가시방석이었다. 그런 가운데 아무것도 모른 채 시종일관 살갑게 노신사를 챙기는 영아와 자신이 맡은 역할에 최선을 다하고 있는 사내를 보고 있자니 형우는 밀려드는 죄책감에 숨도 제대로 쉴 수가 없었다. 하지만 이제 와 되돌리기엔 이미 너무 멀리 와 버렸다.

* * * * *

형우의 방은 생각보다 넓고 깔끔했다. 이윽고 방 안 구석구석을 훑어

보던 은숙은 동그란 눈을 더욱 동그랗게 뜨며 이내 어딘가를 응시했다.

"변태야 뭐야! 그렇겐 안 보였는데. 아무튼 이래서 그동안 문을 잠그고 다녔구만."

그도 그럴 것이 형우의 직업을 잘 모르는 상황에선 충분히 이런 의심을 살 만했다. 책상 위에 가득 쌓인 여성 전문잡지들이며 벽에 걸린 여성 구두 사진들, 그것도 모자라 한쪽 벽 장식장 안에는 아예 온갖 모양의 여성 구두들이 한가득 진열되어 있었다. 아무리 생각해도 이 방의 주인이 평범한 사람이 아님엔 틀림없어 보였다.

그건 그렇고, 잠시 장식장 안을 들여다보던 은숙의 입에서 깊은 한숨이 새 나왔다.

"난 언제쯤 이런 구두 한 번 신어 보려나…."

은숙은 그냥 돌아서려다 그놈의 미련 때문에 이내 다시 장식장으로 손을 뻗었다. 그리고는 조심스럽게 장식장 문을 열어 가장 맘에 드는 핑크색 구두 한 켤레를 꺼내 들었다.

"와, 정말 예쁘다."

마치 자신이 신데렐라라도 된 것마냥 은숙은 분홍색 구두 앞에서 좀처럼 흥분을 감추지 못했다. 마음까지 가다듬으며 깊은숨을 몰아쉬고는 이내 구두 속에다 자신의 발을 끼워 넣으려는 그때, '뿌앙~~~.' 고막을 찢는 듯한 소리가 온 집안에 울려 퍼졌다.

득달같이 안방으로 달려온 은숙은 하마터면 기절할 뻔했다. 소복 차림에 귀신 분장을 한 만복이 갑자기 스윽 나타나서는 은숙의 면전에다 대고 색소폰을 빵빵 불어대는 것도 모자라 그 옆에선 삐에로 분장을 한 진철이 자신의 몸집보다도 한참 작은 해진 양복을 껴입고는 만복의 색소폰 소리에 맞춰 아코디언을 연주하기 시작했다.

"내가 못 살아 정말! 두 사람 꼼짝 말고 기다려요. 하던 일, 마저 끝내고 올 테니까."

몸서리를 치며 다시 형우의 방문 앞으로 돌아온 은숙은 또다시 눈앞이 캄캄해지며 경악을 금치 못했다.

"어떡해!"

굳게 닫힌 방문 앞에서 은숙은 형우를 떠올렸다.

"바닥에 떨어져 있는 구두 보면 그 성격에 가만 있지 않을 텐데~."

하지만 이미 돌이킬 수 없는 강을 건너 버린 은숙으로선 달리 방법이 없었다. 그저 해 볼 수 있는 거라곤 기적을 바라며 비밀번호를 알아내는 수밖에. 그러나 수만 가지의 비밀번호를 아무리 눌러 보아도 끝내 문은 열리지 않았다.

*****

벌써 3시를 훌쩍 넘어선 시각, 형우는 주변의 시선을 의식하며 노신사에게 봉투 하나를 건넨다.

"이건 제가 따로 챙겨 드리는 거예요. 앞으로 한두 번만 더 부탁드릴게요."
"언제든 불러 주세요."

형우는 은밀한 거래를 마치자마자 은숙이 강조한 4시를 지키기 위해 속도를 올리며 도로 위를 내달렸다. 그런데 도심으로 들어서는 길목에 다다르자 줄어든 차선에 병목 현상까지 빚어져 움직이는 속도가 거의 거북이걸음 수준이었다. 형우는 곧장 은숙에게 전화를 걸었다.

"어쩌죠? 차가 너무 밀려서 4시까진 힘들 거 같은데."

형우와 통화를 끝낸 은숙은 머릿속이 복잡해졌다. 그냥 나가려니 만복이 걸리고 약속을 미루자니 그건 더더욱 안 될 일이었다. 잠시 깊은 고민에 빠진 그녀는 이리저리 궁리를 하다가 마침내 결단을 내린 듯 안방으로 향했다.

"오빠!"

진철과 만복은 많이 고단했는지 귀신과 뼈에로 차림새 그내로 쓰러져 낮잠을 자고 있었다. 은숙은 진철을 깨우려다 이내 손을 거둬들였다.

"별일이야 있겠어. 깨기 전에 얼른 다녀와야겠다."

은숙이 서둘러 달려간 곳은 형우의 집 근처에 있는 어느 커피숍이었다. 은숙이 커피숍 문을 열고 들어서자 먼저 와서 기다리고 있던 기섭이 은숙을 향해 손을 흔든다.

자리에 앉자마자 은숙은 다짜고짜 기섭 앞에 봉투부터 내밀었다.

"이런 거 던져 주면 우리가 얼씨구나 하고 좋아할 줄 알았어요? 이딴 거 필요 없으니까 가져가시고 다신 이런 짓 하지 마세요."

"미안하다. 이 못난 애비가 이제 와서 할 수 있는 게 이런 거 밖에는 없구나."

"당신한테 이런 거 받을 이유도, 필요도 없다고요. 제발 이깟 알량한 돈 가지고 선심 쓰면서 더 이상 우리를 괴롭히지 말란 말예요! 그렇게 용서를 받고 싶으면 딴 데 가서나 알아보세요. 우린 알 바 아니니까."

감정이 격해진 은숙은 자리를 박차고 일어나 마지막으로 한 번 더 쐐기를 박았다.

"그냥 다 잊으세요!"

"은숙아!"

기섭의 그 어떤 말로도 이미 돌아서 나가는 은숙의 마음과 발길을 결코 되돌릴 수는 없었다.

그도 그럴 것이 기섭에게 연락을 준 것도 은숙이 아닌 보육원 원장님이었다. 은숙은 자신의 번호를 기섭에게 절대 알려 주지 말라는 신신당부와 함께 오늘 만날 장소와 시간도 원장이 대신 기섭에게 전해 줄 것을 부탁했었다. 은숙은 다시는 기섭을 만나고 싶지 않았고 또 만날 일도 없었다.

은숙이 용달차를 타고 막 커피숍 마당을 빠져나갈 즈음, 커피숍 안에선 이야기를 나누고 있던 손님들이 갑자기 기섭을 향해 우르르 몰려들었다.

300미터쯤 달렸을까. 맞은편에서 달려오는 119 구급차가 요란을 떨며 은숙의 용달차를 스쳐 지난다.

제10화
삶이 그대를 속일지라도

　4시가 훨씬 넘어서야 형우는 지친 몸을 이끌고 집으로 돌아왔다. 그가 현관에 발을 들여놓자 소복 차림의 만복과 삐에로 분장을 한 진철이 나란히 현관 입구에 서서 색소폰과 아코디언을 연주하며 형우를 맞아 주었다.

　　"꽃피는 동백섬에 봄이 왔건만 형제 떠난 부산항에 갈매기만 슬피 우네. 오륙도 돌아가는 연락선마다 목메어 불러 봐도 대답 없는 내 형제여 돌아와요 부산항에 그리운 내 형제여…."

　하지만 형우는 만사가 다 귀찮은 듯 두 남자를 그저 유령 취급하며 곧바로 자신의 방으로 들어가 버린다. 잠시 후!

　[누가 내 물건에 손댔어!]

　이윽고 거실로 뛰쳐나온 형우 앞에 어느새 집으로 돌아온 은숙이 장승처럼 서 있었다. 만복과 진철도 분위기가 심상치 않음을 느꼈는지 노래와 연주를 멈추고는 은숙 옆에 나란히 섰다. 얼떨결에 줄지어 선 세 사람은 마치 사형 선고를 기다리는 죄인들처럼 풀이 죽은 채 형우를 바라보았다.

"분명 문이 잠겨 있었을 텐데 어떻게 장식장 안에 있던 구두가 바닥에 떨어져 있는 거죠? 아버지가 그랬어요?"

놀란 만복이 재빨리 은숙의 등 뒤로 숨자 은숙은 담담하게 사실을 털어놓았다.

"사실 그게… 아까 나가시고 난 뒤에 보니까 방문이 열려 있더라고요. 그래서 제가 잠깐 들어갔는데 구두가 너무 예뻐서 한 번 신어 본다는 게 그만….."
"아무리 열려 있어도 그렇지 남의 방엔 왜 함부로 들어가며 남의 물건엔 왜 허락도 없이 손을 대는 겁니까! 내가 저 방은 절대 건드리지 말라고 첫날부터 얘기했잖아요!"
"죄송합니다. 앞으론 조심할게요."

은숙이 고개를 숙이자 만복이 형우를 향해 메롱거리고는 또다시 색소폰을 시끄럽게 불어대기 시작했다. '뿌뿌뿌뿌~.'

"아버지! 대체 언제까지 이럴 거예요! 제발 좀 그만 괴롭히시라고요. 내가 오늘 무슨 짓까지 했는지 알아요? 아버지 때문에 내가 왜 빌어먹을 사기꾼처럼 살아야 하느냐구요!!"

그 순간, 이번엔 진철이 만복을 공격하는 형우에게 대들었다.

"우리 아지씨한데 왜 그래요? 그러지 미요!"

진철까지 나서며 일이 커지려 하자 은숙은 어쩔 수 없이 형우 앞에 무릎을 꿇고 만다.

"다 제 잘못입니다. 다음부턴 절대 이런 일 없도록 할게요."

형우는 알고 있었다.
아버지도, 은숙도, 진철도 아무 잘못이 없다는 것을.
그가 지금 이토록 화를 내는 것은 자기 자신의 밑바닥을 본 데서 오는 자괴감 때문이라는 것을.
만복의 치매도, 은숙의 불찰도, 진철의 모자람도 결국엔 형우 자신의 죄를 정당화시키기 위한 가엾은 희생양에 불과하다는 것을.

"오늘은 이만 돌아가세요."

방으로 들어가 버리는 형우의 뒷모습을 남겨진 세 사람의 눈동자가 동시에 좇았다.
이윽고 형우가 방으로 사라지자 은숙은 긴장이 풀렸는지 그만 바닥에 털썩 주저앉고 만다. 그리고 생각했다. 저 남자와 자신이 많이 닮아 있음을.

은숙의 용달차가 털털거리며 도착한 달동네 공터에선 재개발을 반대

하는 사람들의 시위가 한창이었다. 협소한 공간임에도 남녀노소 제법 많은 숫자의 사람들이 모여 있었다.

"누구를 위한 재개발이냐! 즉각 철회하라!"
"철회하라! 철회하라! 철회하라!"
"집 없고 돈 없는 사람들은 어디로 가란 말이냐! 당장 철회하라! 철회하라!"

하지만 돈 없고 빽 없는 사람들의 간절한 외침은 애꿎은 허공만 가르고 있을 뿐, 가진 자들 중 어느 누구 하나 처다보는 이, 귀 기울이는 이는 없었다.
그럼에도 은숙은 혼자만의 싸움이 아니란 생각에 온몸이 저릿해지며 저도 모르게 주먹이 불끈 쥐어졌다.

* * * * *

하루, 이틀, 사흘, 그렇게 또 며칠이 흘렀다.
엘라 사람들은 여전히 그날그날의 매출액에 일희일비하며 다람쥐 쳇바퀴 돌듯 반복되는 삶을 살아가고 있다. 점심시간이 끝나자 엘라의 일개미들이 우르르 사무실로 모여들어 할당된 오후 업무를 시작한다.
그 시각, 영아는 엘라의 가장 높은 곳에서 자신의 사랑을 지키기 위한 투쟁 아닌 투쟁을 벌이고 있었다.

"아빠. 마지막 제 소원이에요. 제발 형우씨 좀 받아주세요."

"이 애비야말로 마지막 소원이다. 지금은 네가 그놈한테 눈이 멀어서 똥인지 된장인지 구분을 못 하는데 두고 봐라, 이 애비 말이 맞는지 틀린지. 그놈은 기껏해야 부장이지만 민호 갠 차원이 달라. 장차 이 나라 경제를 이끌어 갈 차세대 리더감이라고. 불 보듯 뻔한 게임에서 네가 이 애비라면 누굴 선택하겠냐."

"아빠가 형우씨의 진면목을 아직 다 못 봐서 그런 거예요! 두고 보세요. 형우씨는 분명 최고의 자리까지 오를 거니까."

"철없기는. 하여간 이 애비 맘은 변함없으니까 너도 그만 힘 빼."

"그럼 할 수 없죠 뭐. 아빠 허락 없이 결혼을 강행하는 수밖에."

"너 정말 계속 이렇게 나올 거야! 그래, 어디 네 맘대로 한번 해 봐. 그대신 나중에 아무리 빌어도 소용없을 줄 알아."

"절대 그럴 일은 없을 거예요!"

최 회장의 집무실을 빠져나온 영아는 형우가 급히 외근을 나갔다는 말을 전해 듣고는 바로 1층 로비로 향했다. 그런데 또 무슨 일인지 로비를 향해 걷던 그녀의 얼굴이 금세 일그러졌다. 그것은 다름 아닌 정 이사의 아들 민호 때문이었다.

"약속도 안 했는데 이렇게 또 영아씨 얼굴을 보다니 이거 정말 행운인데요?"

"요즘 발걸음이 잦으시네요. 누가 보면 여기 직원인 줄 알겠어요."

"모르시나 봐요. 엘라에 제 지분이 얼마나 되는지."

"관심 밖의 일이라서요."

"곧 관심을 가지게 될 겁니다."

영아는 민호의 능글거리는 웃음에 눈살을 찌푸리며 최대한 빠른 걸음으로 빌딩을 빠져나갔다.

이윽고 집무실 한쪽에서 골프 연습을 하고 있던 정 이사가 얼굴에 화색이 돌며 민호를 반긴다.

"일은 계획대로 잘 진행되고 있는 거지?"
"제가 누굽니까! 아버지는 즐길 준비나 하세요."
"그거 듣던 중 반가운 소리구만."

정 이사가 퍼팅 매트에 올려진 공을 살짝 때리자 공이 또르르 구르며 홀 안으로 쏘옥 빨려 들어간다.

"근데 말씀하신 증거물은 어디 있죠?"

민호를 향해 씨익 미소를 짓던 정 이사는 대답 대신 사무실 한쪽에 고이 모셔 둔 금고를 바라보았다.

* * * * *

형우와 동건은 벌써 일곱 번째 매장을 방문 중이다. 오후 내내 백화점 내 엘라 매장을 돌고 있는 두 사람은 매장 담당자들의 고충과 고객들의 불만 사항을 소화해 내느라 진이 다 빠져 있었다.

"그러니까 굽을 꽂는 중심내가 약해서 쉽게 부러진다는 거죠?"

"그뿐만이 아니에요. 굽들도 너무 약해서 몇 번 신지도 않았는데 금세 부러져 버린다니까요. 아니, 파는 제품마다 이 모양이니 이젠 손님 발소리만 들어도 무서워 죽겠어요."

"죄송합니다, 저희가 빠른 시일 내에 문제를 해결하도록 하겠습니다."

"빨리 해결하셔야지 백화점 측에서 지금 푸시가 장난 아니에요."

누가 말했던가. 삶이 그대를 속일지라도 슬퍼하거나 노여워하지 말라고!

삶이 팍팍하기는 은숙도 마찬가지였다.

형우네 집 베란다에서 분주히 빨래를 널고 있는 은숙의 얼굴이 며칠 새 더 핼쑥해져 있었다. 이는 딱히 만복을 돌보는 일 때문이라기보다는 기섭을 만나고 난 후부터 생겨난 후유증 때문에 엄청난 심적 고통을 겪고 있어서였다. 말로는 다 잊었다고 하지만 시간이 지나면 지날수록 잊히기는커녕 더 많은 생각이 은숙을 괴롭혔다.

그런데 아이러니하게도 만복과 진철의 일탈이 오히려 그 고통을 잠시나마 잊게 만들었다. 오늘도 어김없이 쌍둥이처럼 착 달라붙어 있는 만복과 진철은 세상 근심이라곤 1도 찾아볼 수 없는 천진난만한 얼굴에 살까지 오동통하게 올라 있었다. 만화영화 〈톰과 제리〉를 보며 연신 폭소를 터뜨려 대던 만복은 잠시 후 부엌 쪽에서 이상한 소리가 들려오자 살금살금 소리 나는 쪽으로 걸어갔다. 그 소리의 정체는 바로 가스레인지 불에 올려져 있는 주전자에서 나는 소리였다. 순간 만복이 벌겋게 달아

오른 주전자를 들고 진철을 향해 쏜살같이 달려왔다.

"아저씨, 그게 뭐예요?"
"먹는 거. 입 벌려. 아~~~."
"아~~~."

진철이 고개를 젖히고 입을 벌리는 순간,

"안 돼!!"

빛의 속도로 달려온 은숙이 재빨리 만복의 손에서 주전자를 낚아챘다.
하지만 낚아채는 과정에서 뜨거운 물이 진철의 얼굴 위로 튀고 말았다.

"앗 뜨거!"
"어떡해. 오빠 많이 아파?"
"화끈거려."
"아저씨! 하마터면 사람 죽일 뻔 했잖아요! 그렇게 부엌으론 가지 말
라고 신신당부를 했건만 왜 또 가셨어요!"

은숙이 매섭게 다그치자 만복은 금세라도 울음을 터뜨릴 것처럼 입을
삐죽였다.

"어! 아저씨 오줌 싼다."
"기저귀는 왜 또 빼셨어요! 내가 미쳐 정말."

이렇듯 화를 부르는 만복의 말썽이 잠시나마 은숙의 머릿속에서 기섭을 밀어냈다.

끝도 없는 뒤치다꺼리와 빨래, 청소, 식사까지 다 해결하고 나니 벌써 8시다.

언제부턴가 식곤증까지 함께 느끼는 만복과 진철은 안방에서 방금 막 잠이 들었다. 이 시간은 은숙이 깨어 있는 시간 중 유일하게 몸이 쉴 수 있는 시간이었다.

은숙은 거실 소파에 몸을 누이고는 간만에 휴식다운 휴식을 취했다. 이윽고 드라마에 푹 빠져들 즈음 TV 화면에선 운전을 하던 드라마 속 여주인공이 그만 남자주인공의 차를 들이받는 장면이 연출되었다. 뒤이어 잔뜩 화가 난 남자주인공이 여주인공을 마구 다그치는 장면이 이어지자 은숙이 갑자기 유레카를 외쳤다.

"기억났다. 그때 그 접촉사고, 그 사람이 형우씨였구나."

때마침 은숙의 기억이 정답임을 확인이라도 해 주듯 현관문 벨이 명랑하게 울려 댔다.

"누구세요?"
[문 좀 열어 주세요. 차형우씨 모시고 왔습니다.]

은숙이 재빨리 현관문을 열자 술에 취해 인사불성이 된 형우가 동건의 품에 새색시마냥 안겨 있었다. 물론 동건도 제법 취한 듯했다.

"안녕하세요, 말씀 많이 들었습니다. 저는 장동건이라고 합니다."
"네. 힘드실 텐데 얼른 들어오세요."
"그럼 실례하겠습니다."

동건은 그의 작은 눈으로 은숙에게 해님 웃음을 지어 보이며 품에 안긴 형우를 집 안으로 이끌었다.

"근데 왜 이리 술을 많이 드셨대요?"
"우리 형우씨가 원래 이러는 사람이 아닌데 요새 회사 일로 하도 스트레스를 많이 받다 보니 몸이 많이 약해졌나 봅니다. 별로 많이 마시지도 않았는데 이렇게 돼 버렸네요. 자기야, 빨리 정신 좀 차려 봐."

'우리 형우씨? 자기야? 둘이 대체 무슨 사이야? 설마….'

"너무 걱정하지 마세요. 술 깨는 약 먹였으니까 잠시 후면 멀쩡해질 거예요."
"네. 고생하셨어요."
"근데 정말 미인이시네요. 딱 제 스타일이에요. 헤헤헤."

'뭐야! 이 남자 지금 나한테 작업 거는 거야? 양다리는 안 되지!'

"그럼 전 이만 가 보겠습니다. 다음엔 멀쩡한 모습으로 찾아뵐게요."
"네. 조심히 가세요."

동건이 집을 나가자 형우가 혀 꼬이는 소리로 뒤늦게 그를 붙잡았다.

"자기야, 가긴 어딜 간다고 그래. 나랑 2차 해야지."

'헐! 이 사람들 뭐야? 진짜 둘이 사귀는 거야?'

그때였다.

형우가 비틀거리며 몸을 일으키려다 그만 옆에 서 있던 은숙을 덮치며 함께 바닥으로 쓰러지고 만다. 이윽고 은숙의 몸 위로 떨어진 형우가 부스스 눈을 뜨자 뒤이어 은숙도 천천히 눈을 뜬다. 그 찰나의 순간, 두 사람은 처음으로 서로의 눈을 바라보았다.

제11화

기억의 두 얼굴

"악!"

형우와 은숙은 누가 먼저랄 것도 없이 동시에 상대방을 힘껏 밀쳤다. 그러더니 진짜 정신이 없는 건지 아니면 그저 상황을 모면하고 싶은 건지 형우는 다시 혼수상태로 돌아가 소파에 그냥 뻗어 버리고 만다. 하지만 정신이 멀쩡한 은숙은 한참 동안 몸을 움직이지 못했다.

비록 비정상적이긴 해도 생애 처음 남자와의 포옹이었기에 은숙은 이 묘한 기분을 쉬 떨쳐 버릴 수가 없었다.

어둠이 내려앉은 달동네 골목길은 언제 봐도 처량하다. 지금 그 처량한 길을 함께 오르고 있는 은숙과 진철의 모습은 마치 흑백 배경에 주인공만 컬러로 표현된 한 편의 영화처럼 이질적이면서도 강렬했다. 한 발 한 발 힘차게 내딛는 두 사람의 발자국 소리에 이웃집 할머니 댁 누렁이가 컹컹대며 화답을 한다. 이윽고 계단 끝 가로등 불빛 아래에 다다르자 진철의 이마에 붙인 컬러풀한 반창고가 더욱 도드라졌다.

"오빠. 얼굴 화끈거리는 건 괜찮아?"

"응. 이제 하나도 안 아파."

"그만하길 천만다행이야. 하마터면 잘생긴 우리 오빠 얼굴 호박 될 뻔했어."

"호박은 예쁜데."

"그런가? 우리 오빤 뭐가 돼도 예쁜 남자구나."

"하하하!"

오누이의 정다운 퇴근길이 거의 끝나갈 무렵, 대문 앞에 멈춰 선 은숙의 얼굴에선 일순간 웃음기가 싹 사라져 버렸다. 그녀의 시선이 머문 그곳엔 기섭의 새 부인인 정옥이 세상 가장 인자한 얼굴로 그림처럼 서 있었다.

"은숙씨 맞죠? 정말 아버지를 많이 닮았네요."

조금의 머뭇거림도 없이 진철을 앞세운 은숙은 정옥을 무시한 채 재빨리 대문 안으로 들어가 버린다.

"은숙씨!"

하지만 은숙은 여전히 반응하지 않았다. 이윽고 은숙이 방문을 열려는 그때!

"아버지가 지금 많이 아파요!"

문고리를 잡은 은숙의 야윈 손이 미세하기 떨렸다.

"지금 은숙씨 아버지가 많이 아프다구요!"

다시금 마음을 다잡은 은숙은 이내 담담한 얼굴로 입을 열었다.

"이제야 알겠네요. 고귀하신 분들이 왜 이 달동네까지 찾아와서 우리 같은 사람들한테 굽실대는지."
"제가 다 말씀드릴게요."
"정말 왜 이렇게 사람을 귀찮게 해요! 더 이상 댁들한테 들을 말도 할 말도 없다고요!"
"간암 말기예요. 시간이 없어요!"
"그럼 그렇지. 이제야 본색을 드러내시네. 그래서요? 지금 우리더러 간 이식이라도 해달라는 거예요? 몇십 년을 외면하다가 이제 와서 다 죽게 생겼으니 간 좀 내놔라 이거잖아요 지금! 우리 말고도 간 이식해 줄 자식이 둘이나 있던데! 왜, 걔들은 해 주기 싫대요? 그래서 우리한테 부탁해 보라고 그 남자가 아줌마한테 시키던가요?"

'철썩!' 정옥은 순간 감정에 북받쳐 자신도 모르게 은숙의 뺨을 세게 내리치고 말았다. 놀란 진철이 정옥을 향해 달려들자 은숙이 진철을 힘겹게 떼어 낸다.

"내 동생 왜 때려!"

진철의 힘에 밀려 휘청거리던 정옥이 쓰러지듯 주저앉았다.

"미안해요. 아무런 자격도 없는 사람이… 하지만 다시는 그런 말 하지 말아요. 그이한테 피붙이는 진철씨하고 은숙씨 뿐이에요. 단지 죽기 전에 은숙씨와 진철씨 얼굴 한 번 더 보는 거, 죽기 전에 두 분 손 한 번 잡아 보는 거, 죽기 전에 두 분을 품에 한 번 안아 보는 거, 오로지 소원은 그거밖에 없어요. 제발 믿어 줘요."

은숙은 무너지지 않으려 안간힘을 썼다.

"그만 돌아가세요."
"그날 아버지가 왜 두 분을 만나러 갈 수 없었는지 알아요? 그건….”
"알고 싶지 않아요. 이미 다 지난 일이에요."

간신히 이성의 끈을 붙잡고 있던 은숙은 매몰차게 방으로 들어가 버린다. 이윽고 머뭇거리던 진철마저 방으로 들어가자 마당엔 정옥만이 혼자 덩그러니 남겨졌다.

"라파병원 701호예요. 시간이 얼마 남지 않았어요."

아무리 귀를 틀어막아도 애끓는 그녀의 목소리는 은숙의 심장까지 파고들었다.

모두가 잠든 깊은 밤에도 은숙은 도저히 잠을 이룰 수가 없었다. 오히려 밤이 깊어갈수록 그녀의 의식은 점점 더 또렷해져만 갔다. 결국 잠자리에서 일어나 버린 은숙은 곤히 잠든 진철을 바라보다 깊은 상념에 빠져든다. 잠시 후 은숙의 또렷해진 의식 속에서 공포의 그날 밤이 너무나도 선명하게 떠올랐다.

"엄마~ 엄마~~."

유난히도 길고 추웠던 1998년 12월의 어느 겨울밤. 열 살도 안 된 어린 두 남매는 차가운 방바닥 위에 쓰러져 꿈쩍도 하지 않는 엄마를 애타게 부르고 있었다.

"엄마! 빨리 일어나 엄마!"

두려움과 공포에 휩싸인 어린 소녀는 싸늘하게 식은 엄마의 야윈 몸을 작은 손으로 흔들어 대며 끝내 울음을 터뜨렸다.

"오빠. 엄마가 눈을 안 떠. 오빠가 엄마 좀 깨워봐."

하지만 안타깝게도 아홉 살 소년은 다섯 살 소녀보다도 더 큰 공포를 느끼며 이상 증세를 보이기 시작했다.

"으어~~~~~."

자신의 머리를 때리며 울부짖는 소년의 모습은 어린 소녀를 더 큰 공포로 몰아갔다.

그 순간, 어린 남매의 아빠로 보이는 사내가 술에 취해 온갖 분노와 저주를 퍼부으며 냉기 가득한 방으로 발을 들여놓았다. 소녀는 사내를 보자마자 설움이 북받쳐 올랐다.

"아빠! 엄마가 죽었나 봐~."

남자는 잠시 아내의 얼굴을 뚫어져라 쳐다보더니 이내 여자의 머리맡에 떨어져 있는 약병 하나를 발견한다. 금세 시뻘건 실핏줄들이 퍼지며 창백했던 그의 눈자위에 거미줄처럼 엮였다.

갑자기 실성한 사람처럼 웃어대던 사내가 싸늘한 주검이 된 여자를 끌어안으며 흐느껴 울자 어린 남매의 슬픔도 극에 치달았다.

하지만 여전히 죽음을 택한 여자도 죽지 못해 살아 있는 남자도 아무런 말이 없었다.

그날의 기억에서 미처 헤어나지 못한 은숙은 터져 나오는 눈물을 주체하지 못해 얼른 다리 사이에 얼굴을 파묻었다.

어느새 문밖엔 동이 터오고 있었다.

지난밤 은숙의 심장까지 파고들었던 정옥의 말이 아침까지도 끈질기게 달라붙으며 은숙의 휴일을 방해했다. 평상시 같았으면 일요일에도 일을 나갔을 은숙이지만 오늘은 도저히 아무것도 할 수가 없었다. 하지만 은숙은 곧 후회했다.

그녀는 마음이 괴로운 것보단 차라리 몸이 피곤한 것이 더 낫다는 것을 이미 여러 경험을 통해 잘 알고 있었다.

이윽고 진철과 이른 점심을 먹고는 오후엔 일을 나갈까 고민하던 그때, 마을 공터에서 시위대의 함성이 들려왔다.

"재개발을 철회하라! 서민을 죽이는 재개발을 즉각 철회하라! 철회하라!!"

결국 시위에 합류한 은숙과 진철은 그들과 함께 재개발 철회를 목청껏 부르짖었다. 더 이상 물러날 곳이 없는 사람들의 생존이 달린 문제였기에 남녀노소, 하다못해 앳된 새댁의 등에 업힌 갓난아이까지 시위에 동참하고 있었다. 하지만 시위의 열기가 무르익어갈 즈음, 그들의 시위를 저지하려는 방해꾼들이 그 모습을 드러냈다. 어디선가 갑자기 나타난 덩치 좋은 사내들이 몽둥이를 휘두르며 시위 중인 주민들을 협박하며 무섭게 몰아세웠다.

평화롭던 시위장은 순식간에 아수라장으로 변해버렸다. 은숙과 진철도 사람들과 마구 뒤엉키며 현장 탈출이 쉽지 않아 보였다. 거칠게 몽둥이를 휘두르는 사내들을 피해 겨우 아수라장을 벗어날 즈음 어디선가 들려오는 아기 울음소리가 은숙의 발걸음을 붙잡았다. 이윽고 난투극을 벌이는 무리들에 갇혀서 옴짝달싹 못하는 어린 새댁의 모습이 은숙에 눈에 들어왔다. 어린 새댁은 울고 있는 아기를 감싸 안고는 사시나무 떨듯 떨고 있었다. 은숙은 진철을 공터 밖으로 밀어낸 뒤 재빨리 새댁을 향해 뛰어갔다. 얽히고설켜 몸싸움을 벌이고 있는 사람들을 요리조리 피해 가며 은숙은 용케도 새댁 앞에까지 무사히 다다랐다. 그런데 그때, 한 사내의 방망이가 아기를 안고 있는 새댁을 향해 사정없이 날아들었다.

"으악!!"

단말마의 비명과 함께 새댁을 감싸고 있던 은숙이 바닥으로 픽 고꾸라진다.

그 시각, 형우의 집에서도 작은 시위가 벌어지고 있었다.

"아니 왜 밥을 안 먹는다는 거야! 평소엔 그렇게 밥, 밥 노래를 부르더니만."
"안 먹어."

만복은 또 무슨 심통인지 그 좋아하는 밥을 다 마다하며 계속 눈살만 찌푸렸다.

"맘대로 해."

형우가 밥상을 들고 막 방을 나서려는 그때, 그의 휴대폰 벨이 두 사람의 갈등에 제동을 걸었다.

"네, 부장님. …지금요? ……아 아닙니다. 준비해서 나가겠습니다."

형우는 재빨리 은숙에게 전화를 걸었다. 하지만 몇 번을 걸어도 은숙이 끝내 응답하지 않자, 다급해진 형우는 어쩔 수 없이 만만한 동건에게 도움을 요청할 수밖에 없었다.

[형! 나 지금 춘천이야. 오늘이 아버지 생신이거든.]

눈앞이 캄캄해진 형우는 똥 마려운 강아지마냥 안절부절못하며 고심하던 끝에 결국 최악의 승부수를 띄우고 만다.

만복을 데리고 엘라 빌딩 앞에 도착한 형우는 주변을 살피며 곧장 경비실로 향했다.

"아니, 휴일에 쉬시지도 못하고 무슨 일로…."
"갑자기 중요한 미팅이 잡혀서요. 저기… 부탁 좀 하나 들어주시겠어요?"

어느새 만복은 경비실 뒤편에 딸린 작은 방에 들어앉아 있었다.

"금방 돌아올 테니까 TV 보면서 꼼짝 말고 있어야 돼. 절대로 밖에 나가면 안 돼! 알았지?"
"네."

형우는 만복에게 재차 다짐을 받은 뒤 급히 방을 나갔다. 낯선 방에 홀로 남겨진 만복은 이내 방안을 살피며 눈에 띄는 물건들은 죄다 참견하며 만지작거렸다. 그 순간 작은 칭가 옆에 다소곳이 걸려 있던 파란 경비복이 호기심 많은 만복을 감시라도 하듯 가만히 그를 내려다보고 있었다.

30분쯤 지났을까. 경비 아저씨가 먹을 것을 싸 들고 만복이 있는 방문을 열었다.

"어디 간 거야? 화장실 갔나?"

그 시각, 엘라 빌딩 1층 로비에서는 한 아가씨가 미니스커트 차림에 늘씬한 각선미를 뽐내며 또각또각 승강기를 향해 걸어가고 있었다. 그런데 바로 그때 모자를 깊게 눌러 쓴 한 사내가 입구에서부터 계속 그녀의 뒤를 바짝 쫓으며 자꾸만 그녀의 엉덩이를 향해 음흉한 손길을 뻗쳤다. 한 번, 두 번, 세 번.

"으악!"

결국 사내는 세 번의 시도 끝에 아가씨의 엉덩이를 부여잡는 데 성공한다.

"미쳤어? 지금 세상이 어떤 세상인데 아직도 이런 놈이 있는 거야! 경비면 똑바로 경비나 설 일이지 지금 콩밥 먹고 싶어서 환장했어?"

가만! 경비라고? 자세히 보니 그 사내는 놀랍게도 어느새 파란 경비복에 모자까지 눌러 쓰고 나타난 만복이었다. 그런데 더 큰 문제는 만복에게 화를 내고 있는 아가씨가 바로 형우의 애인인 영아라는 사실이었다. 잔뜩 화가 난 영아는 자꾸만 가까이 다가오려는 만복을 뒤로 힘껏 밀어 버렸다.

"늙으려면 곱게 늙어야지 변태 짓이나 하고. 대체 자식들은 뭐하는 거야?"

그런 와중에도 만복은 실실 웃으며 영아를 향해 뭔가를 흔들었다. 자세히 보니 그것은 하얗고 긴 실밥이었다.

"뭐야! 겨우 그거 때문에 감히 내 몸에 손을 댄 거야? 나 참 기가 막혀서. 정말 살다 살다 별꼴을 다 보겠네."
"배 아파."
"잠깐. 이건 또 무슨 냄새야. 아저씨 지금 똥 쌌어? 이거 완전 미친 노인네잖아. 콩밥이 아니라 약을 먹어야겠네."
"밥 줘. 배고파."
"엄마야!"

그 순간, 해외 바이어들과 함께 막 승강기를 빠져나오던 형우의 눈에 만복이 일으킨 대참사 현장이 그대로 전해졌다. 사색이 된 형우는 숨이 턱 막히고 눈앞이 캄캄해져 더는 한 발자국도 움직일 수가 없었다. 그러한 절체절명의 순간에 마침 때맞춰 나타난 경비가 만복을 잡아끌며 재빨리 현장을 벗어나 준 덕에 그나마 겨우 숨을 쉴 수가 있었다.

다행히 바이어들과의 일정을 무사히 끝마친 형우는 숨 돌릴 겨를도 없이 곧바로 영아를 찾았다.

"형우씨도 봤죠? 그 아저씨 똥까지 싼 거. 아니 우리 회사 경비도 아니면서 경비복은 어떻게 입고 있었던 거죠? 아무래도 오늘 근무한 경비아저씨, 근무 태만으로 징계라도 내려야지 안 되겠어요."

"그건 내가 알아서 처리할게."

"나 정말 많이 놀랐단 말예요. 그 미친 노인네가 내 몸 만진 거 생각만 해도 너무너무 끔찍해요."

"알았으니까 그만해."

"형우씨 지금 나한테 짜증 내는 거예요?"

"그 노인네가 영아 몸 만졌다니까 화가 나서 그런 거야."

"역시 우리 형우씨밖에 없다니까."

그 순간 형우는 아주 잠깐 고민했다.

하지만 이 아저씨가 바로 그때 그 작은아버지라고 둘러대기엔 만복도 만복이지만 영아의 거친 입이 쏟아 낸 말들이 거의 수습 불가 수준이었기에 형우는 결국 모두를 위해 침묵을 선택했다.

4시간여 만에 집으로 복귀하는 형우와 만복은 그야말로 패잔병이었다.

젊은 패잔병은 적군에게 무기를 다 빼앗겨 모든 의지를 상실해 버린 포로의 모습이었고 나이 든 패잔병은 오래된 전쟁에 지쳐 정신줄까지 놓아 버린 노병의 모습이었다. 노병은 배가 많이 고팠는지 연신 빵을 입

속으로 쑤셔 넣으며 젊은 패잔병의 뒤를 바짝 쫓았다. 이윽고 두 사람이 막 빌라 입구로 들어서려는 찰나!

"형우야!"

뒤를 돌아보는 형우의 얼굴에 의미를 알 수 없는 미소가 번졌다.

"형!"

제12화
단짝: 행복(幸福)과 불행(不幸)

하늘 끝에 매달린 붉은 태양이 마지막 빛을 발할 즈음, 팔에 붕대를 감은 은숙이 진철과 함께 지하철에 몸을 실었다. 지나치는 사람들이 그녀의 아픈 팔을 툭툭 건드릴 때마다 시위 현장의 악몽이 되살아나며 저절로 눈살이 찌푸려졌다.

그래도 이만하길 천만다행이다. 당분간 일하는 데 불편함은 있겠지만 그보다도 아기 엄마와 아기가 무사하다는 것이 은숙에겐 큰 위안이 되었다. 비록 그녀의 육신은 먹고 살기 위해 돈을 좇아 살아왔어도 그녀의 마음만은 돈보다 사람을 더 귀중히 여기며 살아왔다. 그리고 그 마음은 진철과 함께하면서 얻은 깨달음 중 가장 크고 값진 소득이었다.

한편, 진철은 지하철 속 풍경을 감상하느라 여념이 없었다.

어린이날이어서 그런지 지하철 안에는 나들이를 다녀오는 가족들의 모습이 제법 눈에 띄었다. 아이들 손엔 하나같이 크고 작은 인형들이 쥐어져 있었는데 아까부터 진철의 시선이 자꾸만 곰돌이 인형으로 쏠렸다.

"칠복이 보고 싶다."

순간 은숙은 못 들은 척 딴전을 피웠다.

"사람들이 많아서 그런가, 지하철이 되게 덥네. 오빠도 덥지?"

하지만 지금 상황에 진철에게 그딴 게 먹힐 리 만무했다.

"우리 칠복이 찾으러 가자."
"칠복이를 어디서 찾아? 벌써 청소부 아저씨들이 불태워 버렸지."
"아냐! 거짓말이야! 칠복이는 불 싫어해!"
"조용히 해. 사람들 다 쳐다보잖아."

그러거나 말거나 진철은 이미 아무것도 눈에 뵈는 게 없었다. 결국 자기감정에 못 이겨 눈물까지 쏟아 냈다.

"창피하게 왜 울고 그래!"
"너 때문이야! 빨리 우리 칠복이 찾아와! 칠복이 보고 싶단 말야!"
"알았으니까 그만 울어. 내가 칠복이 꼭 찾아 줄게."

진철은 그제야 겨우 울음을 그쳤다. 하지만 진철도 나름 그간 억울함이 많았다.

기섭이 다녀간 이후 칠복의 칠자도 못 꺼내게 하는 은숙 때문에 그동안 꾹 참고 버텨 왔는데 하필이면 오늘 그 둑이 한꺼번에 터진 것뿐이었다.

그걸 모를 리 없는 은숙이지만 그녀 또한 어쩔 수 없었다. 그나저나 급한 마음에 덜컥 찾아 주겠다고 약속을 해 버렸으니 이번엔 또 얼마나 시간을 끌 수 있을지 머리가 다 지끈거렸다.

어느새 캄캄한 지하터널을 빠져나와 탁 트인 한강 위에 이르자 강물 위에 내려앉은 저녁 햇살이 보석처럼 반짝거렸다.

* * * * *

형우네 집 세 남자는 집 근처 삼겹살집에 모여앉아 그간 못다 한 회포를 풀고 있었다. 몇 년 만에 모습을 드러낸 정우는 예전의 귀공자 같던 모습은 온데간데없고 노숙자마냥 시커멓게 그을린 얼굴에 수염까지 덥수룩하게 기르고 있어 그를 바라보는 형우의 마음도 편치 않았다. 한편, 만복은 그저 불판 위의 삼겹살에만 눈을 콕 박고 있을 뿐, 마주하고 있는 남자가 누군지 따윈 전혀 관심이 없었다.

"아버진 언제부터 이러신 거야?"
"시작된 건 1년 정도 됐는데 몇 달 전부터 갑자기 심해지더라고."
"미안하다. 내가 해야 할 고생인데⋯."

그때, 만복이 다 익지도 않은 고기를 집어 들자 정우가 재빨리 빼앗아 다시 불판 위에 올렸다.

"아직 안 익었잖아. 좀 더 익혀서 먹어."
"나쁜 놈!"

만복은 억울하다는 표정으로 형우를 바라보았다.

"아버지 큰아들이잖아. 아들보다 삼겹살이 더 좋아?"

"좋아."

정우는 단숨에 소주를 털어 넣고는 이내 깊은 한숨을 내뱉었다.

"형수님이랑 조카들은 어쩌고?"
"애들 엄마랑 애들은 시골 외할머니댁에서 지내고 있어."
"형은 그동안 어떻게 지낸 거야?"
"그냥 바람처럼 떠돌아다니며 죽지 못해 살고 있다."

정우는 애꿎은 소주만 연거푸 들이켰다. 그 순간 만복이 노릇노릇 구워진 돼지고기 한 점을 집어 날름 입으로 가져갔다.

"맛있다!"

삼겹살 한 점에도 세상을 다 얻은 듯 행복해하는 만복 앞에서 정우는 고개를 숙였다.
그런데 아까부터 웬 사내 하나가 이들을 지켜보며 카메라 셔터를 연신 눌러 댔다.

다음 날 아침.
은숙이 팔을 다치는 바람에 어쩔 수 없이 정우가 도우미 일을 맡게 됐다.

"형, 부탁해. 무슨 일 있으면 연락하고."

"걱정 말고 다녀와."

하지만 형우가 집을 나서자마자 정우는 곧장 본색을 드러냈다. 그의 발걸음이 가장 먼저 향한 곳은 바로 만복의 방이었다. 이윽고 안방으로 막 들어서려는데 갑자기 만복이 빗자루를 들고는 다짜고짜 정우를 향해 휘둘렀다.

"나쁜 놈! 나쁜 놈!"
"아야! 왜 때려! 그만해!"

그래도 만복이 멈추질 않자 정우는 순식간에 만복의 팔을 벽에다 짓누르며 빗자루를 뺏어 버렸다.

"그만하라고 했잖아."

공포에 떠는 만복을 내팽개치듯 밀어 버린 정우는 곧장 장롱이며 자개장 서랍을 정신없이 뒤졌다.

"대체 엇다 둔 거야?"

툴툴거리며 안방을 나가려는데 이번엔 만복이 자신의 특기인 정우의 머리채를 확 낚아채더니 있는 힘껏 잡아당겼다.

"악! 이거 놔. 좋은 말로 할 때 딱 놔. 아아~~."

하지만 만복의 손아귀 힘의 강도가 점점 더 거세지자 정우도 끝내 폭발하고 만다. 단번에 만복을 제압하며 바닥에 쓰러뜨리더니 그의 몸을 짓눌렀다.

"나도 내가 어떻게 변할지 모르니까 얌전히 좀 있으라고 제발!"

　만복이 눈을 까뒤집으며 캑캑대자 정우는 그제야 만복을 놓아 주었다.

　30분도 채 안 된 집안은 그야말로 쓰레기장을 방불케 했다. 서랍이란 서랍은 죄다 마구 헤집어진 채 입을 벌리고 있고 이불이며 옷가지들도 방바닥에 널브러져 발 디딜 틈이 없었다. 그런 와중에도 만복은 식탁에 앉아 밥과 반찬들을 손으로 정신없이 집어 먹고 있었다. 한편 정우는 형우 방문 앞에 아예 의자를 갖다 놓고는 비밀번호와 전면전을 시작했다.

"이것도 아니면 대체 뭐야!"

　계속해서 형우가 할 만한 여러 개의 조합을 만들어 눌러 보지만 '열려라 참깨'는 없었다.

"밥 더 줘!"
"지금 밥이 문제야?"
"밥 줘!!"
"밥은 그만 먹고 얼른 물이나 마셔! 그거 아주 비싼 물이니까 한 방울도 남기지 말고 싹 다 마셔 버리라고."

"나쁜 놈."

"조용히 좀 해. 정신 사납게 하지 말고."

정우는 눈을 감고 다시금 마음을 가다듬으며 집중 또 집중했다.

"식구들 생일도 아니고 엄마 제삿날도 아니고 할 만한 건 다 했는데···. 가만, 내가 왜 그걸 생각 못 했지?"

서둘러 '1031' 네 개의 숫자를 꼭꼭 누르자,

"열려라 참깨!"

드디어 문이 열렸다.

* * * * *

"차형우씨! 어제 영아씨한테 불미스런 짓을 했던 그 노인네랑은 무슨 사입니까?"

형우는 그간 민호가 만나자는 걸 몇 번이나 거절해 왔었다. 하지만 더 이상은 안 되겠다 싶어 이번에 큰맘 먹고 나왔건만 다짜고짜 그가 던진 질문은 형우를 단번에 궁지로 내몰았다.

"무슨 사이라뇨!"

"그 노인네랑 차형우씨랑 아주 각별한 사이 같아 보여서 말이죠."

"정말 이해가 안 되네요. 그렇게 대단하고 자신 있는 분이 왜 자꾸 쓸데없는 데 신경을 쓰는 거죠?"

"하나만 알고 둘은 모르시네. 작은 혹이 커져서 종양이 되고 그 종양이 번지면 죽는 거거든. 그러니 아예 싹을 잘라버리는 수밖에."

두 남자가 팽팽한 신경전을 벌이고 있던 그때, 영아가 웃을 수도, 화를 낼 수도 없는 표정으로 두 사람을 향해 다가왔다. 보아하니 형우도 영아가 이 자리에 나온다는 걸 미처 몰랐다는 표정이었다. 민호는 두 사람이 인사를 나눌 새도 없이 곧바로 치고 들어왔다.

"차형우씨, 어디 영아씨 앞에서 솔직하게 한 번 털어놔 보시죠. 어제 영아씨한테 추태 부렸던 그 노인네랑 당신은 무슨 사입니까?"

"정민호씨! 미쳤어요? 지금 뭐 하자는 거예요? 그 할아버진 형우씨랑 아무 상관도 없는 사람이라구요!"

"영아 씬 지금 이 남자한테 속고 있는 거예요. 영아씨를 욕보인 그 노인네가 바로⋯."

그 순간 형우가 황급히 민호의 말을 끊었다.

"그분은⋯."

영아와 민호의 시선이 형우의 입으로 쏠렸다.

"회사 앞에서 길을 잃고 헤매고 있길래 미팅하는 동안 잠깐 경비아저씨한테 부탁했던 겁니다. 그 와중에 그런 일이 벌어졌던 거고요."

"미팅 끝나고 형우씨가 직접 경찰서에 데려다주기까지 했다구요. 이제 됐어요? 그럼 우린 이만 가 볼게요. 형우씨 가요!"

"잠깐!"

본 게임은 이제부터였다.

민호가 테이블 위에 사진 몇 장을 올려놓자 형우의 다리가 휘청거렸다. 그리고 민호의 의도대로 형우 못지않게 충격을 받은 사람은 다름 아닌 영아였다.

누가 봐도 형우의 완패였다. 아무리 불법으로 수집한 증거물이어도 이해 당사자가 불법이란 법리적 판단보다 증거물에 더 집착을 보인다면 그건 게임 끝인 거다.

영아는 사진을 불법으로 수집한 민호를 질타하기보다 오히려 형우에게 사진의 진실 여부를 따져 물었다.

"형우씨 이게 다 뭐예요? 왜 이 사람이랑 형우씨가 같이 밥을 먹고, 같이 집으로 들어가는 거죠?"

"그러게 말입니다. 분명 경찰서에 모셔다줬다고 했는데 왜 그 노인네가 경찰서가 아닌 차형우씨 집으로 들어간 거죠? 그것도 한 가족처럼 말입니다!"

형우는 절체절명의 순간에 본능이 시키는 대로 입을 열었다.

"영아야, 미안해. 사실 어제 그분은… 우리 작은아버지였어."

"뭐라구요? 말도 안 돼. 지금까지 안 내려가시고 계속 같이 있었던 거예요?"

"그게 계속 치료 중이라. 그날 사실대로 말했어야 했는데 영아가 괜히 민망해할까 봐 차마 얘기를 못 했어."

"나 이제 어떡해요! 작은 아버님 얼굴을 어떻게 보냐고요! 내가 그때 얼마나 모질게 굴었는데. 못 살아 정말."

이렇듯 상황이 예상 밖으로 흘러가자 단숨에 두 남자의 희비가 엇갈렸다.

형우의 아찔한 역전승이었다.

하지만 형우는 이번에도 진실을 얘기하지 못했다. 그는 다만 작은아버지의 존재를 철석같이 믿고 있던 영아에겐 그나마 100% 거짓은 아니었다는 궤변으로 자신에게 절반의 면죄부를 주었다.

* * * * *

형우의 방을 나오는 정우의 입에선 콧노래가 절로 나왔다. 표정을 보아하니 그토록 애타게 찾던 전리품을 마침내 손에 거머쥔 모양이다. 한편 밥상 앞에 앉아서 꾸벅꾸벅 졸고 있던 만복이 옆으로 콕 쓰러지며 이내 깊은 잠에 빠져든다.

밥상 위에 놓여 있던 파란색 플라스틱 물컵이 어느새 깨끗하게 비어 있었다.

그 시각, 진철은 팔을 다친 은숙을 대신해 평상에 앉아 휴대용 가스버너를 이용해 보글보글 라면을 끓이고 있었다. 담장 너머 골목 어귀까지 맛있는 냄새가 진동하며 코를 자극했다.

한편, 마루에 앉아 그 모습을 지켜보는 은숙의 입에선 연신 잔소리가 끊이질 않는다.

"물을 조금 더 부어! 건더기 스프 안 넣었잖아. 불을 조금만 더 줄여봐. 파하고 계란 넣고 30초 후에 불 꺼."

진철의 이마에 금세 땀이 송글송글 맺혔다. 조금 서툴긴 해도 스스로 뭔가를 하고 있는 진철의 모습을 보고 있자니 은숙의 얼굴에 엄마 미소가 저절로 지어졌다.

이윽고 라면 위에 올린 계란이 다 익어 갈 무렵, 은숙은 진철에게 작은 상자 하나를 건넨다.

"짜잔! 오늘 라면도 잘 끓이고 해서 주는 거야. 그거 무진장 비싼 거다."

진철이 상자를 열자, 갈색 공룡이 모습을 드러냈다.

"걔 이름이 티라노… 뭐랬는데. 하여간 걔가 남자애들한테 인기 짱이래. 멋있지? 이름은 오빠가 한 번 지어 봐."

하지만 예상대로 진철의 반응은 시큰둥했다.

"칠복이는 꼭 찾아 줄게. 그때까지만 가지고 놀아."

그제야 공룡의 모습을 찬찬히 들여다보던 진철의 입가에 희미한 미소가 번졌다.

"얘 이름은 팔복이야. 칠복이 동생."

뜨억.

*****

새벽이슬을 맞으며 집을 나갔던 형우가 땅거미가 내려앉은 밤이 돼서야 집으로 돌아왔다.
이윽고 거실 불을 켜는 순간, 형우의 퀭한 눈이 휘둥그레졌다.

"집안 꼴이 왜 이래! 형! 아버지!"

하지만 집안 어디에도 정우와 만복은 없었다.

"아까까지만 해도 아무 일 없다고 했는데. 집안을 이렇게 만들어 놓고 대체 이 시간에 둘이 어딜 간 거야!"

형우는 재빨리 정우에게 전화를 걸었다. 하지만 그의 폰은 아예 꺼져 있었다. 순간 이상한 느낌을 받은 형우는 헐레벌떡 밖으로 뛰쳐나갔다.

하지만 빌라 입구부터 온 동네 주변을 샅샅이 뒤져봐도 형우의 눈에 들어오는 건 점점 더 깊어가는 어둠뿐이었다.

"형! 아버지! 아버지!! 형!!"

아무리 목청껏 불러 봐도 그저 동네 개들만이 시끄럽게 짖어댈 뿐 만복과 정우에게선 끝내 답이 없었다.

제13화
민들레꽃

이른 아침부터 빌라 앞마당은 사람들로 북적거렸다. 잠결에 쫓아 나온 이웃 주민들은 출동한 방범대원들의 통제하에 일제히 빌라 옥상을 올려다보고 있었다.

"야호~~."

옥상 난간에 올라서서 소리를 지르고 있는 인물은 바로 어젯밤에 사라졌던 만복이었다. 만복은 얼굴과 온몸 곳곳에 시뻘건 고춧물과 시꺼먼 흙먼지가 덕지덕지 달라붙은 몰골로 동네가 떠나가라 야호를 외쳐 대고 있었다.

형우는 그런 만복과 벌써 수십 분째 대치 중이다. 조심조심 다가가 재빨리 끌어내리려는 시도를 몇 번이나 했건만 그게 생각처럼 쉽지가 않았다.

"아버지! 제발 그만 좀 내려와요!"
"엄마한테 갈 거야!"
"미치겠네 정말. 대체 엄마가 어딨다고 그래!"

그때, 만복이 아래를 내려다보며 누군가를 향해 손을 흔든다.

"엄마~~."

그곳엔 소식을 듣고 한걸음에 달려온 은숙과 진철이 사람들 틈에 끼어 있었다.

"아저씨!"

순간 만복의 몸이 휘청거리자 밑에서 지켜보던 사람들이 일제히 소리를 질렀다.
이내 빌라 마당은 사람들의 웅성거림과 바닥에 보호 매트를 설치하는 구조대원들의 격앙된 소리가 뒤섞이며 그야말로 아수라장이 되어갔고, 옥상 위에선 만복이 계속 고집을 피워 대는 통에 형우의 애꿎은 속만 바짝바짝 타들어 갔다.

"나 피 말려 죽는 꼴 보고 싶어서 그래? 자꾸 그러면 나 먼저 뛰어내린다!"

더 이상 시간을 지체할 수 없었던 형우는 결국 마지막 시도를 강행했다.
형우가 만복 쪽으로 서서히 다가가자 이번에도 만복의 발은 점점 더 위태롭게 난간 바깥쪽으로 향했다. 만복의 아슬아슬한 줄타기에 구경꾼들의 웅성거림도 최고조에 달했다. 이윽고 형우가 재빨리 손을 뻗어 만복을 잡으려는 순간 만복의 몸이 또다시 휘청거린다. 그때였다.

"아저씨!"

어느새 옥상으로 쫓아 올라온 은숙은 재빨리 달려가 형우와 함께 만복을 끌어당겼다.

"엄마."

드디어 난간에서 무사히 내려온 만복은 은숙을 보며 눈물을 글썽였다.

"보고 싶었어요."
"저도 보고 싶었어요."

뒤이어 쫓아온 진철이 만복을 껴안으며 기쁨의 눈물을 흘리자 형우도 그제야 안도의 한숨을 내쉬었다.

한바탕 소동이 끝이 나고 다시 만복의 도우미로 돌아온 은숙은 집으로 들어오자마자 먼저 따뜻한 목욕물부터 받았다. 출근 준비를 마치고 집을 나서려던 형우가 웬일로 은숙을 챙겼다.

"다친 팔로 괜찮겠어요?"
"다행히 왼쪽 팔이라 괜찮아요. 힘든 건 오빠보고 도와달라고 하면 되니까 걱정 말고 다녀오세요."
"그럼 수고 좀 해 주시고 이따 저녁은 제가 사 올 테니까 따로 준비하지 마세요."

은숙은 오늘도 집을 나서는 그의 뒷모습을 끝까지 바라봐 주었다.

형우가 사무실로 들어서자 동건이 다짜고짜 형우를 끌어안았다.

"징그럽게 왜 이래!"
"형! 드디어 알아냈어."
"뭘?"
"여기 이것 좀 봐봐."

이윽고 동건이 형우의 컴퓨터에 USB를 연결시키자 모니터에 CCTV
영상이 재생됐다.

"여긴 우리 공장이잖아!"
"마침 공장 맞은편 건물 옥상에 CCTV가 있었더라구. 이건 우리 공장
CCTV가 꺼져 있던 바로 그 날 영상이야."

깊은 밤, 엘라의 공장에서는 희한한 광경이 펼쳐지고 있었다. 번호판
을 가려 버린 대형 트럭 한 대가 공장 마당으로 들어서더니 트럭을 빠져
나온 대여섯 명의 사내들이 마당에 쌓여 있던 박스들과 트럭에 싣고 왔
던 다른 박스들을 바꿔치기하는 모습이 보여졌다. 질서정연하게 초 스
피드로 진행된 작업은 마침내 트럭이 정품 박스들을 싣고 유유히 현장
을 빠져나가면서 끝이 났다.

"그러니까 정품하고 불량품을 바꿔치기했다는 거야?"

"빙고! 빼돌린 정품으로 재미 좀 봤겠지."

"대체 어떤 놈들이야!"

"이제부터 알아내야지."

"그건 그렇고 이때 경비는 뭐한 거야?"

"그것도 이제 알아봐야지."

형우는 잠시 뭔가를 고민하는가 싶더니 황급히 USB를 꺼내 들고 어딘가로 향했다.

형우가 건넨 CCTV 영상을 확인한 정 이사는 의외로 차분한 모습이었다.

"당장 경찰에 신고 접수부터 하겠습니다."

"아! 이 건은 중대한 사안이니만큼 내가 직접 처리할 테니까 차 과장은 그만 손 떼도록 해. 이것 말고도 해결해야 될 문제가 산더미야."

"네? 이건 제 명예가 걸린 사건입니다. 제가 직접 해결할 수 있도록 해 주십시오."

"이만큼 했으면 됐어. 하여간 인맥 총동원해서 확실하게 처리할 테니까 아무 걱정 말고 자넨 중국 납품 건이나 신경 쓰도록 해."

정 이사의 석연찮은 태도에 뭔가 찜찜한 기분이 들었지만 어찌 됐건 자신을 그토록 괴롭히던 문제 하나를 곧 해결할 수 있다는 생각에 형우의 마음은 한결 가벼워졌다.

*****

"사람이나 꽃이나 사랑을 못 받으면 이렇게 다 시들어 버리는구나."

은숙은 힘을 잃고 축 처져 있는 민들레꽃을 안타깝게 바라보다 서둘러 시들어 버린 꽃잎과 수제 화분의 메마른 흙을 촉촉이 적셔 주었다.

"죽지 말고 다시 살아."

이윽고 화분을 들고 만복의 방으로 막 들어서려는데 큰 검은색 가방 손잡이가 은숙의 발끝에 툭 걸렸다.

만복은 검은 가방에서 꺼낸 물건들을 하나, 둘 진철에게 선보이며 한껏 자랑을 늘어놓았다. 빛바랜 색소폰에서부터 다양한 마술 도구들, 형형색색 가발들, 화장 도구, 비디오테이프, 각종 크고 작은 소품들, 소복, 양복, 구두, 삐에로 의상까지. 정말이지 물건 하나하나마다 오랜 세월의 흔적과 그의 특별했던 삶이 그대로 묻어나는 그야말로 차만복 표 보물 창고였다.

구경하는 내내 벌어져 있던 진철의 입은 좀처럼 다물어질 줄 몰랐다.

"이거 다 아저씨 거야? 난 아코디언밖에 없는데."

순간 만복이 자리에서 벌떡 일어나 정중히 머리를 숙여 인사를 하고는 이내 무언가에 사로잡힌 듯 중얼거리며 몸을 움직였다.

"삐에로, 춤, 노래, 인사, 박수, 우와!"

이윽고 만복이 환호성을 지르며 신나게 물개박수를 치자 진철도 함께 박수를 치며 소리를 질렀다. 만복은 다시 무언가 생각하는가 싶더니 물건들 속에서 반짝거리는 금색 왕관을 찾아 진철의 머리에 씌웠다.

"아저씨. 나 멋있어?"
"왕자님!"

그 모습을 지켜보고 있던 은숙이 즐거워하는 두 사람을 향해 농을 던졌다.

"어쩜 이리도 두 분은 쿵짝이 잘 맞을까! 아무리 봐도 신기하단 말야."

만복이 이번엔 은숙의 손에 자그만 요술 봉 하나를 쥐여 준다.

"뾰로롱."
"어머, 나 지금 요술 공주 됐나 봐."

은숙이 요술 봉을 휘저으며 빙그르르 한 바퀴 회(回)를 돌자 만복과 진철도 따라 돌았다.

"근데 아저씬 이 많은 물건들을 어디에다 썼던 거예요?"

만복은 마치 은숙의 질문을 이해라도 한 것처럼 물건 하나하나에 시선을 맞추더니 다시금 알 수 없는 말을 꺼냈다.

"아가들. 많아. 민석이."

만복은 지금 과거 어디쯤에 가 있는 걸까! 어느 순간인지는 몰라도 그의 환한 미소가 그때의 만복이 행복했음을 짐작케 했다.

* * * * *

형우는 동건과 함께 다시 생산 공장을 찾았다.
표면적으로는 중국 수출 건에 관한 진행 상황을 점검하는 것이 목적이었지만 실은 문제가 된 CCTV에 대해 알아보고 싶은 마음이 더 컸다.
비록 정 이사는 사건에 손을 떼라고 했지만, CCTV 문제만큼은 형우 본인이 직접 확인해 보고 싶었다.
다시 만난 공장장은 형우 앞에서 연신 머리를 조아렸다.

"앞으로 다시는 이런 일이 발생하지 않도록 철저히 관리하도록 하겠습니다."
"경비원들은 저희 쪽에서 다시 뽑을 거니까 그리 아시고 중국 수출 건도 정확히 잘 체크해서 진행에 차질 없도록 해 주세요."
"네, 걱정 마십시오."

이윽고 동건이 경비와 함께 관리실로 들어서자 형우는 지체 없이 본론으로 들어갔다.

"그날 일은 어떻게 된 거죠?"

"그러니까 그날 새벽에 마지막 점검을 하고 막 경비실로 들어서는데 갑자기 복면을 쓴 사내가 들이닥쳐서는 제 입을 틀어막는 거예요. 손수 건에 무슨 약품을 묻혔는지 그 냄새 맡고 바로 기절을 해 버렸지 뭡니까. 깨어나자마자 재빨리 현장을 다 확인을 했는데 아무런 피해도 없고 해서 그냥 넘어갔습니다."

원했던 답이 아니었는지 형우의 얼굴이 일순간 굳어졌다.

이윽고 형우와 동건은 공장 곳곳에 새로 설치된 CCTV들을 꼼꼼히 확인한 뒤 내친김에 용역 회사를 방문해 경비 인력 문제까지 손을 보고 나서야 가까운 편의점에 들러 뒤늦은 점심을 해결했다.

"형, 아무래도 우리 내부에 첩자가 있는 게 분명해!"

어느새 형사가 다 되어 버린 동건이 또다시 촉을 발동시키고 있었다.

"형이 잘 되면 배 아파할 인간이 누가 있지? 나 과장? 아냐. 그 인간은 워낙 소심해서 그럴 위인이 못 돼. 조 부장도 요즘 연금복권 당첨돼서 꿈 속에서 살고 있고. 그럼 또 누가 있나…. 그래! 정 이사가 수상하네. 엘라의 사윗감은 자기 아들인데 차형우라는 복병이 떡 하고 버티고 있으니 얼마나 속이 시끄럽겠어. 안 그래?"

"이보세요. 삼류 영화는 그만 찍고 어여 라면이나 드세요."

말은 그렇게 했어도 형우 역시 정 이사만 생각하면 늘 똥 누고 밑 안 닦은 것마냥 왠지 모르게 찜찜했다.

이윽고 라면 국물까지 다 비워 버린 동건이 휴지로 입가를 닦으며 뜬금없는 질문을 던졌다.

"형. 도우미는 어때?"

"도우미라니?"

"지금 아버님 돌봐 주고 있는 도우미 아가씨 말야. 이름이 은숙씨랬나?"

"왜? 관심 있냐? 내가 다리 좀 놔 줘?"

"정말? 그럼 나야 땡큐지. 딱 내 이상형이더라고. 큰 눈에 하얀 얼굴, 2세를 생각해서 내 여자는 무조건 눈이 커야 하거든. 와, 생각만 해도 떨리네."

"그렇게 좋냐?"

"형이 만년 꼴찌만 하다가 1등 하면 기분이 어떻겠어?"

"글쎄. 꼴찌를 해 본 적이 없어서 말야."

"됐고. 약속이나 잘 지키셔."

그런데 '이 느낌은 뭐지? 약속은 했는데 뭔가 기분이 이상하네.'

형우는 이내 고개를 내저으며 삼각 김밥을 크게 한 입 베어 물었다.

* * * * *

"두 분, 장난 그만 치고 이것 좀 도와줘요."

하지만 만복과 진철은 색종이로 만든 꽃가루를 온 사방에 흩뿌리며 노느라 정신이 없었다. 형형색색의 색종이로 카네이션을 만들고 있는 은숙의 머리 위에도 종이 꽃가루가 소복이 내려앉았다. 은숙은 다행히 왼쪽 손가락을 조금씩 쓸 수 있게 돼서 작업하는 데 큰 어려움은 없어 보였다. 은숙의 머리 위에 내려앉은 꽃가루들이 그녀가 몸을 움직일 때마다 하나, 둘씩 바닥으로 살포시 내려앉았다. 마침내 색종이 카네이션의 화룡점정이라 할 수 있는 옷핀을 꽃잎 뒤에다 야무지게 박는 것으로 은숙의 예술 작업도 끝이 났다.

그 순간 만복이 카네이션을 가리키며 중얼거렸다.

"민석이. 민석이…."
"도대체 민석이가 누구예요?"

묻기는 했지만 대답을 기대한 건 아니었다.

"와! 진짜 꽃 같아."

진철은 매년 보는 꽃인데도 불구하고 매번 볼 때마다 마치 처음 보는 것마냥 감탄했다.

"이거 다 누구 줄 거야?"
"하나는 엄마, 하나는 만복 아저씨, 하나는…."

순간 생각하고 싶지 않은 누군가 떠오르자 은숙은 애써 떨쳐 버리려는 듯 재빨리 탁자를 정리하기 시작했다. 하시만 그럴수록 마지막으로 보았던 그의 검은 얼굴이 더욱 선명하게 떠오르며 은숙의 마음을 괴롭혔다.

형우는 다른 날보다 일찍 집으로 돌아왔다. 그것도 양손 가득 무겁게.

"이게 다 뭐예요?"
"초밥이랑 돈가스예요."

먹음직스런 음식들이 거실 테이블 위에 한가득 놓이자 만복과 진철의 손놀림이 바빠졌다.

"진철씨도 많이 먹어요."
"네."
"아저씨도 체하지 말고 꼭꼭 씹어 드세요."
"가스, 가스."

형우가 만복의 반응에 절레절레 고개를 젓자 은숙이 피식 웃음을 터뜨렸다.

"은숙씨도 다 없어지기 전에 얼른 들어요."

아니나 다를까! 진철과 만복은 벌써 자신들의 초밥은 거의 다 먹어 치우고 형우와 은숙의 것까지 눈독을 들이고 있었다, 은숙은 자신의 것을 조금씩 덜어 만복과 진철에게 나눠 주었다.

초밥 하나를 집어 먹으려던 형우도 이내 자신의 초밥 절반을 떼어 은숙의 도시락에다 옮겨 놓았다.

형우는 한입에 넣은 연어 초밥을 오래도록 곱씹으며 뭔가 타이밍을 찾는 듯 슬쩍슬쩍 은숙의 눈치를 살폈다.

이윽고 음식물을 다 삼킨 은숙이 물을 마시려는 찰나, 형우는 그 기회를 놓치지 않았다.

"혹시… 남자친구 있어요?"

"네? 남자친구요? 남자는커녕 여자친구도 없는데."

언뜻 형우의 얼굴에 비친 회심의 미소를 캐치한 순간 은숙은 괜히 얼굴이 화끈거리며 머릿속이 복잡해졌다.

"지난번에 저 집까지 데려다줬던 제 후배 기억나죠."

"아 네. 근데 후배분은 왜…."

"그 친구도 아직 혼자거든요. 그래서 말인데 두 분이 한 번 만나 보면 어떨까 해서요. 걔가 보기엔 좀 그래도 진짜 멋진 놈이거든요. 그야말로 진국이에요, 진국."

"무슨 말씀을 하는 건지. 제가 지금 많이 혼란스럽네요."

"당연히 그러시겠죠. 남녀가 만난다는 게 그리 간단한 문제가 아니니까요."

"아니 그런 문제가 아니고, 이런 말씀 드리기 좀 그런데 두 분 사귀는 사이 아니었어요? 서로 자기라고 부르면서 살뜰히 챙기는 거 보니까 딱 알겠던데."

"네? 걔랑 나랑 사귄다고요? 장동건이랑 이 차형우가요? 하하하하! 하하하하! 동건이랑 나랑. 하하하. 이제까지 들어본 말 중에 젤 웃기네요."

그 순간. 형우의 호탕한 웃음소리와 그의 환하게 웃는 얼굴을 처음으로 듣고 보게 된 은숙은 며칠 전 그와 포개져 서로 마주 바라보던 그 날의 오묘한 느낌과 오버랩 되며 온몸이 찌릿해졌다. 그의 깊은 눈과 오뚝한 콧날, 가지런한 치아와 섬세한 턱선 그리고 길게 뻗은 하얀 손까지. 예전엔 보이지 않았던 그의 모든 것들이 순간 한눈에 들어와서는 메말랐던 은숙의 감정을 툭툭 건드렸다.

"은숙씨는 참 재밌는 사람이에요. 아니 어떻게 그런 생각을 할 수가 있어요?"
"미안해요. 두 분 사이가 워낙 다정해 보여서."
"하하하. 자기라고 부른 건 우리 술버릇이에요. 아무래도 조만간 그 녀석 불러서 삼자대면이라도 해야겠네요."
"저기… 궁금한 게 있는데요. 방에 있는 저 구두들은 다 뭐예요?"
"은숙씨, 저 구두 디자이넙니다."

그 순간 은숙의 마음에 두 가지 감정이 스쳐 지났다.
형우와 동건의 관계가 그저 선후배일 뿐이라는 안도감과 저 많은 구두들이 다 그의 손끝에서 나왔다는 놀라움이었다. 하지만 은숙은 아무리 생각해도 그 안도감이란 감정이 이해가 되질 않았다.
'아니 왜! 그게 나랑 무슨 상관이라고! 이 남자가 남자를 좋아하든 여자를 좋아하든 나랑은 아무런 상관이 없는 거잖아!'

"무슨 생각을 그렇게 해요?"

"네? 아무것도 아니에요."

입으론 아무것도 아니라면서도 은숙의 얼굴이 홍당무처럼 새빨개졌다.

'미쳤어, 미쳤어! 정신 차려, 김은숙!'

어느새 파릇파릇 되살아난 민들레 꽃향기가 은숙의 코끝을 간지럽혔다.

은숙과 진철이 돌아간 뒤, 형우는 은숙이 건네고 간 작은 상자를 열어 보았다.

상자를 열자 색종이 카네이션과 함께 메모지 한 장이 딸려 나왔다.

'초라하지만 영원히 시들지 않는 꽃이에요.'

빨간 색종이로 곱게 접은 풍성한 예쁜 꽃술과 나름대로 정교하게 만든 초록색 꽃 받침대와 분홍빛의 앙증맞은 리본 뒤로 야무지게 박혀 있는 옷핀까지. 그야말로 그녀의 따뜻한 마음과 정성이 한눈에 느껴지는 작품이었다.

"동건이 이 자식 눈은 작아도 보는 눈은 있네."

무심코 형우는 색종이 카네이션을 코로 가져가 향기를 맡아보았다. 그런데 신기하게도 종이꽃에서 은은한 꽃향기가 풍기는 듯했다.

이윽고 형우는 색종이 카네이션을 들고 안방으로 향했다.

형우는 우두거니 넋을 잃고 앉아 있는 만복을 잠시 바라보다 만복의 가슴에 카네이션을 달아 주었다. 빨간 카네이션을 한참 동안 쳐다보던 만복은 이내 형우의 얼굴을 어루만지며 눈시울을 붉혔다.

"민석아!"

　40대의 젊은 만복은 자신의 가슴에 빨간 카네이션을 달아 준 어린 소년의 얼굴을 지긋이 바라보았다.

　"네 이름이 뭐니?"
　"민석이에요."

　잠시 후. 하얀 얼굴에 빨간 입술을 가진 삐에로가 고아원 아이들 앞에서 갖은 재롱을 떨어대자 그의 작은 동작 하나에도 깔깔거리며 웃는 여느 아이들과는 달리 민석은 삐에로의 가슴에 달린 빨간 카네이션만을 뚫어지게 바라보았다. 이윽고 공연을 마친 삐에로를 향해 아이들은 고사리 같은 손으로 힘껏 박수를 쳤다. 사랑스런 아이들을 향해 손을 흔들어 주던 삐에로는 민석과 눈이 마주치자 방긋 미소를 지어 보인다. 하지만 민석은 여전히 웃지 않았다. 민석을 바라보는 삐에로의 얼굴에 깊은 연민 같은 것이 묻어났다.

　그로부터 5개월 후. 젊은 만복은 다시 고아원을 찾았다. 그런데 몇 시간 뒤 고아원을 나서는 그의 손엔 민석의 작은 손이 꼭 쥐어져 있었다.

"이제부터 넌 내 아들이야."

"아저씨가 정말 내 아빠야?"

"그래. 아저씨가 네 아빠야."

꿈인지 생신지 동그란 눈만 깜빡거리고 있는 소년을 만복은 그의 품속에 따뜻이 품어 주었다. 소년에겐 결코 잊을 수 없는 꿈만 같은 시월의 마지막 날이었다.

*****

이른 아침부터 만복의 집안이 소란스럽다.

"이리 줘요~~."

자동차 키를 들고 온 집안을 뛰어다니는 만복을 형우가 뒤쫓고 있다. 만복이 이리저리 움직일 때마다 가슴에 달린 은숙 표 빨간 카네이션도 덩달아 살랑거렸다.

그런데 어딘가 좀 이상하다. 만복을 뒤쫓는 형우의 표정이 이전과는 사뭇 달랐다.

강제로 뺏으려면야 얼마든지 그럴 수 있겠지만 오늘은 왠지 형우가 봐 주는 느낌이었다.

이윽고 두 사람의 추격전이 안방에서 다시 거실로 넘어가려는 순간, 때마침 집으로 막 들어서는 진철에게 만복이 키를 던져주었다. 키를 잡은 진철은 또 눈치 없이 그걸 들고 도망을 다닌다.

"오빠! 그만해."

은숙이 나서고서야 쟁탈전은 끝이 났다.

그런데 평소 같았으면 만복에게 화를 냈을 형우가 오늘은 무슨 일인지 아무 일도 없었던 것처럼 무심한 반응이다.

은숙의 눈에도 오늘따라 형우의 모습이 어딘가 달라 보였다.

형우가 출근을 하자마자 은숙은 용달차에 만복까지 태워 어딘가로 향했다.

운전석 뒷공간에 자리를 잡고 앉은 만복은 앞에 앉은 진철의 머리카락을 잡아당기며 연신 키득거렸다. 이에 진철도 질세라 몸을 돌려 만복의 머리카락을 잡아당기려 애를 썼다. 점점 더 두 남자의 동작이 크고 거칠어지자 이번에도 어쩔 수 없이 은숙이 또 해결사로 나섰다.

"둘 다 사탕 안 줄 거예요!"

이윽고 거짓말처럼 조용해진 두 남자의 입으로 송편만 한 막대사탕이 하나씩 빨려 들어갔다. 은숙은 지금 어버이날을 맞아 천사보육원으로 가는 중이다. 다시 집으로 돌아오기까지 반나절이나 요하는 외출이어서 부득이하게 만복과 동행하기로 했다.

은숙은 아침에 형우에게 이러한 언질을 주려 했으나 도리어 괜히 걱정만 끼칠까 싶어 그냥 조용히 다녀오기로 마음을 먹었다.

여하튼 막대사탕 덕에 가는 길이 한결 수월해졌다. 다만 더 큰 사탕을 준비하지 못한 것이 못내 아쉬운 은숙이다.

어느새 용달차가 전사보육원 앞마당에 들어서자 언제나처럼 아이들이 쪼르르 몰려들어 은숙과 진철을 반겼다. 역시나 두 사람도 마중 나온 아이들에게 어린이날 전해 주지 못했던 조그만 선물을 하나씩 나눠 주며 그들의 환대에 일일이 답례했다. 작은 손에 선물을 하나씩 받아든 아이들의 얼굴에 웃음꽃이 활짝 피자 지켜보던 원장 엄마의 얼굴에도 뿌듯한 미소가 떠나질 않았다. 한편 만복은 아이들 선물을 빼앗으려다 한 아이가 울음을 터뜨리자 원장에게 쪼르르 달려가 인상을 찡그리며 억울함을 호소했다.

"누구…?"

만복의 상태를 단번에 파악한 원장은 질문은 만복에게 하면서도 그녀의 귀는 은숙을 향해 있었다.

"제가 돌봐 드리고 있는 어르신인데 조금 편찮으세요."

가뜩이나 힘든 삶에 치매 노인까지 돌봐야 하는 은숙의 처지가 원장의 마음을 아프게 했다.

잠시 후, 보육원 사무실에선 작은 축하 공연이 펼쳐졌다.

♬ 나실 제 괴로움 다 잊으시고 기를 제 밤낮으로 애쓰는 마음 진자리 마른자리 갈아 뉘시고 손발이 다 닳도록… ♬

진철의 아코디언 연주에 맞춰 은숙이 노래를 부르자 만복은 춤까지 덩실덩실 추며 제대로 흥을 돋웠다.

어느샌가 가슴에 형형색색 꽃술의 색종이 카네이션을 달고 있는 원장은 연신 눈물을 훔쳤다.

"고맙다. 엄만 오늘 죽어도 여한이 없어."

"엄만. 고작 요거 갖고 그러시면 어떡해요. 앞으로 오빠 장가가는 것도 보고 우리랑 오래오래 건강하게 사셔야죠."

"그래, 그래야지. 우리 철이 장가가는 것도 보고 이쁜 손주 낳는 것도 보고."

진철은 마치 무슨 말인지 다 아는 것처럼 키득거렸다. 아무래도 요새 드라마를 너무 많이 본 듯하다.

불고기, 잡채, 갈비찜, 두부조림, 호박전, 소고기뭇국 등 원장이 정성껏 준비한 음식들은 금세 동이 나 버렸다. 입이 짧고 입맛 까다롭기로 유명한 은숙도 손맛 좋은 원장의 음식 앞에선 늘 과식을 하고 만다.

우리의 만복씨도 볼록 나온 배를 쓰다듬으며 대단히 만족한 듯 원장을 향해 배시시 미소를 날렸다.

그런데 만복의 얼굴을 유심히 쳐다보던 원장이 고개를 갸웃거렸다.

"분명 낯이 익은데…."

보육원의 오후는 너무나도 평화로웠다.

역설적이게도 고아원이나 다름없는 이곳에서 아이들의 웃음소리가 끊이질 않았다.

과거 은숙과 진철이 그랬던 것처럼 울창한 나무로 둘러싸인 넓은 마당은 마음 둘 곳 없는 아이들에게 큰 위로가 돼 주었다. 같은 처지에 놓여 있는 친구들과 어울려 맘껏 뛰어놀다 보면 어느새 슬픔과 외로움도 자연스레 잊혔다. 이런 호사를 누릴 수 있게 된 것도 다 원장 덕분이었다. 그녀는 마흔 살이 되던 해 부모님이 물려주신 유산을 모두 처분해 작은 폐교를 사들인 뒤 하나하나 고쳐 가며 지금의 보육원으로 탈바꿈시켰다. 보육원 구석구석 어디 하나 그녀의 손때가 묻지 않은 곳이 없었다.

원장과 함께 정원을 거닐던 은숙은 원장이 손수 만든 벤치에 걸터앉아 아이들과 공놀이를 하고 있는 만복과 진철을 바라보았다.

"철이가 좋은 친구를 만난 것 같구나."
"저도 처음엔 걱정을 많이 했는데 신기하게도 의외로 둘이 잘 통하더라구요. 요샌 오빠 덕을 톡톡히 보고 있어요."

빙그레 웃음 짓던 원장이 조심스럽게 다시 입을 열었다.

"병원엔⋯ 아직 안 가 봤지?"
"⋯⋯."
"우리 은숙이가 생각보다 많이 힘들구나."
"도저히 용서가 안 돼요."
"왜 안 그렇겠니. 누구라도 그럴 거야. 이 세상에 널 손가락질 할 수 있는 사람은 아무도 없어. 하지만 은숙아! 엄마가 더 많이 살아 보니까 그저 물 흐르는 대로 사는 것이 꼭 나쁜 것만은 아니더구나. 나도 분노와 미움이란 감정 때문에 더 귀한 걸 놓쳐 버릴 때가 참 많았거든. 네 아버지한테도 말 못 할 사정이 있었던 거 같은데 니가 들으려 하지도 않고 용서를 구할 기회도 주지 않는다면 나중엔 더 큰 아픔이 될 수도 있어. 그땐 되돌리기엔 너무 늦었을 테니까. 막상 닥쳤을 때는 아픔이어도 그것을 인정하고 받아들여서 극복하다 보면 그 아픔이 언젠가는 또 기쁨이 되는 것이 우리네 삶 아니겠니. 나무를 보지 말고 숲을 보란 명언이 괜히 생겨난 게 아니더구나.”

머리에서 가슴까지는 고작 33cm. 하지만 이성이 감성까지 가는 길은 왜 이리도 먼 걸까! 지금 은숙의 마음이 꼭 그랬다.

점심시간이 훌쩍 지나서야 은숙의 용달차가 천사보육원을 빠져나갔다.

이젠 아예 뒷자리에 바짝 붙어 앉은 만복과 진철은 아이 얼굴만 한 큰 막대사탕을 빨아 먹으며 마냥 행복한 모습이었다. 비좁아서 안 된다고 은숙이 한사코 말렸지만 두 남자의 우정을 그깟 노파심 따위가 막을 수는 없었다. 그나마 막대사탕이 두 남자의 일탈을 막고 있어 그것만으로도 은숙은 한시름 놓았다.

그런데 아이러니하게도 막상 만복과 진철이 조용하니 은숙의 머리는 더 지끈거렸다.

조금 전까지만 해도 이성에서 감성까지의 거리는 끝이 없는 무한대였는데 이제는 머리에서 가슴까지, 가슴에서 머리까지의 그 길을 수십 번도 더 오가며 이성과 감성이 팽팽한 줄다리기를 했다.

그리고 그 싸움은 목적지가 가까워질수록 더 치열해졌다.

어느새 갈림길에 다다른 은숙은 마침내 그 팽팽했던 줄다리기를 과감하게 끝내 버린다.

은숙의 발걸음이 라파병원 701호 문 앞에서 멈춰 섰다. 열린 문틈 사이로 병세가 짙은 기섭과 옆에서 그를 간호하는 정옥의 모습이 언뜻언뜻 은숙의 눈에 들어왔다. 한참을 관망하던 은숙이 들어가야 하나 말아야 하나 또다시 갈등을 하는 사이, 두 사람의 아들과 딸이 은숙보다 먼저 병실로 들어가 버렸다.

"아빠!"

기섭이 시꺼메진 얼굴에 환한 미소를 띠며 아이들을 반갑게 맞아 주었다.

"이쁜 내 새끼들 왔구나. 공부하느라 힘들 텐데 뭐 하러 왔어."
"아빠 보고 싶어서 왔지."
"아빠도 우리 딸 보고 싶었어."

이윽고 남매는 기섭과 정옥의 가슴에 핑크빛 생화 카네이션을 달아 주고는 깜짝 선물까지 건넨다.

"저희들 지금까지 키워주셔서 고맙습니다!"

"녀석들. 오히려 아빠가 더 고맙지. 이렇게 잘들 자라줘서."

"아빠. 나 이번에도 장학금 탔어요."

"그래? 역시 내 아들이야. 아빠가 니들 때문에 산다."

"난 당신 때문에 사는데. 당신은 애들밖에 안 보이나 보네."

"무슨 소리야! 나한테 1순위는 언제나 이정옥 여사, 당신뿐이라고."

그 순간 은숙은 잠시 흔들렸던 이성을 후회하며 지체 없이 발길을 돌렸다. 결국 하나 남은 빨간 색종이 카네이션은 끝내 주인을 찾지 못한 채 낡은 휴지통에 버려지고 만다.

이윽고 병실에선 은숙이 미처 듣지 못한 딸의 음성이 이어졌다.

"아빠. 그럼 0순위는 누구야?"

*****

한편, 경비 사건 이후로 형우를 향한 마음이 더 애틋해진 영아는 저녁을 먹는 내내 형우를 살뜰히 챙겼다.

"작은아버님은 언제쯤 내려가신대요? 내려가시기 전에 한 번 봬야 하는데. 설마 그날 일을 기억하시는 건 아니겠죠?"

언제부턴가 형우는 영아를 만나는 것이 부담으로 다가왔다. 거짓을 진실인 양 말하기엔 아직 형우의 양심이 조금이나마 남아 있었기에 오늘처럼 그녀의 입에서 작은아버지란 존재가 거론될 때면 참으로 고통스러웠다. 게다가 빌써 많은 날들을 거짓 속에서 살다 보니 이젠 형우조차도 무엇이 진실이고 무엇이 거짓인지 헷갈리기 시작했다.

하지만 그런 속내를 전혀 알 리 없는 영아는 계속해서 형우의 치부를 찔러 댔다.

"말 나온 김에 오늘 작은 아버님 뵈러 갈까요? 가서….'"
"이제 그 일은 그만 신경 써. 어차피 아무것도 기억 못 하시니까."
"그래도 결혼하면 언젠간 또 봬야 할 텐데."
"그럴 일은 없을 거야."
"형우씨. 무슨 일 있어요? 지금 작은아버지 때문에 스트레스 받아서 그런 거죠?"

순간 다짐한 듯, 형우는 그녀의 이름을 불렀다.
달콤하게가 아닌 의미심장하게.

"영아야."
"형우씨가 그렇게 부르면 겁난단 말야. 내가 뭘 또 잘못했는가 싶어서."
"너한테… 꼭 해야 할 말이 있어."

잠시 후!
형우에게서 무슨 말을 들은 건지 영아가 깔깔대며 웃었다.

"형우씨도 참, 내가 그 정도도 이해 못 할 줄 알았어요? 이 최영아, 그렇게 쩨쩨한 여자 아니에요. 내가 형우씨 일에 이해 못 할 게 뭐가 있겠어! 난 형우씨의 조건이 아니라 그냥 차형우라는 사람을 좋아하는 거라고요."

하지만 형우는 웃을 수 없었다.

"아니, 그깟 돈이 뭐라고. 내가 그 빚 다 갚아 줄 테니까 형우씨는 그딴 거 신경 쓰지 말아요. 난 또 무슨 출생의 비밀이라도 있는 줄 알았네."

제길! 형우는 오늘도 말하지 못했다. 진.실.을.
하루 종일 민석이란 단어가 머릿속을 맴돌며 그의 양심을 자극했기에 형우는 용기 내어 진실의 시작점이 되는 그녀의 이름까지도 의미심장하게 불렀건만 결국 양심은 욕망을 이기지 못했고 앞으로도 계속 이길 수 없을 것만 같았다.

그날 밤.
형우는 곤히 잠든 만복을 한참 동안 물끄러미 바라보았다.
어디서부터 잘못된 걸까.
누구보다도 만복을 행복하게 해 주고 싶었던 형우였는데 이젠 모든 것이 물거품이 되고 말았다.
만약 시간을 되돌릴 수 있다면 그땐 과연 다른 선택을 할 수 있을까!
은숙은 절대 시들지 않을 거라고 했지만 만복의 가슴에 달린 카네이션은 그새 많이 망가져 있었다.
풍성했던 빨간 꽃술도 어느새 다 빠져 버리고 한 잎 남은 초록색 꽃잎

마서도 때가 묻어 가을 낙엽처럼 시들어 버렸다.

이윽고 형우가 만복의 몸에서 카네이션을 떼어 내려는 그때!

동건에게서 문자 하나가 도착한다.

[형! 잡았어!]

제15화

색소폰과 아코디언

["다음 뉴스입니다. 오늘 새벽 3시, 경기도 김포시에 위치한 엘라 공장에서 불량품과 정품을 바꿔치기하려는 일당이 잠복을 하고 있던 공장 경비원들과 경찰에 의해 붙잡혔습니다. 수사 관계자는 이들이 바꿔치기해 간 정품들을 보관한 창고를 압수 수색한 결과, 그동안 불거졌던 엘라의 신제품 매직슈즈의 불량품 소동이 전부 이들 소행에 의한 것으로 잠정 결론을 내렸습니다. 또한 수사당국은 배후에 공모자가 더 있을 것으로 보고 계속해서 수사를 확대해 나갈 방침입니다. 이로써 불량품 논란으로 매출에 큰 타격을 입었던 엘라의 신제품 판매에도 다시 파란불이 켜지게 됐습니다."]

이로써 형우의 직장 생활에도 파란불이 켜졌다.

이 뉴스는 엘라의 모든 사람들에게 기쁨이었지만 특히나 그간 끝도 없이 추락하는 매직슈즈의 불명예 때문에 누구보다도 맘고생이 심했을 형우에겐 더더욱 단비 같은 소식이었다.

그리고 또 한 명, 동건에게도 이번 사건의 해결은 기쁨을 넘어 남다른 감회로 다가왔다. 그도 그럴 것이 이런 결과가 나오기까지 그의 공이 7할은 되었기 때문이다.

그간 정 이사의 활약이 미진한 사이 동건은 경찰보다도 한발 앞서 중요한 증거물들을 찾아냈고 무슨 연유인지는 모르겠으나 자꾸만 이번 사건을 등한시하려는 수사관들을 끈질기게 압박하여 결국 오늘의 쾌거까지 이뤄 내고야 말았다.

동건은 이번 일을 겪으며 처음으로 후회했다. 일찍이 자신의 꿈은 가수가 아니라 형사였어야 한다고. 또한 처음으로 감사했다. 아빠가 아닌 엄마를 닮을 것을.

그렇게 생각하니 늘 불만이었던 자신의 찢어진 눈도 이제야 슬슬 맘에 들기 시작했다.

하지만 무엇보다도 동건에게 이번 사건이 안겨 준 쾌거 중 가장 의미 있는 것은 자신과 형우의 동맹이 이전보다 더욱 돈독해졌다는 것이다.

"저녁에 시간 비워 둬. 이 형이 깜짝 놀라게 해 줄 테니까."

"깜짝 놀랄 일이라면 차형우랑 나이트 가는 것밖엔 없는데?"

"상상력을 좀 더 키워 봐."

동건은 온갖 상상의 나래를 펼치며 간만에 걱정 없는 여유를 부려 보았다.

한편 그 시각, 미간을 찌푸리며 신문을 읽어 내려가는 정 이사의 얼굴이 붉으락푸르락 점점 일그러졌다. 신문 내용은 대략 이러했다. 반도체의 공급난이나 원자재 쇼크 같은 대형악재들이 불거지면서 IT 업계에 엄청난 경영난을 불러왔고 이로 인해 DCA 그룹의 주가가 급속도로 떨어지고 있다는 것이다.

민호의 가치가 떨어지면 그가 계획하고 있던 모든 것들이 허사였기에 정 이사에겐 엘라의 일보다 민호의 일이 몇 배는 더 중요했다.

그러다 보니 결과적으로 형우의 가치만 더 높이고만 매직슈즈 범인 검거 소식이 그에게 마냥 좋을 리만은 없었다. 게다가 오늘 아침 형우를 바라보는 최 회장의 눈빛이 그를 더욱 불안하게 만들었다. 뭔가 한 방이 필요하다.

*****

보육원을 다녀온 후로 만복의 외출에 자신감이 붙은 은숙은 내친김에 용달차에 만복과 진철을 태우고 한강 공원으로 향했다. 공원 입구로 들어서자 마침 가족의 달 행사가 열리고 있어서인지 공원 안은 구경꾼들로 인산인해를 이뤘다.

"두 분 다 딴 데로 가면 절대로 안 돼요. 저만 쫓아오셔야 해요. 아셨죠?"
"네!"

두 남자는 마치 선생님과 함께 소풍을 나온 유치원생들처럼 은숙의 말을 잘도 따랐다. 자신의 애장품인 색소폰과 아코디언을 각각 어깨에 둘러멘 만복과 진철이 돗자리와 도시락 가방을 든 은숙의 뒤를 총총총 뒤따랐다. 이윽고 세 사람은 조금은 한적한 잔디밭에다 짐을 풀었다.

금강산도 식후경이라고 은숙이 아침에 직접 만든 김밥을 내어놓자 금세 날개 돋친 듯 팔렸다.

"이렇게 밖에 나와서 먹으니 더 맛있죠?"

"네!"

그러고 보니 진철에게도 한강 공원은 처음이었다. 진철은 지하철이나 용달차 안에서 한강이 보일 때면 예외 없이 창가에 바짝 붙어서는 반짝이는 강물을 구경했다. 하지만 먹고 살기 힘들다는 핑계로 늘 차일피일 미루며 살다가 오늘에서야 만복 덕분에 은숙과 진철이 이런 호사까지 누리고 있다.

"앞으로 자주 모시고 나올게요."

그때, 공원 한쪽에 마련된 행사장에서 밴드의 신나는 연주가 울려 퍼지자 만복과 진철이 한 쌍의 미어캣처럼 길게 목을 빼고는 행사장을 바라보았다.

이윽고 가족 노래자랑을 알리는 사회자의 멘트가 이어지자 약속이라도 한 듯 만복과 진철이 은숙을 잡아끌었다.

결국 만복과 진철의 성화에 못 이겨 세 사람은 행사장으로 향했고 만복과 진철은 끝내 무대에 올라가고야 말았다. 은숙에게 대충 사연을 전해 들은 사회자가 만복과 진철을 멋들어지게 소개한다.

"여러분. 지금 소개해 드릴 분들은 혈육이 아닌 정으로 한 가족이 된 분들입니다. 비록 두 분 다 정신적 아픔을 겪고 있지만, 정으로 우정으로 사랑으로 하나 되어 그 어떤 혈육의 가족보다도 소통이 잘 되며 행복하게 살고 계시답니다. 그리고 또 하나, 두 분을 하나로 묶어 주는 것이 바로 이 색소폰과 아코디언인데요. 절대 어울릴 거 같지 않은 이 두 악기가 두 분의 손에서 어떤 하모니를 보여 줄지 정말 기대가 됩니다. 자, 세상 가장 낮은 곳에서 세상 가장 밝은 빛을 내는 멋진 두 사나이들을 여러분들께 소개합니다. 박수로 맞아 주십시오. 색소폰과 아코디언!"

사람들의 열렬한 박수와 환호성에 만복과 진철이 색소폰과 아코디언을 흔들며 화답했다. 이윽고 진철의 특기인 신나는 트로트 연주가 시작되자 만복도 '뿌뿌뿌뿌' 색소폰을 불어 대며 세상에 단 하나뿐인 하모니를 만들어 냈다.

♬ 내가 필요할 때 나를 불러 줘 언제든지 달려갈게. 낮에도 좋아 밤에도 좋아 언제든지 달려갈게. 다른 사람들이 나를 부르면 한참을 생각해 보겠지만. 당신이 나를 불러준다면 무조건 달려갈 거야. 당신을 향한 나의 사랑은 무조건 무조건이야. 당신을 향한 나의 사랑은 특급 사랑이야. 태평양을 건너 대서양을 건너 인도양을 건너서라도. 당신이 부르면 달려갈 거야 무조건 달려갈 거야. ♬

관객들의 호응에 신이 난 진철이 발을 구르며 스텝을 밟자 만복도 아예 색소폰을 등 뒤로 돌리고는 막춤을 추기 시작한다. 두 남자의 우스꽝스러운 모습에 관객들이 폭소를 터뜨렸다.

진철이 아코디언을 시작하게 된 건 천사보육원에 들어간 지 3년 정도 지나서였다. 하루는 진철이 친구들과 숨바꼭질을 하다가 보육원 창고에 숨어들었는데 잠시 후 창고를 나오는 진철의 손에 낡은 아코디언이 하나 들려 있었다.

그날 이후 진철이 아코디언에 집착하기 시작하자 원장은 고심 끝에 자신이 직접 진철을 가르치기로 마음먹었다. 원장 또한 그녀의 아버지에게서 곁눈질로 배웠을 뿐 제대로 아코디언을 배워본 적이 없었기에 진철을 위해 독학까지 하는 열성을 보였다.

그런 그녀의 마음이 하늘에 가 닿았는지 진철은 얼마 지나지 않아 서번트 증후군 같은 천재성을 보이며 아코디언 연주에 두각을 나타내기 시작했다.

그 이듬해, 원장은 진철의 생일 선물로 새 아코디언을 선물해 주었고 그때부터 진철은 관심과 박수를 불러오는 그 아코디언을 신줏단지 모시듯 모셨다.

그의 남다른 아코디언 사랑은 그렇게 시작됐다.

해 질 무렵 소풍에서 돌아오는 세 사람의 발걸음은 무척이나 가볍고 경쾌했다.

그도 그럴 것이 만복의 손에는 노래자랑에서 인기상으로 받은 최신형 라디오가 들려 있었다.

이윽고 세 사람이 승강기에서 내려 현관문 앞에 다다르자 웬 덩치 큰 사내 둘이 세 사람을 반갑게 맞아 주었다.

"여그가 차형우씨 댁이 맞당가?"

"그런데요. 무슨 일이시죠?"

"우덜이 시방 볼일이 있어 왔는디 째까 같이 좀 드갑시다."

은숙이 어떻게든 막아 보려 애를 써 봐도 사내 둘의 압박을 여자 혼자의 힘으로 이겨 낼 수는 없었다. 결국 굴비 엮듯 다섯 명이 쪼르르 집 안으로 들어섰다.

"음마 집이 허벌라게 좋구마이."

"행님요, 오늘 마 끝장을 보고 가입시더!"

"그랄까? 그란디 차형우씨가 누요? 형씨가 기요?"

험악한 얼굴에 꽁지머리를 한 사내가 진철을 가리키자 진철이 겁을 먹고 더듬거렸다.

"난… 김진철인데….”

보다 못한 은숙이 만복과 진철을 자신의 뒤로 보내고는 사내들에게 따지듯 물었다.

"차형우씨는 지금 댁에 안 계세요. 대체 무슨 일로 찾아온 거죠?"

꽁지머리 사내가 거들먹거리며 은숙 앞으로 바짝 다가서자 세 사람이 동시에 한 발짝씩 뒤로 물러났다.

"그라는 아가씨는 차형우씨랑 어찌 된다요? 마누라라도 된다요?"

그 순간 얌전히 있던 만복이 득달같이 달려들어 사내의 꽁지머리를 확 잡아챘다.

"아악! 이 할배가 미친… 아~~~!"

꽁지머리 사내의 비명에 안방을 둘러보던 **빡빡**머리 사내가 재빨리 쫓아와서는 만복의 뒷덜미를 잡아 바닥으로 내팽개쳤다.

"아저씨!"

은숙이 쓰러진 만복을 일으켜 세우고는 이내 역공을 시작한다.

"당장 돌아가지 않으면 경찰에 신고할 거예요!"
"아따 이 아가씨 깔깔허니 매력 있고마이. 딱 내 스따일인디 우째 내캉 쪼까 거시기 한 번 해 불라요?"

꽁지머리 사내가 음흉한 눈빛으로 은숙의 머리카락을 쓸어내리며 치근대자 이번엔 만복과 진철이 합세하여 사내들을 무작위로 공격한다. 금세 집안은 아수라장으로 변해 버렸고 힘으로 보나 덩치로 보나 전혀 상대가 될 것 같지 않은 대결 구도에서 의외로 만복파의 막무가내 공격이 제법 먹혀들어 갔다.

이윽고 약이 바짝 오른 **빡빡**머리 사내가 만복을 바닥에 쓰러뜨리며 주먹질을 하려고 하자 은숙이 재빨리 사내의 정수리를 힘껏 깨물었다.

"으악! 이 년이 미친나!"

결국 이성을 잃은 사내가 색소폰을 들어 은숙을 향해 내리치려는 순간, 누군가가 사내의 팔목을 잡아 비틀어 버린다.

형우였다.

거실 입구엔 양손 가득 무겁게 짐을 든 동건이 놀란 정승처럼 우두커니 서 있었다.

폭력에 가담했던 다섯 명 모두 타박상은 기본인데다, 산발이 된 꽁지머리 사내부터 정수리에 선명한 이빨 자국이 생긴 빡빡머리 사내와 옷이 찢어진 진철과 코피 터진 은숙과 이마에 혹이 불어난 만복까지. 그야말로 폭력의 결과물은 참혹했다. 이윽고 꽁지머리 사내가 흘러내린 머리를 쓸어넘기며 형우 앞으로 바짝 다가섰다.

"우덜은 돈만 받아 가면 쓰갔는디."

"대체 차정우씨가 빌린 돈이 얼맙니까?"

"이제야 쪼매 말이 통하는구마이. 그랑게 당신 행님께서 이 집을 담보로다 우덜한테 1억을 꼬갔재. 근디 말이시 이 썩을 놈이 말이여 며칠째 이자가 밀림서 이젠 아예 잠수까지 타 버렸지 뭐당가. 우덜이 시방 이걸 우째야쓰까? 어디 형씨가 말 좀 해 보소."

"알았으니까 오늘은 그만 돌아들 가요. 수일 내로 원금이랑 밀린 이자 다 해결해 줄 테니까."

"우덜이 형씨 말을 어찌 믿는다요?"

그 순간 동건이 치고 들어왔다.

"우리 형 절대 거짓말하는 사람 아니니까 믿고 그만 돌아들 가세요."

"삼자는 꺼져불고. 언능 묻는 말에나 답해 보쇼."

잠시 고민하던 형우는 이내 명함을 한 장 꺼내 꽁지머리 사내에게 건넨다. 사내는 명함을 잠시 들여다보더니 명함에 적힌 번호로 전화를 걸었다. 형우의 전화번호가 틀림이 없자 사내의 험악한 얼굴에 슬쩍 미소가 번진다.

"어제 쩌그 성수동 사는 김 사장이라꼬 나가 그놈아 콩팥 하나 떼부렀어야. 생까불믄 얄짤없응게."

순간 은숙과 동건이 미간을 찌푸렸다.

"그라믄 알아들은 중 알고 우덜은 이만 가볼랑게. 욕들 보쇼."

집을 나서는 꽁지머리 사내가 끝까지 미련을 떨며 은숙에게 추파를 던지자 동건이 재빨리 은숙을 보호한다.
그렇게 사내들이 떠난 자리엔 치욕과 상처만이 오롯이 남아 있었다.
형우는 오늘만큼은 온전히 행복하기를 바랐지만 언감생심 그것은 결코 꿔서는 안 될 꿈이었다. 무엇보다도 동건에게 미안했다. 깜짝 놀랄 거라며 기대감만 잔뜩 불어넣고는 정작 더 놀란 사람은 동건이 아닌 형우 본인이었으니까.

어느새 깊은 밤이 찾아오자 안방에선 각각 치킨 1마리씩을 먹어 치운 만복과 진철이 TV를 보며 꾸벅꾸벅 졸고 있었고 거실에선 샴페인 한 병을 혼자서 다 마셔 버린 형우가 소파에 쓰러진 채 잠이 들어 버렸다.

반면 거실 탁자에 마주 보고 앉아 있는 동건과 은숙은 너무나도 쌩쌩해서 부담스러울 정도였다.

뻘쭘한 은숙은 술안주로 내놓은 멸치 대가리에다 눈을 박고는 열심히 똥을 발라내었다. 하지만 어색하긴 동건도 마찬가지였다. 집으로 오는 내내 은숙을 만난다는 꿈에 부풀어 무슨 말을 할까 상상의 나래를 펼치며 왔건만 막상 그녀 앞에선 생각지도 못한 복병 때문에 모든 것이 어그러지고 말았다. 동건은 어색한 분위기를 이겨 내려 애꿎은 맥주만 벌컥벌컥 들이마셨다.

"형이 요새 맘고생을 많이 해서 그런가 금방 취해 버리네요. 그나마 하나가 해결돼서 숨 좀 돌리려나 싶었는데 또 이런 일이 생기다니. 아마 내가 형이었음 진즉에 폭발했을 거예요."

"그래도 이렇게 곁에서 진심으로 마음 써 주시는 분이 계셔서 정말 다행이에요."

이제야 서로를 바라보는 은숙과 동건이다.

"은숙씨 고마워요."

"뭐가요?"

"아버님을 잘 돌봐 줘서요. 은숙씨 때문에 그나마 형이 버틸 수 있는 거거든요."

"제가 하는 게 뭐가 있다고. 당연히 해야 할 일을 하는 것 뿐인데."

"은숙씨야말로 진정한 도우미시죠. 아버님도 이전보다 더 좋아지신

거 같고. 저기 은숙….”

동건이 계속 말을 이어가려던 찰나, 형우가 거의 괴성에 가까운 신음을 토해 내며 몸부림을 쳤다.

“오늘 은숙씨한테 긴히 할 말이 있었는데 아무래도 다음으로 미뤄야겠네요. 형은 저러다 금방 깰 거니까 너무 걱정 마시고요. 그럼 오늘은 이만 가 볼게요.”

동건이 돌아간 뒤 조용히 집안 정리를 시작하던 은숙은 연신 고통스런 신음을 토해 내는 형우가 자꾸만 신경이 쓰였다. 은숙은 잠시 하던 일을 멈추고 형우의 잠든 얼굴을 빤히 들여다보았다.
‘당신도 나만큼 참 힘든 인생이네요.’
이윽고 은숙이 청소를 마저 하기 위해 돌아서려는 그때.
형우가 은숙의 손을 덥석 잡았다.

“가지 마!”

제16화
욕망의 덫

은숙은 집으로 돌아와서도 멍하니 자신의 손만 물끄러미 바라보았다. 여전히 손가락 마디마디에 그의 온기가 남아 있는 듯했다.

'가지 마!'

그의 말은 도돌이표처럼 계속 그녀의 귓가를 맴돌며 수만 가지 생각을 만들어 냈다.

'술에 취해서였을까! 꿈을 꾸고 있었던 걸까! 아니면 나란 걸 알고도 그랬던 걸까! 다른 사람으로 착각한 걸까! 그것도 아니라면 그는 누구를 그토록 붙잡고 싶었던 걸까!'

아무리 생각해 보아도 그의 마음을 도무지 헤아릴 길이 없었다.

어젯밤, 형우는 꽉 잡은 은숙의 손을 한참 동안이나 놓아 주지 않았다. 물론 은숙도 그 순간 모든 것이 마비되어 그렇게 그냥 한참을 서 있었다. 되짚어 보니 형우의 손끝에서 깊은 절망이 전해질 즈음 그의 눈에서 눈물 같은 것을 본 것 같기도 하다.

'그럼 깨어 있었단 건가?'

다시 원점이다.

* * * * *

새벽녘이 되어서야 소파에서 잠이 들었던 형우가 부스스 깨어났다. 헝클어진 머리와 구겨진 셔츠, 땀에 찌든 퀴퀴한 냄새에 순간 불쾌함이 몰려왔다.

만복이 치매 판정을 받은 뒤론 거의 술을 입에 대지 않았던 그가 최근 들어 벌써 두 번씩이나 술에 취해 방이 아닌 소파에서 잠이 들었다.

이윽고 안방에서 만복의 앓는 소리가 들려오자 불현듯 지난밤의 일들이 파노라마처럼 스쳐 지난다.

난데없는 빚쟁이들의 등장에 축하주가 또다시 신세 한탄주로 바뀌었고 금세 술에 취하는 바람에 동건도 챙겨 주지 못했다. 물론 그날의 미션이었던 동건과 은숙의 소개팅도 당연히 치르지 못했다. 그렇게 지난밤을 되돌아보던 형우는 문득 어느 순간이 떠오르자 갑자기 사고(思考)에 버퍼링이 걸리고 만다.

형우는 자신이 왜 그런 행동을 했는지 지금으로선 도저히 납득이 되질 않았다.

그렇다고 그저 술에 취해서 한 행동이라고 치부해 버리기엔 기억이 너무도 선명하다.

혹시 그 순간에 그녀를 영아로 착각했던 걸까! 하지만 그것도 설득력이 떨어진다.

요즘 같아선 오히려 영아를 밀어내기 바빴으니까.

그렇다 하더라도 은숙을 이성으로 바라본 기억도 없다. 도우미로서 고마운 마음은 컸으나 딱 거기까지였다.

그렇다면 이제 남아 있는 가능성은 이것밖엔 없을 듯하다.

'무의식 속의 자아.'

형우 자신도 미처 인식하지 못한 무의식 세계에서 그 순간 어떤 화학 반응이 일어났던 건 아닐까! 그러고 보니 어젯밤 그녀의 손끝에서 연민 이상의 어떤 감정이 느껴졌던 것 같기도 하다. 그리고 형우는 저도 모르게 눈물을 흘렸었다.

대체 무의식 세계에선 무슨 일이 벌어지고 있는 걸까!

형우는 머리가 지끈거리며 아파 오자 자신의 침대로 돌아가 다시 잠을 청했다.

형우가 다시 깨어났을 땐 어느새 아침이었다. 그런데 무슨 일인지 고소한 참기름 냄새가 그의 코끝을 자극했다. 냄새에 홀린 듯 부엌으로 향하던 형우는 순간 놀란 얼굴로 멈춰 선다. 부엌에선 앞치마를 두른 은숙이 분주하게 요리를 하고 있었다.

형우가 당황하며 돌아서려는 그때,

"일어나셨어요? 오늘은 좀 일찍 왔어요. 출근하시기 전에 북엇국 좀 드시라고요."

"아… 네…."

형우는 재빨리 부엌을 벗어났다. 아마도 다들 어젯밤 일 때문이라 짐작하겠지만 정작 형우가 당황한 이유는 다른 데 있었다.

그는 이제껏 단 한 번도 잠옷 바람으로 그녀를 맞이한 적이 없었다. 하여 지금의 잠옷 차림은 마치 옷을 안 입은 것처럼 부끄럽고 민망했다. 얼마나 민망했던지 어젯밤 일은 생각도 안 날 정도였다.

하지만 그건 형우의 괜한 걱정이었을 뿐,

은숙은 오히려 당황하는 그의 모습을 보며 어젯밤 일을 떠올렸다.

'형우씨도 기억하고 있구나. 그럼 난 줄 알고 그랬다는 건가?'

순간 은숙의 얼굴이 화끈거렸다.

하지만 그것도 잠시 금세 또 다른 의문이 꼬리를 물었다.

'대체 나한테 왜 그런 거지? 우리 사이엔 아무것도 없는데. 설마 형우 씨도 아저씨처럼 날 엄마처럼 생각하는 건가?'

은숙은 긴 고심 끝에 결국 마지막 물음에 방점을 찍었다. 아무리 생각해봐도 두 사람 사이에 모성애 외엔 다른 감정은 존재할 수 없었다.

어쩌면 이 북엇국도 그가 생각하는 모성애의 결정체일지도 모른다.

그렇게 생각을 정리해 나갈 즈음 어느새 먹음직스런 북엇국이 완성됐다.

은숙은 그가 북엇국을 먹을 때에도, 집을 나설 때에도 어젯밤 일에 대해선 일체 내색하지 않았다. 아니 더 이상 그럴 필요가 없었다.

그것은 형우도 마찬가지인 듯했다.

그 또한 담담한 은숙을 보며, 그저 지금까지 그래왔던 것처럼 고용인과 도우미의 관계를 잘 지켜 나가는 것이 모두에게 가장 최선이라는 결론에 도달했다.

* * * * *

형우는 요즘 전화위복이란 말을 제대로 실감하고 있다. 한창 불량품 소동으로 나락을 걷던 형우였는데 이번 범인 검거 소식이 매스컴을 타게 되면서 매직슈즈의 매출 상승은 그야말로 고공행진이었다. 그뿐 아니라 실추됐던 형우의 명예도 덩달아 빠른 회복세를 보이고 있었다.

이렇게만 쭈욱 가 준다면 그다음 도약은 훨씬 더 수월해질 것이다.

하지만 형우는 여기서 안주하지 않고 곧바로 다음 프로젝트에 돌입했다.

한편 형우와 함께 동반 상한가를 치고 있던 동건은 여전히 껌딱지처럼 착 달라붙어 형우의 일거수일투족에 간섭했다.

"뭐야! 이젠 남자 구두까지 넘보는 거야?"

"너한테 선물해 주려고 그런다, 됐냐?"

"어퍼가 굉장히 특이하네. 슬립온 같은데 로퍼 느낌도 나고 어떻게 보면 골프화 같기도 하고. 완전 카멜레온인데? 이거 또 대박 치겠어!"

"또 오버한다."

"헤헤. 저기… 형!"

"하고 싶은 말 있음 빨리 말해. 뜸 들이지 말고."

"그게 말야… 아니다. 형이 좀 더 편안해지면 그때 얘기할게."

동건이 그냥 돌아서 가는가 싶더니 이내 다시 발길을 돌려 형우 옆에 바짝 다가섰다.

"은숙씨 연락처 좀 줘 봐. 내가 직접 나서야지 형 믿고 있다간 죽도 밥도 안 되겠어."

"짜식, 완전 푹 빠졌구만."

"아버님한테 하는 것 보고 이 사람이다 싶더라구. 요새 그런 여자 찾기 힘든 거 형도 잘 알잖아."

"알았어. 잠깐 기다려 봐."

이윽고 휴대폰에서 연락처를 찾아보던 형우는 은숙의 이름을 보는 순간 또다시 이상한 감정에 휩싸이고 만다. 이건 분명 무의식의 자아가 아닌 현실의 자아가 또렷하게 인지할 수 있는 살아 있는 감정이었다.

어제까지만 해도 형우 본인이 직접 나서서 두 사람의 메신저가 되겠다고 자청해 놓고 이제 와 연락처를 알려 주고 싶지 않은 이 마음은 대체 무슨 감정인 건지 아침에 내렸던 결론에 다시금 제동이 걸렸다.

"형은 은숙씨 웃는 얼굴 봤어? 은숙씨 얼굴에 미소를 찾아주고 싶어. 정말 예쁠 거야."

그 순간 형우는 자신의 감정이 아닌 김은숙이란 여자의 인생을 생각했다.

'도우미 은숙씨'

그녀도 이젠 도우미가 아닌 한 여자로서 누군가의 사랑을 받아야 한다.

이윽고 수정된 김은숙이란 이름과 함께 11개의 숫자가 동건에게 전송됐다.

퇴근 무렵 소나기가 한차례 지나가자 대기를 뒤덮은 습한 열기에 숨이 턱턱 막혔다.

형우는 지금 영아와의 저녁 식사를 위해 회사 근처 레스토랑으로 향하고 있다. 이윽고 식당 문을 열자 시원한 바람이 가장 먼저 형우를 맞아준다. 땀에 끈끈해졌던 몸이 금세 뽀송뽀송 상쾌해졌다.

창가에 앉아 그를 향해 손짓을 하는 영아는 여전히 싱그러운 꽃처럼 아름다웠다.

한편 조명기에서 쏟아져 나오는 형형색색의 빛이 그녀의 흰색 원피스에 내려앉으며 몽환적인 분위기를 자아냈다. 이윽고 이어지는 식사 시간도 다행히 가볍고 유쾌한 이야기로 채워져 두 사람은 모처럼 편안한 시간을 보낼 수 있었다.

식사가 끝날 때쯤 영아는 형우 앞에 봉투 하나를 내밀었다.

"그냥 주는 거 아니고 형우씨 인생에 투자하는 거니까 쓸데없는 부담 갖지 말아요. 이자는 날 더 많이 사랑해 주면 되는 거고. 앞으로 형우씨의 성공을 방해하는 장애물들은 내가 알아서 다 처리할 테니까 형우 씬 앞만 보고 달려요."

"영아야."

"말릴 생각 말아요. 다 내 행복을 위한 거니까."

영아는 이렇듯 늘 자신감이 넘쳤고 당당했다. 거기에 덧붙여 상대방의 자존심을 건드리지 않으면서도 상대에게 자신의 뜻을 그대로 관철시키는 협상가 기질은 아예 타고난 듯했다. 그러다 보니 승리는 늘 영아의 몫이었다. 형우의 침묵이 길어지자 영아가 게임 오버를 알리며 와인을 들이킨다.

기분이 좋아진 영아는 와인을 연거푸 마시더니 금세 취해 버렸다.

"정민호 그 인간이 리더감이라고? 웃겨 정말. 우리 형우씨처럼 성실하고 똑똑하고 자상하고 정직한 남자가 세상 천지에 또 어디 있다고. 안 그래요, 형우씨?"

"취했어. 그만 일어나자."

"취하긴 누가 취했다고 그래? 나 하나도 안 취했어. 말짱하다고!"

순간 형우의 기억 속에서 영아를 처음 만났던 때의 그날이 문득 떠올랐다.

늦깎이 대학원생이었던 형우가 자신의 꿈을 이루기 위해 한창 고군분투할 무렵이었다. 어느 날 같은 꿈을 꾸고 있던 대학 동기 녀석(나필수)이 그를 찾아와 자신의 근황을 전했다.

"형우야. 내가 지금 뭐 하고 온 줄 아냐? 이 나이에 과외선생 지원서 내고 왔다."

"무슨 대단한 집 자식이라고 천하의 나필수가 지원서까지 냈대?"

"구두의 명가 엘라의 외동딸이 고3이라는데 공부를 지지리도 못하나 보더라고. 내년에 한국대 음대를 꼭 들어가야 해서 유능한 과외 선생을 찾고 있다는 거야. 그래서 지원하고 왔지. 혹시 아냐? 걔랑 눈이라도 맞아서 임도 보고 뽕도 딸지."

"야! 이 세상에 젤 치사한 놈이 여자 등쳐먹는 놈이야. 그리고 그런 애는 머리에 똥만 차서 아무리 해도 안 돼요. 근데 더 웃긴 건 뭔 줄 아냐? 잘 나가는 집안일수록 자기 자식 못난 건 생각도 안 하고 선생 탓만 한다는 거야. 선생이 실력이 없어서 그런 거라고. 괜히 너만 독박 쓰는 거라니까."

그런데 막상 뚜껑을 열어 보니 과외 선생 당첨자는 놀랍게도 나필수가 아닌 차형우였다. 비록 친구 앞에서는 치사한 놈이니 등쳐먹는 놈이니 하며 큰소리쳤지만, 곰곰이 생각해 보니 구두 디자이너가 꿈이었던 그에게 그것은 에덴동산의 선악과 같은 유혹이었고 일생일대의 기회였다.

예상대로 18세 소녀는 부잣집 외동딸답게 무척이나 당돌했다.

"아저씨. 여자친구 있어요?"
"그건 왜?"
"내가 아저씨 가지려고. 태어나서 아저씨처럼 잘생긴 남잔 처음 보거든."
"난 관심 없으니까 공부나 열심히 해. 한국대 들어가면 그때 가서 한 번 생각해 볼 테니까."
"정말? 아저씨 약속했다. 그 약속 꼭 지켜야 해! 아저씬 내가 찜했으니까 그때까지 절대로 한눈팔면 안 돼!"

형우의 계획대로 영아는 그가 던진 미끼를 덥석 물었고 다음 해에 그녀는 기적처럼 한국대 음대에 보기 좋게 합격했다. 그리고 형우는 그 보상으로 엘라의 사람이 되었다.
대학생이 된 영아는 이전과 다르게 형우를 깍듯이 존대했다.

"형우씨. 이제 약속 지켜요."
"무슨 약속? 우리가 언제 약속한 게 있었나?"
"정말 모른 척하기예요? 합격하면 나랑 사귀기로 했잖아요."
"아! 그거. 한 번 생각해 볼게. 근데 갑자기 웬 존대를 하고 그래? 어색하니까 그냥 하던 대로 해."

"그동안 내가 너무 철없이 군 거 미안해요. 남자의 위치는 여자가 만드는 거라잖아요. 내가 형우씨를 꼭 최고로 만들어 줄게요."

형우의 계획된 밀당이 드디어 결실을 맺는 순간이었다. 한마디로 최영아란 여자는 그에게 꿈이었고 희망이었고 욕망이었다.

그렇게 시작된 그들의 사랑은 영아가 독일로 유학을 떠났을 때에도 전혀 흔들림이 없었다. 오히려 자주 볼 수 없다는 안타까움 때문이었는지 서로를 향한 애틋한 마음은 해를 거듭할수록 더욱 커져만 갔다. 금세 변할 것 같았던 영아의 사랑은 생각보다 깊었고 그 사랑은 형우를 엘라의 사람으로 성장시키는 데 큰 원동력이 돼주었다. 한편 나필수 또한 비록 형우에게 일생일대의 기회는 빼앗겼지만 고군분투 끝에 엘라에 입성할 수 있었으며 형우에겐 동료이자 친구로서 늘 친절함을 잃지 않았다.

한참을 추억 속에 잠겨 있던 형우를 깨운 건 다름 아닌 동건의 전화였다.

"왜 또! 번호 가르쳐 줬잖아."
[형! 큰일 났어.]
"무슨 일인데 또 그리 호들갑이야!"
[민도식이란 작자가 형이 자신의 매직슈즈를 도용한 거라며 고소를 했대.]
"뭐?"

제길! 아무리 지지리 궁상이어도 소설 속 주인공도 이렇진 않을 거다.

제17화

늪

　형우가 로비로 들어서자 그를 바라보는 직원들의 시선이 가을 햇볕만큼이나 따가웠다.

　형우의 아이디어 도용 사건이 일파만파 퍼지면서 형우는 하루아침에 질 나쁜 도둑놈으로 전락해 버렸다. 정말 참을 수 없는 모욕이었다. 세상에 별의별 일이 다 있다 해도 자신과는 전혀 상관없는 딴 세상 얘긴 줄 알았는데 어이없게도 지금 그는 별의별 사건의 당사자가 되고 만 것이다.

　아무리 사기꾼들이 판을 치는 세상이라 해도 어떻게 멀쩡한 사람을 범죄자로 만들 수 있는지 정말 기가 찰 노릇이었다. 자신이 했던 일을 증명하기는 쉬우나 하지 않았다는 것을 증명한다는 것은 일말의 여지도 없이 불가능하다. 그것은 실체가 없기 때문이다.

　하지도 않은 일을 무엇으로 어떻게 증명해 보인단 말인가! 결국 사기꾼들의 조작된 증거만이 살아남아 힘없는 무고한 사람만 죽이고 말 것이다.

　형우는 그저 숨만 쉬고 있을 뿐 지금 당장 할 수 있는 게 아무것도 없었다. 그나마 무슨 일이 있어도 자신을 믿어 주고 지지해 주는 동건이 있어 간신히 버틸 수 있었다.

　"지난번 일도 그렇고 이번 일도 그렇고 아무리 생각해 봐도 이해가 안 돼. 이건 필시 주변에 형을 음해하려는 세력이 있는 게 틀림없어."

"……."

"민도식이란 작자가 다음 주에 미국에서 돌아온다니까 어디 한번 뭐라고 지껄이는지 두고 보자고. 그동안 형은 마음 좀 추스려. 이번에도 이 장동건이가 반드시 밝혀내고 말테니까."

이젠 지친다는 말도 형우에겐 사치였다.

지친 사람은 아무리 힘겨운 상황에서도 자신의 의지만 있다면 얼마든지 다시 일어설 수 있지만, 그저 숨만 쉬는 식물인간은 기적이 아니고서는 절대 회생이 불가능하다. 지금의 형우는 식물인간이나 다름이 없었다.

하지만 사람이 살면서 기적을 경험할 수 있는 확률은 얼마나 될까!

기적이란 상식으로는 생각할 수 없는 기이한 일이며 신(神)에 의해 행해졌다고 믿어지는 불가사의한 일이기에, 인생을 살면서 기적을 맛볼 수 있는 확률은 거의 제로에 가깝다.

번개를 맞을 확률은 600만 분의 1이요, 로또를 맞을 확률은 814만 5060 분의 1이며 정자와 난자가 만나 생명을 만들 확률도 자그마치 3억 분의 1이다.

형우는 3억 분의 1이라는 숫자 앞에서 또 한 번 절망했다. 그토록 어마어마한 경쟁을 뚫고 세상에 나왔건만 정작 세상 밖에선 드라마의 삼류 인생보다도 못한 구질구질한 인생을 살고 있으니 말이다.

한편, 은숙에게도 힘든 하루가 지나가고 있었다.

만복과 진철의 뒤치다꺼리도 한몫했겠지만, 그보다도 아침에 심상치 않은 얼굴로 집을 나선 형우 걱정에 그녀 또한 하루 종일 일이 손에 잡히질 않았다. 이젠 형우의 모든 것이 은숙의 마음을 건드렸다.

그렇게 상념에 젖어 집안 청소를 하고 있던 은숙은 잠시 후 뭔가에 홀린 듯 TV 화면에다 눈을 박았다. 드라마 속 주인공의 아버지가 끝내 죽음을 맞이하는 장면을 숨죽여 지켜보던 은숙은 주인공이 아버지의 주검을 끌어안고 통곡을 하자 황급히 TV를 꺼 버리고 만다.

은숙은 심란해진 마음을 다잡으려 애꿎은 거실 바닥만 박박 문질러댔다.

그 시각, 라파병원 701호에선 그간 병세가 더욱 심해진 기섭이 고통에 몸부림치고 있었다. 통증에 시달리며 괴로워하는 기섭만큼이나 그를 위해 아무것도 해 줄 수 없는 정옥의 마음도 새까맣게 타들어 갔다.

"여보, 힘내요. 이겨 내셔야 해요. 지면 안 돼요."

진통제를 맞고서야 겨우 정신을 차린 기섭은 힘겹게 휠체어에 몸을 실은 뒤 창가로 향했다. 이윽고 한참을 물끄러미 창밖을 바라보던 그의 눈에 창가 구석에 놓여 있는 곰돌이 인형 칠복이가 들어왔다.

'때가 타고 여기저기 망가진 칠복에게도 분명 깨끗하고 멀쩡한 시절이 있었을 텐데.'

기섭이 떨리는 손으로 칠복을 집어 들었다.

1998년 12월. 진철의 엄마가 그렇게 세상을 떠나 버린 뒤 기섭은 홀로 어린 은숙과 진철을 돌봐야만 했다. 당시 사업 실패로 큰 빚을 떠안고 있던 기섭은 신용불량자라는 딱지 때문에 번듯한 일은 꿈도 못 꾼 채 공사

판 막일을 하며 세 사람의 생계를 힘겹게 이어 가고 있었다. 하지만 그마 저도 일이 없어 한겨울에도 아이들을 차가운 냉방에 재우며 그는 고통 의 눈물을 삼켜야 했다.

"아빠. 추워."
"아빠. 배고파."

더 이상 이대로 겨울을 버틸 수 없었던 기섭은 결국 어린 남매를 데리 고 찜질방 생활을 시작하게 된다. 하지만 당장 추위는 해결할 수 있었지 만, 여전히 이곳에서도 빈곤의 문제는 해결되지 않았다. 더욱이 일거리 가 많이 없는 한겨울이라 기섭의 주머니 사정은 전보다도 더 변변치 못 했다.

그러던 어느 날. 저녁 시간이 한참 지난 찜질방에선 작은 소동이 벌어 졌다.

"저놈 잡아!"

구운 달걀 두 알을 훔쳐서 은숙을 향해 달려오던 아홉 살 진철이 쫓아 오는 남자에게 결국 멱살을 잡히고 만다.

"이 도둑놈 새끼야. 어린놈이 벌써부터 도둑질이나 하고. 니 엄마 어디 있어?"

무서움에 떨며 그 모습을 지켜보고 있던 다섯 살 은숙이 용기를 내어 남자를 향해 소리쳤다.

"우리 엄마 하늘나라 갔어요. 우리 오빠 때리지 마요. 오빠 아프단 말
예요!"

순간 진철이 울음을 터뜨리자 은숙도 서러운 눈물을 하염없이 쏟아
냈다.

"엄마~~."

그때 마침 일자리를 알아보다 찜질방으로 막 들어서던 기섭이 그 현장
을 목격하게 된다. 기섭은 남자에게 용서를 구한 뒤 전 재산을 털어서 산
달걀과 식혜를 어린 남매에게 먹이며 밤새 눈물을 삼켰다.

그리고 이듬해 봄이 찾아오자, 전국을 돌아다니며 막노동을 하게 된
기섭은 끝내 어린 남매를 보육원에 맡기고 만다.

"진철아. 은숙아. 아빠 말 잘 들어. 이젠 여기가 너희들 집이야. 이제부
턴 여기서 먹고 자고 하는 거야. 무슨 말인지 알지?"
"응. 아빠도 우리랑 같이 있는 거지?"

은숙의 질문에 기섭이 힘겹게 입을 열었다.

"은숙아. 아빠는 돈 벌러 가야 돼. 우리 진철이랑 은숙이랑 같이 살려

면 돈 많이 벌어야 하거든. 아빠가 금방 돈 많이 벌어서 올 테니까 그때까지 너희들은 여기서 원장님하고 잘 지내고 있어."

"싫어! 아빠랑 헤어지기 싫단 말야."

은숙이 기섭의 품에 와락 안기자, 기섭은 멀뚱거리며 서 있는 진철까지 품에 안으며 나지막이 읊조렸다.

"아빠 금방 돌아올 거야."

"아빠. 꼭 우리 데리러 올 거지?"

"그럼. 꼭 데리러 올 거야. 그러니까 아빠 돌아올 때까지 아프지 말고 둘이서 잘 지내야 한다."

이윽고 기섭은 가방에서 작은 곰돌이 인형을 꺼내 진철의 손에 쥐여 주었다.

"진철아. 아빠 올 때까지 동생이랑 잘 지내고 있어. 아빠가 다음에 올 땐 더 큰 곰돌이 인형 사 가지고 올게."

"응."

"은숙아. 이제부턴 네가 아빠 대신 오빠 잘 돌봐 줘야 해. 누가 오빠 괴롭히면 혼내 주고, 알았지?"

"알았어. 내가 오빠 잘 돌봐 줄게. 오빠 괴롭히는 사람 있으면 내가 막 혼내 줄게."

"그래. 우리 은숙이는 잘 해낼 거야."

기섭은 마지막으로 아이들과 함께 사진을 찍고는 이내 천사보육원 마당을 나섰다.

"아빠! 꼭 돌아와야 해!"
"그래! 아빠 돈 많이 벌어서 금방 돌아올게!"

기섭은 점점 멀어지는 어린 남매를 향해 연신 손을 흔들었다. 어린 남매도 기섭이 보이지 않을 때까지 작은 손을 열심히 흔들어 주었다. 어린 진철의 손에 들린 곰돌이 인형도 진철과 함께 기섭에게 인사를 건넸다. 그것이 그들의 마지막 모습이었다.

* * * * *

인생은 새옹지마라는 말이 보편적 진리가 되려면 이쯤에서 형우에게 좋은 일이 생겨야 한다. 하지만 그것은 인간들의 희망사항일 뿐, 100% 순도의 진리는 아니었다. 적어도 형우에게는.

아이디어 도용 사건이 터진 지 얼마나 됐다고, 또다시 새로운 사건이 불거지며 책임자였던 형우를 옥죄어 왔다. 그 일선엔 정 이사가 있었고 그는 기다렸다는 듯 형우를 향해 악담을 퍼부었다.

"도용이나 해서 회사 얼굴에 먹칠을 하는 것도 모자라 이젠 아예 회사를 통째로 말아먹으려고 작정했어? 이번 중국 납품 건, 상품 모델이랑 수량 정확히 체크하라고 그렇게 일렀건만, 왜 그쪽에서 계약을 취소하겠다는 말까지 나오게 만들어? 걔네들 놓치면 회사 망하는 거 몰라서 그래?"

"뭔가 착오가 생긴 것 같습니다. 다시 확인….."

정 이사는 형우의 변명 따윈 더는 듣고 싶지 않았다.

"대체 네 놈 정체가 뭐야? 수석 입사? 웃기고 자빠졌네. 그냥 여자 하나 잘 물어서 여기까지 온 주제에."
"이사님!"
"왜 내 말이 틀렸어? 아니면 아니라고 해 봐."
"……."
"그 동아줄이 끝까지 널 지켜줄 거라 믿으면 큰 오산이야. 우수한 인재들은 매년 쏟아지고 있고 정신 바짝 차리지 않으면 언제든지 헌신짝처럼 내팽개쳐지는 게 이 바닥이라고. 무슨 말인지 알아들어?"
"하실 말씀 끝났으면 이만 나가 보겠습니다."
"오늘 당장 중국 가서 이번 문제 해결하도록 해. 해결 못 하면 싹 다 죽는 거니까 목숨 걸고 걔네들 마음 돌려 놓으라고. 어차피 도둑질로 끝난 목숨 아끼지 말란 말이야!"

형우는 이런 치욕스런 순간이 자신의 인생에 존재한다는 것이 죽을 만큼 고통스러웠다.

* * * * *

"은숙씨, 정말 괜찮겠어요?"
"그럼요. 걱정 말고 다녀오세요."

"방문 열어 놓을 테니까 잠은 제 방에서 주무세요."
"안 그래도 되는데…."

그날 밤, 형우는 중국행 비행기에 몸을 실었다.

은숙에겐 도우미 인생 처음으로 경험해 보는 외박이었다. 잘 해낼 수 있을지 걱정도 앞섰지만 그렇다고 피할 생각도 없었다. 이보다 더한 것도 이겨 냈던 은숙이었기에 오늘 밤도 전의를 다지며 행동을 개시했다. 은숙은 우선 모든 것의 키를 쥐고 있는 만복과 진철을 공략하기 위해 부엌으로 향했다.

잠시 후, 목을 빼고 기다리는 만복과 진철 앞에 은숙이 맛난 떡볶이 한 접시를 내왔다.

"우와! 맛있겠다."
"오늘 밤은 우리 셋이서 함께 지낼 거예요."
"정말이야? 나 오늘 아저씨랑 같이 자는 거야?"
"응. 그러니까 오빠가 아저씨 잘 돌봐 드려야 돼. 잘 할 수 있지?"
"와, 신난다. 아저씨도 신나지?"

만복은 입 안 가득 채워 넣은 떡을 씹으며 진철을 향해 헤벌쭉 웃었다.
이윽고 떡볶이를 순식간에 해치운 만복과 진철은 뭐가 그리 신났는지 거실과 안방을 휘젓고 다니며 거친 장난을 쳤다.

"부엌으로는 가면 안 돼요!"

은숙은 만복과 진철이 들어가지 못하도록 식탁과 거실 소파를 이용해 부엌 입구에 임시 방패막을 만들고는 두 남자의 관심을 돌리기 위해 안방에 있는 TV까지 켜 놓았다. 결국 그것은 신의 한 수가 되어 두 남자를 이내 TV 앞으로 불러 모았다.

은숙은 얌전해진 만복과 진철의 모습을 확인한 뒤, 드디어 자신에게 허락된 형우의 방으로 향했다.

얼마 전까지만 해도 먼지 하나 없이 깨끗했던 방이 마치 현재 형우의 심정을 대변이라도 하듯 모든 것이 흐트러져 있었다. 구석구석 정리를 해 나가던 은숙은 책상 한쪽에서 그간 자신이 형우에게 남겼던 메모지들을 발견한다.

"이걸 안 버리고 보관하고 있었네."

하지만 그것보다 더 은숙의 마음을 끈 것은 역시나 장식장에 진열된 구두들이었다.

"와! 이걸 진짜 형우씨가 다 디자인한 거야? 어쩜 이렇게 여자들 마음을 잘 알까. 형우씨랑 결혼하는 여잔 좋겠다."

순간, 문제의 그 분홍색 구두가 또다시 은숙의 눈길을 사로잡았다.
하지만 은숙은 구두를 집으려다 잠시 주춤하더니 이내 손을 거둬들이고 만다.

"내 팔자에 구두는 무슨. 신어 본들 내 것이 되는 것도 아니고. 괜히 속만 쓰리지 뭐."

그때였다. 웬일로 조용하다 싶더니만 20분도 채 못 되어 만복의 울음소리가 안방에서 들려왔다.

"우리 만복씨 또 시작하셨네."

은숙은 이젠 울음소리만으로도 만복의 심기를 대충 헤아릴 수 있었다. 당장 달려가서 해결해 줘야 할 상황인지 아니면 시간이 지나면 저절로 해결될 문제인지. 은숙은 침대 정리를 마저 끝내고 느긋하게 안방으로 향했다.

"만복씨! 왜 또 울어요?"

만복이 가리키는 TV 화면에서는 바닷가 모래사장이 펼쳐지고 있었다. 은숙이 재빨리 TV를 끄려 하자 만복은 더 크게 울부짖었다.

"보고 싶어."
"누가요? 아드님이요?"
"엄마."
"아저씨 엄마가 바닷가에 사셨어요?"
"바다. 땅끝. 바다. 엄마~."
"바다. 땅끝? 땅끝 바다? 도통 뭔 소린지 모르겠네."
"엄마 바다 땅끝…."

"알았어요. 제가 다음에 꼭 바다 모시고 갈게요. 그러니까 그만 울어요."

만복이 아기처럼 은숙에게 안기자 진철도 질세라 은숙의 품을 파고들었다.

"내가 이 남자들 땜에 못 살아."

* * * * *

형우가 중국 호텔 룸으로 막 들어서자 기다렸다는 듯 영아에게서 전화가 걸려 왔다.

[형우씨, 중국엔 잘 도착했어요? 그렇게 말도 없이 가 버리면 어떡해요.]
"미안해 너무 급하게 오느라 미처 말을 못 했어."
[내일은 돌아오는 거죠?]
"글쎄 어떻게든 빨리 해결해 봐야지."
[다 잘 될 거니까 너무 걱정 마요. 근데 내일이 무슨 날인지는 알아요?]
"내일?"
[형우씨 생일이잖아요. 얼마나 정신이 없으면 자기 생일도 모를까.]
"벌써 그렇게 됐나?"
[길어질 거 같으면 내가 그리로 갈게요.]
"상황 봐서 다시 연락할게."
[알았어요. 근데 작은 아버님은 누가 돌보고 있어요?]

"도우미한테 부탁했어."

[다행이네요. 그럼 내일 다시 연락해요.]

형우는 창가로 다가가 화려한 꽃무늬가 수놓아진 실크 커튼을 힘껏 열어젖혔다.

도심의 화려한 야경만큼이나 별빛들이 반짝였던 베이징의 밤하늘은 어느새 비구름이 몰려와 칠흑 같은 어둠에 휩싸이고 있었다.

그 시각 형우의 집에선 은숙과 동건의 통화가 한창이었다.

"동건씨가 제 번호는 어떻게…."

[형한테 물어봤죠. 그나저나 걱정이네요. 밤새 아무 일 없어야 할 텐데. 무슨 일 생기면 바로 전화 주세요.]

"별일 없을 거니까 걱정 마세요. 그럼 동건씨도 잘 주무…."

[저기 은숙씨!]

"네?"

[혹시… 이번 주말에 시간 되시면 같이 영화 볼래요? 마침 재밌는 영화 개봉했던데.]

"……동건씨. 저… 좋아하는 사람 있어요."

그 순간 동건은 말을 잇지 못했다. 하지만 속이야 타들어 가든 말든 금세 동건 특유의 발랄함으로 너스레를 떨며 자칫 어색해질 뻔한 은숙과의 첫 통화를 잘 마무리 지었다.

은숙은 뜬금없이 왜 그런 말을 했을까! 스스로는 그냥 거절의 한 표현이었을 뿐이라지만 분명 다른 표현을 선택할 수도 있었다. 가령 시간이 안 된다거나 아니면 영화에 관심이 없다거나 그것도 아니면 아예 직설적으로 연애에 관심이 없다거나.

은숙은 대체 왜 그런 말을 했을까!

은숙의 바람대로 깊은 새벽까지 만복의 집은 별일 없이 지나가고 있었다.

은숙은 허락된 형우의 침대를 뒤로하고 그냥 거실 바닥에서 잠이 들었다. 물론 은숙이 거실에서 잠을 청한 또 다른 이유는 안방에서 자고 있는 만복과 진철을 좀 더 가까이서 지켜보기 위해서였다.

은숙이 한참 단잠에 빠져 있을 그때, 갑자기 안방에서 진철의 비명 소리가 들려왔다. 놀라 잠에서 깬 은숙은 쏜살같이 안방으로 향했다.

"살려…줘."

재빨리 불을 켜는 순간, 은숙은 경악을 금치 못했다. 글쎄 만복이 진철의 목을 조르고 있는 게 아닌가!

은숙이 재빨리 만복을 진철에게서 떼어 내자 진철이 아픈 목을 부여잡고 캑캑거렸다. 하지만 잔뜩 흥분해 있던 만복은 아직 분이 덜 풀렸는지 계속 진철을 노려보았다.

"아저씨, 대체 왜 그랬어요? 하마터면 오빠가 죽을 뻔 했다고요."

만복은 대답 대신 베개 밑에서 금반지 하나를 꺼내 은숙의 눈앞에 들이댔다.

"엄마, 내가 도둑놈 잡았어. 이놈이 이거 훔쳤어."

"나, 도둑놈 아니에요! 은숙아. 나 정말 도둑놈 아니야."

은숙이 두 사람을 잠시 바라보다 이내 특단의 조치를 내린다.

"알았어요. 이 도둑놈은 아침에 바로 경찰서에 넘길 테니까 만복 씬 이
제 아무 걱정 말고 어서 주무세요."

"나 도둑놈 아냐! 경찰서 안 갈 거야!"

은숙은 눈물까지 흘리며 눈치 없이 구는 진철의 귀에다 대고 나지막이
속삭였다.

"그냥 아저씨 안심 시키려고 한 얘기야. 아침 되면 아무것도 기억 못
하시니까 걱정 마."

진철은 은숙과 자신이 한 편이라는 사실에 기쁨을 감추지 못하며 입을
막고 키득거렸다.

"자, 이제 두 분 다 얼른 주무세요."

은숙이 두 남자의 잠자리를 봐준 뒤 막 방을 나서려는데 만복이 은숙
을 붙잡았다.

"엄마 거예요."

금반지를 은숙의 손에 꼭 쥐여 준 만복은 그제야 안도의 숨을 내쉬었다.

다음 날 아침. 은숙의 말과는 달리 만복은 지난 새벽에 벌어졌던 일을 잊지 않고 있었다.

"도둑놈! 내놔!"
"나 도둑놈 아니에요! 은숙아 아저씨가 자꾸만 나보고 도둑놈이래!"
"도둑놈!!"

부엌에서 미역국을 끓이고 있던 은숙은 두 남자의 모습이 그저 우습기만 했다.

"싸우지들 마세요. 자꾸 싸우면 이따가 맛있는 케이크 안 줄 거예요!"

순간 만복과 진철이 동시에 은숙을 쳐다보았다. 역시 두 사람 환심 사는 덴 먹는 얘기만큼 좋은 것도 없다. 만복과 진철은 언제 그랬냐는 듯 장난을 치며 헤헤거렸다.

"저럴 때 보면 둘 다 말짱하다니까."

은숙은 고소하게 잘 볶아진 황태를 불려 놓은 미역과 함께 한 번 더 볶아 주었다.
지난밤 동건을 통해 오늘이 형우의 생일이라는 사실을 알게 된 은숙은 잠들기 전 건조된 미역을 물에 불려 놓고 잠자리에 들었었다.

은숙이 보육원을 나오기 전 원장 엄마한테서 배웠던 요리들이 이렇게 요긴하게 쓰일 줄은 그땐 미처 알지 못했다.

그렇게 오전 시간도 무사히 지나가고 이제 한나절만 별 탈 없이 잘 지내면 은숙의 첫 외박 업무도 성공을 거두게 된다. 이윽고 그 성공을 마무리 지을 케이크를 사기 위해 은숙이 만복, 진철과 함께 외출 준비를 서두르던 그때, 현관 벨이 시끄럽게 울려 댔다.

"이 시간에 누구지?"

은숙은 재빨리 달려가 현관문을 열자 문 앞엔 웬 여자 하나가 요염을 떨며 서 있었다.

"누구…세요?"
"차형우씨 애인이에요."

제18화
그 남자의 여자

한낮의 후끈한 열기만큼이나 은숙과 영아 사이에 묘한 기류가 흐른다. 이윽고 영아가 먼저 기선(機先)을 잡았다.

"손님을 언제까지 이렇게 문밖에 세워 둘 거예요?"

하지만 은숙도 영아의 무례한 태도에 불편한 기색을 감추지 않았다.

"지금 형우씨 집에 없는데요!"
"알아요. 중국 출장 간 거 알고 온 거예요."
"그럼 형우씨 집엔 무슨 일로…."
"내가 그 쪽한테 그런 것까지 말해야 해요? 뭔가 착각하나 본데 난 형우씨랑 곧 결혼할 사이라고요! 그리고 아까부터 계속 형우씨 형우씨 하는데 당신 같은 도우미가 부를 호칭은 아닌 거 같은데?"
"결혼…할 사이라구요?"
"알아들었으면 그만 좀 비켜 줄래요?"

영아가 다짜고짜 은숙을 밀치며 집 안으로 들어가 버리자 남아 있던 그녀의 향기가 은숙의 코를 자극했다. 그 순간 은숙은 깨달았다. 자신은 그저 도우미일 뿐이라는 것을.

"어서 오세요!"

영아는 자신을 반기는 만복이 영 부담스러웠지만 이내 생글생글 웃으며 갖은 아양을 떨었다.

"어머나! 안녕하셨어요? 형우씨 작은 아버님 되시죠? 지난번엔 정말 죄송했어요. 제가 형우씨 작은 아버님인 줄 모르고 그만. 혹시 다 기억나시는 건 아니죠?"
"네."

도끼눈을 뜨고 영아의 행동거지를 유심히 지켜보던 은숙은 순간 두 귀를 의심했다.
'작은아버지라고? 이건 또 무슨 귀신 씻나락 까먹는 소리야!'
하지만 눈치 빠른 은숙은 이 여자가 먼저 그렇게 부르진 않았을 거란 대목에서 불현듯 형우를 떠올렸다. 사랑을 얻기 위해 아버지의 존재를 숨겨야만 했던 남자! 하지만 은숙은 결코 그 남자를 향해 손가락질할 마음은 없었다.

한편, 믿었던 진철마저도 영아를 보자마자 푹 빠져서는 얼굴에 미소가 떠나질 않았다.

"우와 예쁘다."

영아는 그제야 냉소적인 얼굴로 진철을 쳐다보며 거르지 않은 말을 내뱉었다.

"누구세요? 보아하니 그쪽도 상태가 좀 안 좋아 보이는데."

순간, 은숙은 욱 하고 올라오는 욕지거리를 억지로 집어삼켰다.

"우리 오빠예요. 같이 일하고 있어요."
"어머나. 남매가 같이 파출부를 하다니 정말 재밌네요."

영아가 거리낌 없이 비아냥대는 사이 만복이 그 틈을 타고 그녀가 가져온 케이크 상자를 냉큼 집어 들었다.

"맛있겠다."
"안 돼요. 이건 우리 형우씨 오면 먹을 거예요."

눈 깜짝할 새 케이크를 뺏겨 버린 만복은 갑자기 소리를 지르며 영아에게 달려들었다.

"어머 미쳤나 봐!"

영아가 황급히 몸을 피하자 만복이 속도를 줄이지 못해 그만 벽에 부딪히고 만다.

"아저씨!"

순간 모두의 시선이 만복에게로 향했다. 이윽고 몸을 추스른 만복은 아무렇지도 않다는 듯 씨익 웃으며 또다시 영아를 향해 다가갔다.

"무섭게 자꾸 왜 이러세요?"

공포에 질린 영아가 만복을 피해 달아나 보지만 그럴수록 만복의 집착은 더욱 심해졌다.

"결혼해 주세요."
"네? 저는 조카며느리 될 사람이에요! 자꾸 이러시니까 형우씨가 스트레스 받는 거잖아요. 이제 그만 좀 괴롭히시고 빨리 댁으로 돌아가세요!"

영아는 이젠 아예 대놓고 만복에게 큰소리를 쳤다. 만복도 놀랐는지 이내 망부석이 되어 퀭한 눈만 껌뻑거렸다. 그제야 영아도 한숨 돌리며 흐트러진 매무새를 가다듬었다. 그렇게 소동이 끝이 나는가 싶었는데 웬걸, 올 게 오고야 말았다. 영아의 얼굴이 또다시 일그러졌다.

"이게 무슨 냄새야? 가만! 혹시 또 똥 쌌어요?"
"헤헤헤! 똥 쌌어."
"오 마이 갓! 작은아버지길 다행이지 아버지였으면 어쩔 뻔했어!"

은숙이 그 상황을 멍하니 지켜보고만 있자, 짜증이 난 영아가 은숙을 향해 다그쳤다.

"뭐해요! 똥 쌌다잖아요!"

그 순간, 또다시 만복이 괴성을 지르며 영아를 향해 돌진하자 영아가 소스라치게 놀라며 재빨리 형우의 방으로 도망치듯 들어가 버린다.
은숙은 그제야 재빨리 상황 수습에 나섰다.

"오늘따라 왜 이렇게 더 흥분을 하고 그러세요. 이러시면 안 돼요. 아드님 애인이라잖아요. 아드님 장가보내려면 정신 바짝 차리셔야죠."

이윽고 은숙이 빨랫감을 들고 욕실로 들어가자 주위를 두리번거리던 만복은 기어이 소파 밑에 숨겨져 있는 케이크 상자를 꺼내 든다.
잠시 후, 욕실에서 나온 은숙의 눈이 휘둥그레졌다. 만복과 진철의 얼굴과 손에 케이크 크림이 덕지덕지 달라붙은 것도 모자라 두 남자는 어디서 본 건 있어서 서로의 몸에 케이크를 묻혀 가며 장난을 쳐대고 있었다. 거실 바닥에도 온통 케이크 가루와 크림이 지저분하게 뭉개져 있어 한마디로 집안 꼴은 난장판이었다.

"여자가 성깔 좀 있어 보이던데 곧 폭풍우가 휘몰아치겠군."

한편, 얼떨결에 형우의 방으로 도망쳐 온 영아는 화가 좀처럼 가라앉질 않자 계속 구시렁거렸다.

"더러워 죽겠어 정말. 아니, 치매까지 있으면서 조카 집에 너무 오래 있는 거 아냐? 다른 가족들은 뭐하고 우리 형우씨를 이렇게 괴롭히는 거냐고!"

이윽고 형우의 방을 둘러보던 영아는 은숙이 그랬던 것처럼 장식장에 놓여 있는 구두에 가장 먼저 관심을 보였다.

"어디 보자. 뭐가 제일 예쁜가!"

역시나 이번에도 그 분홍색 구두였다.

"어디 한 번 신어 볼까?"

신데렐라 의붓언니들의 표정이 이러했을까? 애석하게도 분홍색 구두는 영아의 발을 허락하지 않았다.

"아쉽다! 딱 맘에 들었는데."

영아는 구두의 아쉬움을 뒤로하고 깔끔하게 정리된 형우의 책상으로 눈길을 돌렸다. 매의 눈으로 스캔을 하던 중 은숙의 메모지들이 그녀의 눈길을 사로잡았다.

"[밑반찬 몇 가지 만들어 놨어요], [찌개랑 데워서 아버님이랑 같이 식사 하세요], [낮에 아버님이랑 산책 나갔다가 돌아오는 길에 담벼락 밑에서 발견한 예쁜 민들레랍니다], [색종이 카네이션은 영원히 시들지 않아서 좋아요]… 뭐야? 이 여자 이거 우리 형우씨한테 흑심 있는 거 아냐? 감히 파출부 주제에 누굴 넘보려고 그래? 아버님? 웃기고 있네. 니가 아무리 그래 봐라. 우리 형우씨가 눈 하나 깜짝 하나. 근데 형우 씬 이만 걸 왜 보관하고 있는 거야! 기분 나쁘게."

영아는 메모지들을 구겨 쓰레기통에다 던져 버리고는 다시 구석구석을 살펴보다, 이번엔 가지런히 닫혀 있는 책상 서랍을 조심스레 열었다.

"앨범이 있었네."

사진첩을 열어 보던 영아는 형우의 어린 시절 사진이 나올 때마다 귀엽다며 까르르 웃어 댔다. 그런데 계속 앨범을 넘겨보던 영아가 고개를 갸웃거린다.

"이상하네. 아버님 사진은 한 장도 없고 죄다 작은아버지랑 찍은 사진들 뿐이잖아!"

의아해하며 앨범 한 장을 더 넘기는 순간 영아의 낯빛이 창백해지고 손이 파르르 떨렸다.

"아버지 환갑잔치? 차만복, 차정우, 차형우. 대체 이게 어떻게 된 거야?"

뭔가 더 확실한 증거가 필요했던 영아는 떨리는 손으로 앨범을 한 장한 장 더 넘겨 보는데… 그렇게 한 장, 두 장 넘기면 넘길수록 그녀의 떨림은 점차 분노로 바뀌어 가고 결국 영아의 두 눈에 맺혀 있던 닭똥 같은 눈물이 빛바랜 사진들 위로 뚝뚝뚝 떨어져 내렸다.

그 시각 빌라 주차장에 세워진 영아의 빨간 포르쉐 안에서는 그녀의 휴대폰이 시끄럽게 울려 대고 있었다. 형우에게서 온 전화였다.

거실에선 만복과 진철을 말리다 지쳐 버린 은숙이 넋이 나간 표정으로 두 남자의 소동이 끝나기만을 기다리고 있었다. 하지만 두 남자는 전혀 끝낼 마음이 없어 보였다.

"아저씨. 정말 재밌다 그치?"
"응. 재밌어."
"아저씨. 나처럼 먹으면서 해. 무진장 달고 맛있어."

만복은 진철을 따라 자신의 손가락에 달라붙은 케이크를 쪽쪽쪽 빨아 먹었다.

"맛있다!"

그때였다.
집안으로 들어서는 누군가.
만복과 진철의 눈길을 사로잡은 건 다름 아닌 형우였다. 당황한 은숙은 어디에서부터 어떻게 손을 대야 할지 몰라 안절부절 허둥거렸다.

"일찍… 오셨네요. 금방 치울게요."

"대체 무슨 일이죠?"

"그게 낮에 형우씨 애…."

　은숙의 말이 채 끝나기도 전에 만복이 형우에게 달려와 다급한 손짓으로 형우의 방문을 가리켰다.

"예쁜이 저기 있어. 내 색시 예쁘다. 장가갈 거야!"

"지금 무슨 소리 하는 거예요?"

　이윽고 만복이 실성한 사람처럼 형우 주위를 뱅뱅 돌며 시끄럽게 소리를 질러댔다.

"장가간다! 장가간다! 예쁜이랑 장가간다!"

"아버지!!"

　그 순간, 영아가 하얗게 질린 얼굴로 형우 방에서 뛰쳐나왔다.

"영아야…."

제19화
말이 씨가 되다!

이보다 더한 시련이 있을까!

늪에서 빠져나오려 애를 쓰면 쓸수록 점점 더 깊이 빨려 들어갈 뿐이다.

형우는 지금 발가벗겨진 채 사랑하는 여인 앞에 서 있다. 그녀의 눈빛은 이미 혐오와 증오로 가득했다. 무슨 말로 그녀의 마음을 되돌릴 수 있으랴! 형우는 아무 소용없다는 걸 알면서도 다시 한번 그녀의 이름을 불렀다.

"영아야."

하지만 그 순간에도 만복은 늪에 빠져 허우적대는 형우를 다시 한번 밟아 버렸다.

"예쁜아, 나랑 결혼해 줘. 결혼해 줘!"
"더러워!"

더 이상 눈치 따윈 필요 없어진 영아는 치근대는 만복을 있는 힘껏 밀어 버렸다.

하지만 형우는 영아를 원망할 수 없었다. 그는 영아보다도 일이 이 지경까지 오게 만든 만복이 오히려 더 원망스럽고 미웠다. 형우에겐 지금 영아라는 큰 산밖엔 아무것도 보이지 않았다.

"영아야. 미안….."

찰싹! 영아가 형우의 따귀를 내리치며 그의 입을 막았다. 은숙은 더 이상 형우의 망가지는 모습을 볼 수가 없어 만복과 진철을 이끌고 안방으로 향했다.

이윽고 영아는 손에 쥐고 있던 형우의 가족사진을 그의 면전에다 던져 버렸다.

"나쁜 놈!"

"영아야, 내 말 좀 들어 봐!"

"무슨 말? 엘라의 사위가 되고 싶은 욕심에 눈이 멀어, 노망 난 아버지를 작은아버지라고 속인 거? 그것도 모자라 돈으로 산 가짜 아버지를 진짜라고 사기 친 거? 왜, 이것 말고도 내가 모르는 게 또 있는 거야?"

"아니야. 내가 다 설명해….."

"변명 따윈 필요 없어. 이젠 무슨 말을 해도 사기꾼 말은 안 믿을 거니까."

"영아야!"

"내가 얘기했지! 세상에서 거짓말하는 남자가 제일 싫다고. 이젠 당신하고 끝이야."

영아가 밖으로 나가려 하자 형우는 그녀 앞에 무릎을 꿇었다.

"용서해 줘. 하지만 이게 다 우리 사랑을 위해서였어."

"왜 이래 구질구질하게. 사기꾼인 게 탄로 나니까 자신감도 사라진 거야? 그러게 잘 했어야지. 감히 누구 앞에서 약을 팔아! 다신 내 눈앞에 얼씬도 하지 마!"

영아가 형우를 거칠게 밀치며 현관문을 박차고 나가 버리자 넋을 잃고 멍하니 앉아 있던 형우가 이내 정신을 차리고는 뒤늦게 그녀를 쫓았다.

차에 올라탄 영아는 뒤쫓아 달려온 형우를 무시한 채 재빨리 문을 잠가 버리고는 형우가 아무리 고함을 치며 문을 두드려도 조금의 미동도 없이 도망치듯 빌라를 벗어났다.

한편, 서둘러 집안을 치우는 은숙을 돕기는커녕 만복과 진철은 형우가 중국에서 사 온 과자와 빵을 뜯어 먹으며 장난을 쳤다.

"그만들 해요. 지금 이럴 때가 아니라고요!"

은숙이 청소하랴 두 남자의 철없는 행동 말리랴 애를 먹고 있는 그때, 어느샌가 사건 현장으로 다시 돌아온 형우가 멀뚱히 세 사람을 지켜보고 서 있었다.

"하하하하! 하하하하!"

형우가 실성한 사람처럼 크게 웃어 대자 만복과 진철도 신이 나서 함께 따라 웃었다.

"하하하하! 하하하하!"

하지만 은숙은 형우의 웃음이 무엇을 의미하는지 잘 알고 있었기에 숨
죽이며 형우의 다음 행보를 예의주시했다. 아니나 다를까 결국 형우의
웃음이 분노로 바뀌며 바닥에 떨어진 사진을 주워 갈기갈기 찢어 버리더
니 어느새 만신창이가 되어 버린 케이크를 집어 벽을 향해 던져 버렸다.

"다 꺼져 버려!!"

놀란 만복과 진철이 쪼르르 안방으로 달려가 몸을 숨기자 형우의 난폭
한 행동은 더욱 거칠어졌다. 형우는 손에 잡히는 것은 뭐든 물불 안 가리
고 사방으로 던져 버렸다.

"다 필요 없어! 다 필요 없다고!!"

문밖으로 얼굴만 빼꼼 내밀고 있는 만복과 진철은 형우의 과격한 행동
에 따라 몸을 움찔거렸다. 이윽고 형우가 던진 음료수 캔 하나가 은숙의
손등에 맞고 떨어지자 은숙이 놀라 외마디 비명을 질렀다.

"악!"

그제야 광란의 폭거를 멈춘 형우는 여전히 매서운 눈빛으로 은숙에게

다가갔다.

"당신 도대체 뭐 하는 사람이야? 그렇게 상황 파악이 안 돼? 대충 눈치 챘으면 무슨 수를 써서라도 그냥 돌려보냈어야지 어떻게 이 지경까지 오게 만들어! 다 알면서 나 골탕 먹이려고 일부러 그런 거야?"

"아니에요! 다짜고짜 그 여자가 먼저….."

"다 필요 없고, 그냥 싹 다 내 눈앞에서 사라져. 다 꼴도 보기 싫으니까."

"거실만 좀 치우고 갈게요."

하지만 어떻게든 돕고 싶었던 은숙의 행동은 형우의 화만 더욱 돋울 뿐이었다.

"필요 없다고 했잖아! 꺼지라고! 내 눈앞에서 당장 꺼지란 말야!!"

형우가 대놓고 은숙을 공격하자 진철이 달려와 씩씩대며 형우를 노려본다.

"아! 그러고 보니 여기 바보가 한 명 더 있었네. 여동생 피 빨아먹는 바보. 그렇게 사니까 좋아? 여동생 등골 빼먹으면서 사니까 좋으냔 말이야!"

그 순간 은숙도 형우의 뺨을 세게 내리쳤다.

"함부로 지껄이지 마. 당신이 그런 말 할 자격이나 있어? 그깟 여자 하나 때문에 아버지를 작은아버지라고 속인 사람이 지금 누굴 보고 바보라는 거야! 진짜 바보가 누군데? 딩신이야말로 정말 불쌍한 사람이야!
알아? 병든 사람은 아저씨가 아니고 바로 당신이라고!"

은숙은 대충 짐을 챙긴 뒤 진철을 끌고 집을 나가 버린다. 은숙과 진철
이 눈앞에서 사라지자 만복이 울음을 터뜨리며 소리를 질렀다.

"엄마 가지마! 날 버리고 가지마. 엄마…."
"제발! 제발 그만 좀 해! 내가 언제까지 아버지 때문에 이렇게 나쁜 놈
으로 살아야 되는데!!"
"엄마한테 갈 거야."
"가! 지금 당장 가 버려. 이젠 꼴도 보기 싫으니까 제발 좀 내 인생에서
사라져 달라고!"

형우의 으름장이 통했던 걸까! 드디어 차분해진 만복이 눈물을 글썽
이며 조심스럽게 형우의 손을 잡았다. 그리고 몇 초 후.

"배고파요. 밥 좀 주세요."
"뭐? 배고파? 지금 이 상황에 배가 고프다 이거지? 그래 어디 한 번 맘
껏 먹어봐!"

분노가 극에 달한 형우는 냉장고 안에 들어 있는 과일이며 야채, 음식
물들을 죄다 꺼내 바닥으로 마구 내던졌다. 김치 그릇의 뚜껑이 열리며
뻘건 김칫국물이 사방으로 튀자 겁을 집어먹은 만복이 오줌을 질질 싸
며 가만히 지켜보고만 있다.

"뭐하고 있어? 배고프다며? 빨리 이거 다 먹어 치우란 말야!!"
"네."

만복은 재빨리 흩어진 음식들을 한 군데로 끌어모았다.
이윽고 한데 모은 음식들을 허겁지겁 먹어 치우는 만복을 뒤로하고 형우는 황급히 집을 나섰다.

어느새 어둠이 내려앉은 도심엔 비까지 추적추적 내리고 있었다. 형우는 집 근처 포장마차에서 동건과 함께 술잔을 기울였다.

"내가 세상에서 젤 부러워하는 놈이 누군지 아냐?"
"형이 부러워하는 사람도 있어?"
"치매 걸린 아버지 없는 놈."
"형….”
"그럼 세상에서 제일 불쌍한 놈은? 바로 나, 차형우. 제일 불쌍한 놈도 차형우, 제일 못난 놈도 차형우."

소주를 연거푸 들이키던 형우는 감정이 격해지자 울음 섞인 말을 토해 냈다.

"더 이상 희망이 보이질 않아. 그동안 캄캄한 절벽에 매달려 어떻게든 살아보려고 아등바등거렸는데 이젠 그나마 조금 남아 있던 힘도 다 빠져 버렸어… 그냥 다 놔 버리고… 죽어 버렸으면 좋겠다."

"난 형이 세상에서 제일 부러운데."

"미친놈."

동건이 술 한 잔을 들이키고는 계속 말을 이어 갔다.

"아마 그날도 이렇게 비가 추적추적 내렸을 거야. 내 생애 첫 프로젝트를 실패하고 절망에 빠져 술만 마셔 대던 나한테 형이 이런 말을 했었지.

'넌 아직 한 발도 쏘지 않았어. 이제 막 장전했을 뿐이야.'

그때 형이 어찌나 멋져 보이든지 속으로 다짐했다니까. 앞으로 무슨 일이 있어도 이 사람만 따라가야겠다고."

"……."

"형! 형은 이제 막 한 발을 쐈을 뿐이야. 아직도 다섯 발이나 남아 있다고."

"다 부질없는 짓이야."

우르르쾅쾅!

마치 하늘이 쩌억 갈라지기라도 하는 것처럼 엄청난 굉음의 천둥 번개가 사정없이 내리쳤다. 안방에서 잠을 자던 만복이 천둥소리에 놀라 자리에서 벌떡 일어나 앉는다. 잠시 창밖을 바라보던 만복은 힘겹게 몸을 일으켜 거실로 향했다. 간헐적으로 내리치는 번개에 순간 실내가 밝아지자 전쟁을 치른 처참한 현장이 고스란히 드러났다.

오늘도 형우는 소파에서 잠이 들었다.

"아니, 왜 여기서 자고 있어?"
"꺼져. 다 꺼지라고!"

만복은 형우의 잠꼬대에 응답이라도 하듯 재빨리 안방으로 들어가 버린다.

잠시 후, 이불을 들고나온 만복이 형우를 덮어 주고는 한참 동안 형우의 잠든 얼굴을 물끄러미 바라보았다. 내리치는 번갯불과 그림자에 일그러진 형우의 얼굴을 만복이 조심스레 어루만졌다.

어느새 맑게 갠 아침 하늘은 구름 한 점 없이 깨끗했다. 잠에서 막 깨어난 형우가 쓰린 배를 부여잡고 화장실로 향하려다 문득 걸음을 멈추고 만다. 한눈에 들어오는 집안 풍경이 어딘가 좀 이상했다. 난장판이었던 집안이 어느새 깨끗하게 청소가 돼 있는 데다 식탁 위에는 콩나물국까지 끓여져 있었다.

순간 이상한 느낌이 든 형우는 재빨리 안방으로 향했다. 그런데 그 시간이면 늘 TV 앞에 앉아 있던 만복이 무슨 일인지 털끝조차 보이질 않았다. 게다가 방안은 아무도 살지 않았던 것처럼 너무도 깨끗했다.

"아버지!"

집 안 구석구석을 다 뒤져봤지만, 그 어디에도 만복은 없었다. 형우는 후들거리는 다리를 이끌고 다시 한번 안방을 훑어보던 그때, TV 위에 가지런히 놓여 있는 쪽지 하나가 형우의 눈에 들어왔다.

'형우야. 정신이 들어 몇 자 적는다. 니가 이 못난 애비 때문에 정말 고생이 많구나. 내가 빨리 갔어야 했는데… 눈치 없이 왜 이리도 목숨 줄이 질긴지 모르겠다.

언젠가 네가 물었었지. 그 많은 아이들 중에 왜 너를 선택했냐고. 넌 어린아이답지 않게 삶의 의지가 참 강한 아이였어. 비록 말은 없었지만 슬픔 뒤에 감춰진 꿈은 누구보다도 깊고 특별했지. 그래서 난 네게 작은 디딤돌이 되어 주고 싶었단다. 그런데 디딤돌이 되기는커녕 이렇게 네 인생에 걸림돌만 되고 말았어. 미소를 잃어 버린 너를 보며 항상 웃게 해 주겠다 다짐했는데 그 약속도 끝내 지키지 못했구나. 못난 이 애빌 용서해 다오.

형우야! 이 애빈 너가 참으로 자랑스럽다. 그리고 멋지게 자라 줘서 정말 고맙다.

이 편지를 보거든 절대로 이 애비 찾을 생각 말고 앞으론 행복하게만 살아라. 이것이 이 애비의 마지막 소원이다. 사랑한다 내 아들.'

by Sang-nyeo, Lee

제20화
부재(不在)

경찰서를 나오는 형우의 몰골이 말이 아니다. 양쪽 볼은 며칠 굶은 사람마냥 푹 꺼져서는 흡사 80년대 귀순 용사 같았고 귀공자처럼 맑고 새하얗던 그의 낯빛 또한 병실에 누워 있는 중환자처럼 탁하고 거뭇거뭇했다. 게다가 얼마나 만복을 찾아 뛰어다녔는지 그의 왼쪽 슬리퍼 안쪽 끈이 뚝 끊어져 왼쪽 발바닥의 절반은 땅에 닿아 있었다. 계단을 내려오던 형우가 다리에 힘이 풀리며 그만 털썩 주저앉고 만다.

"형!"

만복의 소식을 듣고 한걸음에 달려온 동건이 형우를 일으켜 세웠다.

"아버님은 대체 어딜 가신 거야?"
"갈 만한 곳은 다 찾아봤는데 아무도 본 사람이 없어."
"큰일이네. 별일 없으셔야 할 텐데."

두 사람의 마음을 아는지 모르는지 형우 손에 들린 사진 속 만복은 너무나도 환하게 웃고 있었다.

"그나저나 낼 출근할 수 있겠어? 민도식이란 작자가 회사 사람들 앞에서 확실한 증거물을 제시하겠다는데."

형우는 그저 어이없음에 피식 웃을 뿐, 별다른 반응은 보이지 않았다.

"형, 포기하면 안 돼. 아무리 그래봤자 진실을 이길 순 없다고."
"이젠 진실이 뭔지도 모르겠다."

형우는 혼란스러웠다. 민도식이란 자와 자신이 뭐가 다른지. 어쩌면 자신이 그보다 훨씬 죄질이 나쁜 인간일지도 모른다. 그는 기껏해야 남을 음해한 거지만 자신은 아버지를 배신하고 심지어 병든 아버지를 내쫓기까지 한 패륜아에 인간쓰레기였다.

애석하게도 이렇게 모든 것을 잃고 나니 그제야 진실이 보이기 시작했다.

그릇된 욕망이 얼마나 인간을 타락시키는지 형우가 몸소 보여 준 것이다.

이제부터라도 무너진 것들을 하나하나 바로 잡아야 한다. 형우는 먼저 실종 전단지를 만들기 위해 가까운 인쇄소로 향했다.

자신을 고아원에서 건져 준 아버지를 이젠 형우가 구해 낼 차례다.

* * * * *

민초들의 아우성에도 달동네 재개발은 여전히 순항 중이었다. 벌써 아랫동네는 용역 깡패들의 활약으로 절반이나 함락되었다. 은숙도 점점 조여 오는 압박에 서둘러 다른 거처를 알아봐야 하지만 지금 가진 돈으론 택도 없었다. 버틸 수 있는 데까지 버티는 수밖에.

비록 보잘것없는 단칸방이긴 하나 은숙은 이 집을 떠나고 싶지 않았다. 숲이 무성한 뒷동산이 선물해 주는 새소리와 맑은 공기도 일품이지만 세상과 적당히 단절된 이 집이야말로 은숙에겐 안성맞춤이었다.

은숙은 오늘 아침도 딱따구리 소리에 눈을 떴다. 이 집에선 알람도 필요 없었다.

우선 급한 대로 근처 대형 마트에서 마늘 까는 부업을 물어 온 은숙은 생각이 많아서인지 평소 눈감고도 하던 일에 애를 먹고 있었다. 한나절 옆에서 같이 일을 돕던 진철도 매운 마늘 향에 연신 눈물 바람이었다.

"오빠 이제 그만해. 안 그럼 마늘 때문에 계속 눈물 난단 말야."

"나 마늘 때문에 우는 거 아니야."

"그럼 뭐 때문에 우는데? 아저씨가 보고 싶어서 그래?"

"아저씨랑 숨바꼭질 하는 것도 재밌고 악기 연주하는 것도 재밌고 가위바위보 하는 것도 재밌었는데."

"거긴 이제 안 갈 거야."

"내 가방 거기 있잖아."

"가방은 새로 하나 사 줄게."

"팔복이도 거기 있는데."

진철이 다시 훌쩍거리자 은숙도 종일 마늘의 알싸한 향에 취해서인지 괜히 코끝이 찡했다.

실은 진철만큼이나 은숙도 만복이 많이 생각났다.

잠은 잘 주무시는지, 대소변은 잘 가리고 있는지, 밥은 잘 드시는지.

물론 함께하는 동안 힘든 순간도 많이 있었지만 돌이켜 보면 만복 때문에 웃을 일도 많았다.

은숙은 어제의 형우를 이해하면서도 불편한 마음은 어쩔 수가 없었다.

아무리 여자 때문에 화가 나도 그렇지 어제 그가 했던 말과 행동은 조금 지나친 듯했다. 그렇다고 따귀까지 때린 건 너무했지만 그가 진철까지 욕보이는 건 도저히 참을 수가 없었다.

그럼에도 형우와 만복이 자꾸만 신경 쓰이는 건 왤까! 만복도 만복이지만 특히나 형우와 그 여자가 다시 화해를 했을지 아니면 그대로 끝이 났을지 그 결말도 괜히 궁금해졌다.

저녁상을 물린 뒤, 은숙이 집안 곳곳을 헤집으며 뭔가를 찾고 있다.

"그게 어디 갔지? 오빠 내 지갑 못 봤어?"

그 순간 진철의 귀가 번쩍 뜨였다.

"내 가방에 있잖아!"
"아, 맞다. 어쩌지? 그거 없으면 안 되는데."
"빨리 찾으러 가자!"

서둘러 양말을 발에 끼는 진철을 보며 은숙의 머릿속이 복잡해졌다.

* * * * *

밤은 낮보다 정적(靜的)이며 정적인 깊은 밤은 쉼과 안식을 안겨 준다.

하지만 안식이 되어 주던 깊은 밤도 이젠 형우에게 근심만 더할 뿐이었다. 길을 잃은 만복이 행여나 어두운 밤길을 헤매고 있는 건 아닌지, 몸 하나 누일 곳 없어 길 위에서 새벽을 맞는 건 아닌지, 곳곳에 위험이 도사리고 있는 깊은 밤은 만복에게도 형우에게도 더 이상 안식이 되어 주지 못했다.

형우는 엄습해 오는 불안과 두려움을 더는 감당할 수 없어 술을 마셨다. 어느새 거실엔 빈 소주병들이 나뒹굴고 형우는 만복이 그토록 애지 중지하던 만물 가방을 끌어안고 눈시울을 붉혔다. 이윽고 가방을 열어보자 이번에도 어김없이 보물창고답게 수많은 물건들이 딸려 나왔다. 형우도 그 물건들에 새겨진 추억들을 잘 아는지 물건 하나하나에 희미한 미소를 지어 보였다. 마지막으로 가방 맨 밑바닥에 깔려 있던 오래된 비디오테이프 하나가 형우의 눈길을 잡아끌었다.

이윽고 비디오테이프가 재생되자 빛바랜 화면에선 젊은 만복과 그의 아내 옥이씨와 10대 초반의 앳된 정우와 형우가 함께 생일파티를 열고 있었다.

"생일 축하합니다. 생일 축하합니다. 사랑하는 엄마의 생일 축하합니다."

노래가 끝나자 정우와 형우가 엄마에게 안기며 축하 인사를 건넨다.

"아이구 귀여운 내 똥강아지들. 정우도 형우도 엄마 생일 축하해 줘서 고마워!"

"옥이씨, 나도 옥이씨의 마흔 번째 생일을 진심으로 축하해요!"

"만복씨! 고마워요."

"옥이씨, 어서 소원 빌어야지."

"그럴까요? 음… 내 소원은 우리 만복씨랑 사랑하는 아들 정우랑 형우랑 오래오래 아프지 말고 행복하게 사는 거예요."

"나도 소원 빌 거야!"

"우리 형우 소원은 뭘까?"

"엄마 아빠 말씀 잘 듣고 공부도 열심히 하고 이다음에 크면 엄마 아빠 세계 여행도 시켜 줄 거야."

형우의 소원에 너털웃음을 웃던 만복이 장난치듯 형우에게 되물었다.

"나중에 엄마 아빠 늙어서 아프면 그땐 어떡할 거야?"

"엄마 아빠가 아프면 옆에서 간호해 주고 병 다 나을 때까지 오~래오래 같이 살 거야!"

"정말? 그 약속 꼭 지키는 거다!"

"약속 꼭 지킬게."

"나도 엄마 아빠 지켜줄 거야."

"그래, 정우도 형우도 정말 고맙다."

눈시울이 붉어진 젊은 만복은 이내 색소폰 연주를 시작한다.

'내가 가는 길이 험하고 멀지라도 그대 함께 간다면 좋겠네. 이리저리 둘러봐도 제일 좋은 건 그대와 함께 있는 것. 그대 내게 행복을 주는

사람. 내가 가는 길이 험하고 멀지라도 그대 내게 행복을 주는 사람…'

화면 속 만복의 색소폰 연주가 절정에 달할 즈음 영상을 보고 있던 형우의 감정도 덩달아 격해지며 울음소리가 입 밖으로 새 나왔다.

그때였다. 깊은 밤을 가르며 초인종이 울리자,

형우는 행여나 만복일까 싶어 헐레벌떡 달려가 재빨리 현관문을 열었다.

"밤늦게 죄송해요."

"내 가방 찾으러 왔어요!"

마음 급한 진철이 목을 길게 빼서는 집안을 기웃거렸다.

이윽고 거실로 들어선 은숙이 형우와 데면데면하다 재빨리 안방으로 향하자 진철은 가방은 뒷전이고 다짜고짜 만복부터 찾았다.

"아저씨! 아저씨! 어디 숨었어요?"

하지만 만복이 나타나지 않자 진철은 집안 여기저기를 살폈다.

"아저씨! 빨리 나와요!"

진철의 가방을 찾아 안방에서 나오던 은숙은 거실에 널브러진 술병과 안쓰러운 몰골을 하고 있는 형우를 보며 뭔가 일이 벌어졌음을 직감했다.

"아저씨는요?"

"아버지가… 사라졌어요."
"네?"

어느새 비디오 속 만복의 색소폰 연주도 끝이 나고 화면은 희고 검은 작은 점들로 채워져 지지직거리고 있었다.

* * * * *

은숙은 집으로 돌아와서도 사라진 만복 때문에 걱정이 떠나질 않았다.

"대체 어딜 가신 거야!"

한숨을 내쉬며 진철의 가방을 열자 작은 가방 속에서 진철의 잠옷과 은숙의 지갑과 팔복(공룡 인형)이 딸려 나왔다. 먼저 지갑을 챙긴 뒤 진철의 잠옷을 정리하려는데 순간 옷 속에서 뭔가가 떨어지며 또르르 방바닥 위를 굴러갔다. 그것은 만복이 은숙의 손에 쥐여 주었던 바로 그 금반지였다. 은숙은 재빨리 달아나는 금반지를 잡았다.

잠자리에 누워 금반지를 만지작거리던 그때, 순간 은숙의 뇌리에 영상 하나가 선명하게 떠올랐다.

'보고 싶어.'
'누가요? 아드님이요?'
'엄마.'

'아저씨 엄마가 바닷가에 사셨어요?'

'바다. 땅끝. 바다. 엄마~'

'아저씨, 바다 가고 싶어요?'

'엄마. 땅끝 바다.'

순간 은숙이 몸을 일으켜 세웠다.

제21화

땅끝 바다

이른 아침부터 엘라의 로비는 벌 떼처럼 모여든 직원들 때문에 무척이나 소란스러웠다. 구경꾼들에 빙 둘러싸여 순식간에 동물원 원숭이 신세가 된 형우와 민도식은 예의 날카로운 눈빛으로 서로의 얼굴을 응시했다. 20대로 보이는 지적인 용모의 민도식은 코에 걸친 네모난 뿔테 안경을 오른쪽 엄지와 검지로 살짝 집어서는 콧잔등 위로 쓰윽 올려 썼다. 그러자 안경 너머로 드러난 그의 검은 속눈썹이 간헐적으로 미세하게 떨려왔다. 동건은 구경꾼들 틈에서 민도식의 작은 행동 하나까지도 예의주시하며 촉각을 곤두세웠다. 그리고 또 한 명, 형우의 친구인 나필수 또한 시종일관 긴장된 얼굴로 상황을 지켜보고 있었다.

이윽고 형우가 먼저 가벼운 펀치를 날린다.

"민도식씨라고 했죠? 당신 나 알아요? 난 당신을 처음 보는데."
"차형우 과장님은 어쩜 이리도 거짓말을 잘하십니까? 절 모른다고요? 처음 보는 사람이라고요?"

내내 침착했던 형우는 거짓말이란 단어에 저도 모르게 발끈 언성을 높였다.

"지금 누가 거짓말을 하고 있는데 그래?"

"그래요? 그럼 이건 뭡니까!"

민도식이 형우 앞에 서류 봉투 하나를 내밀었다. 재빨리 봉투를 집어 내용물을 확인하는 형우의 얼굴이 일순간에 일그러졌다.

"경찰이 당신 컴퓨터에서 찾아낸 증겁니다. 2021년 12월 25일! 당신과 내가 주고받았던 메일이 이렇게 버젓이 드러났는데도 끝까지 오리발을 내미실 겁니까!"

"이럴 리가 없어! 난 당신 연락처도 모르는데 메일을 어떻게 주고받았다는 거야!"

"연락처야 지워 버리면 그만일 테고 자꾸만 이렇게 발뺌을 하시니 다른 증거를 보여 주는 수밖에요."

이윽고 민도식은 우체국 소인이 선명하게 찍힌 또 다른 봉투를 형우의 손에 안겼다.

"그건 잠겨 있던 당신 책상 서랍에서 찾아낸 겁니다. 2021년 12월 31일에 내가 당신한테 보냈던 우편물인데 설마 이것마저도 부인하진 않겠죠? 그때 내가 제안했던 매직슈즈의 모든 것이 뻔뻔하게도 당신이 내놓은 신제품에 그대로 적용이 됐더군요. 한 치의 오차도 없이 말이죠."

형우는 손에 들고 있던 자료들을 민도식 면전에 흩뿌리며 흥분을 감추지 못했다.

"조작이야. 싹 다 조작이라고!"

"이런 건 조작이 아니라 증거라고 하는 겁니다. 당신이 남의 걸 도둑질해서 자기 것처럼 사용했다는 증거!"

급기야 이성을 잃은 형우는 다짜고짜 민도식의 멱살을 잡아챘다.

"누가 시켰어? 이런 말도 안 되는 조작극을 누가 벌인 거냐고!"

그때였다.

"그만두지 못해!"

순간, 마치 홍해가 갈라지듯 구경꾼들이 양옆으로 좍 갈라서자 정 이사가 거들먹거리며 모습을 드러냈다. 이윽고 뒤따라온 비서가 바닥에 떨어진 증거물들을 주워 그에게 건넨다.

"차형우! 지금 당장 짐 싸!"

"이사님! 이건 모함입니다. 다 조작된 거라고요!"

정 이사가 자신의 손에 들려 있던 증거물들을 다시 형우의 품에 안겼다.

"이렇게 떡하니 증거가 있는데 무슨 말이 더 필요해. 시간 끌어봤자 자네만 더 추해질 뿐이야. 더 우스운 꼴 당하기 전에 그만 인정하고 깨끗이 물러나라고. 그깟 알량한 자존심 때문에 회사 먹칠 좀 제발 그만하란 말야!

다들 일들 안 하고 뭐 해! 구경 끝났으면 빨리들 가서 일하라고 일!"

사람들이 썰물처럼 빠져나가던 그때, 나필수가 다가와 형우의 어깨를
어루만져 주었다.

"다른 사람은 몰라도 난 널 믿는다."

이윽고 나필수마저 떠나 버리자 언제나처럼 형우와 동건만이 덩그러
니 남아 텅 빈 로비를 지키고 있었다. 동건은 참혹함에 혀를 내둘렀다.

"이거 보통 솜씨가 아냐. 꽤나 힘든 싸움이 되겠어."

하지만 지금 이 순간 형우에겐 아무 소리도 들리지 않았다.
힘 있는 자가 마음먹고 벌하려 든다면 힘없는 자는 그냥 그 벌을 받을
수밖에 없다. 절대 그의 손아귀에서 벗어나지 못한다.
형우는 이미 그런 일을 고아원 시절부터 수도 없이 겪었었다.
원장은 자신의 아들이 장난감을 잃어 버린 것도 민석(형우)이 훔친 거
라며 때렸고, 자신의 아들이 잘못할 때마다 도리어 민석 탓을 하며 밥을
굶겼으며, 심지어 자신의 아들보다 민석이 공부를 더 잘한다고 때렸다.
이렇듯 허구한 날 원장은 어린 민석에게 온갖 죄를 덮어씌우며 시도 때
도 없이 매를 들고 밥을 굶겼다. 그런 지옥 같은 곳에서 민석은 도저히
웃을 수가 없었다. 아니 웃을 일이 없었다. 결국 어린 민석은 그렇게 미
소를 잃어버리고 말았다.
그런 민석을 그곳에서 탈출시킨 사람이 바로 만복이었다.

이윽고 불현듯 그날의 만복이 떠오르자 형우는 아무런 미련도 없이 엘라 빌딩을 유유히 빠져나왔다. 뒤에서 동건이 소리쳤다.

"형! 형은 어떤지 몰라도 난 절대 포기 못 해. 아니 안 해! 반드시 진실을 밝혀내고 말 거야!"

그 순간!
어깨에 작은 여행 가방을 둘러멘 은숙과 진철이 형우를 향해 다가왔다.

"차형우씨. 아저씨는 제가 찾아드릴게요!"

은숙과 진철을 뒷좌석에 태운 형우의 자동차가 어느새 고속도로 위를 달리고 있었다.
흥얼거리며 콧노래를 부르는 진철이 없었다면 아마도 무인 자동차로 오해를 받았을지도 모른다. 여전히 데면데면한 형우와 은숙은 좀처럼 입이 떨어지질 않았다.

"아저씨 만나러 간다! 우와~ 신난다."

은숙은 들뜬 진철을 조용히 시키며 룸미러에 비친 형우의 안색을 살폈다.

"장담할 수는 없지만 아저씨가 가실만한 장소임엔 틀림없어요."

하지만 형우는 여전히 아무런 말이 없었다.

한참을 달린 끝에 마침내 땅끝 마을 '해남'을 알리는 표지판이 세 사람을 반겼다.

"먼저 경찰서로 가서 신고부터 하죠!"

형우는 은숙이 하자는 대로 경찰서를 가리키는 이정표를 따라 차의 머리를 돌렸다.

시내 중심에 위치한 중앙경찰서는 바다의 고장답게 건물 사방이 온통 푸른색이었다. 세 사람이 경찰서 문을 열고 들어서자 테이블 위에다 발을 올려놓고 발톱을 깎고 있던 50대 사내가 깎인 발톱들을 대충 휘 쓸어버리고는 멋쩍은 미소를 지어 보였다. 제복 위에 새겨진 '서달구'란 이름 석 자가 그의 푸근한 미소와 너무나도 잘 어울렸다.

"무슨 일로다….'

형우가 재빨리 만복의 실종 전단지를 서달구 경감에게 건넸다.

"흐미. 맴이 참말로 거시기해 불겄소. 우덜이 겁나게 한 번 찾아 볼랑게. 쪼까 맴을 거시기해 불고 기둘려 보쇼이."
"근데 다른 형사님들은….'

"아… 쩌그 국회의원 집서 강력 사건이 터져가꼬 시방 다들 거기 붙어 부렀재. 니미 지랄 맞게 살인미수가 다 뭐당가. 살기 좋은 여그 해남서 말이시."

방금 전까지 발톱 깎던 그 여유로움은 다 어디 가고 서달구 경감의 입에선 연신 한숨이 새어 나왔다.

형우는 은숙 남매와 함께 실종 전단지를 들고 해남 시내 곳곳을 누비며 만복을 찾아다녔다. 특별히 노숙자들이 많이 모이는 공원이나 역을 중심으로 샅샅이 훑어봤지만 몇 시간째 아무런 소득이 없었다. 그런데 세 사람의 발걸음을 보아하니 시간이 흐를수록 가장 마음이 급한 사람은 형우가 아닌 은숙이었다. 그도 그럴 것이 자신 있게 형우를 이곳으로 안내한 사람이 바로 본인이기에 그 책임감은 엄청난 압박감으로 다가왔다.

"어두워지기 전에 바닷가 쪽도 한 번 돌아보죠."

세 사람은 제법 이름난 해수욕장을 몇 군데 골라 차례로 돌며 만복 찾기를 계속했다. 가는 곳마다 해수욕 철도 아닌데 벌써부터 바다 여행을 즐기려는 사람들로 모래사장이 북적거렸다.

"아저씨다!"

진철의 외침에 깜짝 놀란 형우와 은숙은 진철이 가리키는 노인을 향해 쏜살같이 내달렸다. 정말 누가 봐도 뒷모습은 딱 만복이었다.

　잠시 후 뒤까지 바짝 쫓아간 형우가 재빨리 노인의 몸을 붙잡아 세웠다.

　"아버지!"
　"뉘슈?"
　"죄송합니다."

　노인은 대수롭지 않다는 듯 형우의 어깨를 몇 번 두드리고는 천천히 목적지를 향해 발걸음을 옮겼다. 그러고 보니 키도 만복보다 한 뼘은 더 큰 데다 얼굴빛이며 걸음걸이, 심지어 머리숱까지도 만복과 닮은 구석이라곤 하나도 없었다.

　어느덧 수평선 위엔 노을이 붉게 물들고 진철은 누군가가 쌓아 놓은 모래성을 가지고 장난을 쳤다. 형우와 은숙은 잠시 모래사장에 나란히 앉아 망망한 바다를 바라보았다.

　"미안해요. 여기엔 계실 줄 알았는데…."
　"솔직히 별 기대 안 했어요. 그냥 지푸라기라도 잡는 심정으로 온 거죠."
　"하지만 아직 끝난 건 아니에요. 다 돌아본 것도 아니잖아요."
　"…다 저 때문이에요. 그날 그 말만 안 했어도…."
　"무슨…."
　"꼴도 보기 싫으니까 그만 내 눈앞에서 사라져 달라고."
　"이해해요."
　"이해한다고요?"

"제가 이해 못 해주면 누가 해주겠어요. 실은 저도 오빠가 창피하고 밉고 싫을 때가 정말 많았거든요. 저도 형우씨처럼 아주 가끔은 '오빠가 사라져줬으면 좋겠다'라는 생각을 한 적도 있었고요. 근데 어느 날 문득 이런 생각이 드는 거예요. 만약에 내가 오빠처럼 아팠다면 과연 오빠 어떻게 했을까!"

어느새 바닷물이 발밑까지 밀려오자 옆에서 놀던 진철이 호들갑을 떨며 바닷물과 밀당을 즐겼다.

"아마 진철씨도 은숙씨를 끝까지 잘 지켜줬을 겁니다."
"그랬겠죠?"
"…고마워요. 이렇게 도와줘서."
"고맙긴요. 빚진 거 갚는 건데."
"빚이라뇨?"
"형우씨는 기억 못 하겠지만 예전에 제 용달차가 형우씨 차를 들이박은 적이 있었거든요. 근데 뭐가 그리 바쁜지 연락처도 안 받고 그냥 가버리셨더라고요."
"가만! 그럼 그때 그 꼬물 용달차가?"
"네, 저예요. 세상 참 좁죠?"
"어쩐지 어딘가 낯이 익다 싶더니만."

형우의 입가에 작은 미소가 걸리자 은숙도 한결 마음이 가벼워졌다. 이윽고 진철이 밀물에 떠밀려 온 다시마 줄기를 흔들며 두 사람 주위를 빙빙 돌자 만복의 빈자리가 더 크게 와 닿았다.

'만복이 곁에 있었더라면 얼마나 좋았을까!'

하루만 더 해남과 해남 부근을 돌아보기로 한 세 사람은 바닷가 근처 숙소에다 간단한 짐을 풀었다. 은숙은 내일의 힘든 여정을 위해 일찌감치 잠자리에 들었건만 만복 걱정에 계속 몸을 뒤척였다. 한편 옆방에다 짐을 푼 형우도 잠 못 드는 건 마찬가지였다. 피곤한 하루였음에도 이 생각 저 생각에 쉬 잠이 오질 않았다.

깊은 새벽.
형우의 코 고는 소리와 창밖에서 들려오는 파도 소리가 뒤엉키며 요상한 화음을 만들어냈다.
이윽고 붉은 태양이 수평선 위로 떠오를 때쯤, 시끄럽게 울려대는 휴대폰 벨소리가 형우의 단잠을 깨웠다. 중앙경찰서 서달구 경감이었다.

"네, 차형웁니다."
[너무 놀라지 마쇼이! 시방 뚝방서 시체 한 구가 발견됐는디 꼭 그짝 아부지 같소.]

제22화
단서

　동이 터오는 이른 아침, 형우와 은숙과 진철은 그야말로 눈썹을 휘날리며 해남병원 안치실로 향했다. 안치실로 막 들어서자 먼저 와서 기다리고 있던 서달구 경감이 곧장 흰 천이 덮여 있는 시신 앞으로 세 사람을 안내했다. 시신 가까이 다가가자 썩는 냄새가 코를 찔렀다.

　"날씨가 오지게 더워붕게."

　이윽고 흰 천이 걷어지자 의문의 주검이 서서히 그 모습을 드러냈다. 하지만 이미 부패가 많이 진행된 상태라 육안으로는 그가 만복이 맞는지 정확한 판단을 내리기가 쉽지 않았다.

　"아무리 더워도 그렇지 며칠 만에 이렇게 될 리가 없잖아요."

　그때 서달구 경감이 검은 천에 둘러싸인 무언가를 형우에게 건넨다.

　"나가 그짝 아부지라고 생각한 이유가 바로 고것이랑게."

　형우가 황급히 검은 천을 풀어 헤치자 그 속에서 낡은 색소폰이 모습

올 드러냈다.

"고인이 고것을 손에 꼭 쥐고 있었다 안하요."

시신을 보고도 별 반응이 없던 진철이 흥분하며 재빠르게 색소폰을 낚아챘다.

"이거 아저씨 건데? 아저씨랑 나랑 같이 이거 불면서 놀았는데?"

누가 먼저랄 것도 없이 안치실은 금세 눈물바다로 바뀌었다. 시신을 어루만지며 오열하는 형우 옆에서 은숙도 북받쳐오는 울음을 꺼이꺼이 토해 냈고, 진철도 색소폰이 만복인 양 끌어안고는 연신 닭똥 같은 눈물을 흘렸다.
현장을 지켜보던 서달구 경감도 두 눈을 끔뻑이며 슬쩍 눈물을 찍어 냈다.
잠시 후 어느 정도 슬픔이 가라앉자 서달구 경감이 조심스레 입을 열었다.

"근디 부검은 안 해 봐도 되겠소?"

그때였다.

"잠깐만요!"

뭔가가 생각난 듯 갑자기 은숙이 다짜고짜 시신의 다리를 살펴보기 시작했다. 시신의 하체는 얼굴에 비해 부패 정도가 좀 더 양호한 상태였다.

"점이 없어요. 아저씨 오른쪽 발목 복숭아뼈 밑에 분명 커다랗고 새까만 점이 하나 있었는데 그게 없다고요!"

형우도 황급히 시신의 오른쪽 발목을 확인하고는 격앙된 어조로 경감에게 부검을 재촉했다.

"흐미 그라믄 국과수에 넘겨가 쪼매 더 알아봐야 쓰겄구만."

다시 되살아난 희망의 불씨로 인해 병원을 나서는 형우와 은숙의 발걸음이 조금은 가벼워 보였다. 진철도 한결 밝아진 얼굴로 만복의 색소폰을 꼬옥 끌어안은 채 은숙의 뒤를 바짝 쫓았다.
이윽고 형우와 은숙 남매는 만복이 분명 어딘가에 살아 있을 거라 믿으며 다시금 수색을 재개했다.

* * * * *

한편 서울에서는 동건이 휴일도 반납한 채 진실 찾기에 한창이었다.

"이 팀장님! 고맙습니다. 조만간 식사 한 번 대접할게요!"

엘라 빌딩 보안실을 막 빠져나온 동건은 곧바로 사무실로 향했다.

"그럼 어디 한 번 볼까!"

동건이 보안실에서 넘겨받은 USB를 포드에 꽂자 컴퓨터 회면에 날짜별 CCTV 영상 목록들이 줄지어 떠올랐다. 그는 하나씩 차례대로 클릭하며 매의 눈으로 영상을 들여다보았다.

한낮의 엘라 빌딩 로비는 그야말로 수많은 일개미들이 끊임없이 먹잇감을 찾아 바쁘게 드나드는 생존의 통로 그 자체였다. 반면 퇴근 시간을 넘어서자 언제 그랬냐는 듯 야근하는 일개미들 몇몇만 드나들 뿐 엘라의 로비는 한산하기 짝이 없었다.

"가만. 범행이 평일 훤한 대낮에 일어났을 리는 없잖아. 그렇다면 낮 시간은 건너뛰고 퇴근 시간 이후부터 휴일만 확인하면 되겠네. 역시 머리는 쓰라고 있는 것이여."

동건은 재빨리 영상 시간을 저녁 6시 이후부터 재생시켰다. 하지만 날짜별로 계속되는 한산한 엘라의 밤 풍경 역시 그를 지루하게 만드는 건 마찬가지였다. 마침내 그는 꾸벅꾸벅 졸기 시작하더니 고개가 뒤로 팍 꺾이는 순간엔 또 화들짝 놀라 깨어서는 반사적으로 주변을 살폈다. 그리고는 괜히 멋쩍은 표정을 지으며 이내 다시 모니터에 졸린 눈을 박았다. 그때였다. 드디어 낯익은 얼굴 하나가 동건의 눈에 포착됐다. 일순간 동건의 두 눈이 다시 매의 눈으로 변했다.

"저 자식이 이 시간에 무슨 일이지?"

영상 속의 정민호는 데스크를 지키고 있는 경비와 몇 마디 대화를 주고받더니, 무슨 일인지 경비와 함께 데스크를 떠나 복도 끝 화장실 쪽으로 향했다.

그런데 그때! 경비가 사라지자마자 마스크와 모자를 깊이 눌러쓴 사내 하나가 로비에 모습을 드러내더니 주변을 경계하며 재빨리 데스크를 지나쳐 순식간에 승강기 쪽으로 사라져 버렸다.

"오호! 이것들 봐라."

동건이 상기된 얼굴로 그 시간 이후 건물 안에서 로비로 나오는 모든 인물들을 일일이 확대시켜 가며 그 모습을 휴대폰 카메라에 담아 냈다. 다행히 밤 시간이라 그 수는 그리 많지 않았다.

잠시 후, 동건은 서둘러 사무실을 나선다.

정민호의 뒤를 밟은 동건은 호텔 라운지 구석에 자리를 잡고 앉아 그의 일거수일투족을 감시했다. 이윽고 민호 앞에 영아가 나타나자 동건의 감시는 더욱 흥미진진해졌다. 하여간 거들먹거리는 것도 유전인지 민호는 영아 앞에서도 연신 꼴값을 떨었다.

"제가 뭐랬습니까? 거북이는 토끼를 절대 이길 수 없다고 했죠?"

민호의 도발에도 영아는 눈 하나 깜짝 않고 도리어 꼴불견인 그를 비웃었다. 그러자 민호 역시 질 수 없다는 듯 자존심 강한 영아를 단번에 무너뜨릴 반격의 카드를 꺼내 들었다.

"차형우 그 인간도 참 뻔뻔하지. 사기꾼들이나 하는 짓을 감히 영아씨 앞에서 하다니. 아무리 자리가 탐이 나도 그렇지 어떻게 아버지를 직은 아버지라고 속일….”

“그만!”

역시 민호의 예상대로 영아는 형우 이야기에 바로 평정심을 잃었다.

“생각보다 충격을 많이 받으셨나보네. 영아씨 정신건강을 위해서라도 그런 놈은 빨리 잊으셔야지. 이제 나한테도 기회를 좀 주시고 말야. 하하하!”

그 순간 영아는 능글맞게 웃어대는 민호의 얼굴에 물을 뿌렸다.

“당신이 좋아서 이 자리에 나온 줄 아나 본데 착각하지 마. 이렇게 헛물켜고 있을까 봐 경고하러 나온 거니까.”

하지만 민호의 멘탈도 결코 만만치 않았다. 손수건으로 얼굴을 쓰윽 닦아 내더니 이내 웃는 얼굴로 대화를 이어나갔다.

“지금 이렇게 여유 부릴 때가 아닐 텐데? …최 회장님도 참, 아직 따님한텐 얘길 안 했나보구만.”

“무슨 얘기?”

“그건 회장님께 직접 물어보시고. 그나저나 우리 영아씨 얼굴부터 좀 신경 써야겠어. 그동안 맘고생이 얼마나 심했는지 얼굴이 영 못쓰게 됐네. 칙칙하니 피부도 많이 처진 거 같고.”

영아는 무의식적으로 자신의 얼굴을 매만졌다. 그러잖아도 꺼칠꺼칠하니 화장도 잘 안 받는 데다 기미까지 올라와 한껏 스트레스를 받고 있는 터였다.

"여하튼 약혼식 전까지 꼭 예전 상태로 되돌려 놓으라고. 난 예쁘고 젊은 신부를 아내로 맞이하고 싶으니까."

민호의 꼴값에 영아가 콧방귀로 응수했다.

"강아지 한 마리 입양할까 하는데. 강아지보다 못한 인간하고 사느니차라리 강아지하고 사는 게 더 나을 거 같아서 말야."
"뭐? 어디 계속 그렇게 나올 수 있는지 한 번 두고 보자고."

민호와 영아의 팽팽한 기싸움은 영아가 일방적으로 자리를 뜨면서 끝이 났다.
영아의 강단에 내심 놀란 동건은 이후로도 계속 민호의 뒤를 쫓았다.
동건은 민호뿐 아니라 그가 만나는 사람들이면 무조건 다 카메라에 담아냈다. 만약 그들 중 민도식 같은 놈 하나라도 걸리기만 한다면 게임은바로 끝나는 것이다. 하지만 민호가 만나는 사람들은 죄다 배불뚝이 노인네들뿐이었다. 아무래도 비지니스 접대용 만남인 듯했다.
종일 동서남북을 바쁘게 쏘다니던 민호는 저녁 시간이 한참 지나서야집으로 귀가했다. 그렇게 별 수확 없이 미행을 접으려는 찰나 집으로 들어가려는 민호 앞에 웬 젊은 사내 하나가 나타났다. 처음 보는 인물이었다. 동건은 하나라도 놓칠까 재빨리 카메라를 줌인하여 셔터를 눌렀다.

이로써 동건의 다음 미행 대상이 자연스럽게 정해지는 순간이었다.

한편, 영아는 민호와 헤어진 뒤에도 계속 속을 끓이다 결국 최 회장의 개인 골프 연습장으로 향했다.

영아는 그날 이후 아직도 이별의 후유증에서 온전히 벗어나지 못한 듯했다. 참을 수 없는 배신감에 가차 없이 형우를 밀어내긴 했지만 그와 함께했던 세월이 길었던 만큼 아픔이 치유되는 시간도 길어질 수밖에 없었다. 순간순간, 걷잡을 수 없는 수많은 감정들이 밀려와 시도 때도 없이 눈물이 터져 나왔다.

그런데 언제부턴가 그런 그녀에게 한 가지 이상한 징후가 감지되었다.

희한하게도 당시엔 도저히 용납이 안 됐던 형우의 행동들이 시간이 흐르고 생각의 각도를 달리하니 조금씩 이해되기 시작했다.

이런 걸 역지사지라고 했던가!

'내가 만약 형우씨였다면 어떻게 했을까'

영아는 오랜 시간 고민했지만 이 질문에 끝내 답을 내리지는 못했다.

이윽고 영아가 연습장으로 들어서자 스윙 연습에 한창이던 최 회장이 그녀의 표정만으로도 뭔가를 직감하는 듯했다.

"또 무슨 일이야!"

"아빠! 정 이사 집안에 무슨 책잡힌 거 있어요?"

"책을 잡히다니?"

"정민호 그 인간이 아버지한테 물어보면 알 거라던데, 대체 나한테 해 줄 말이 뭐예요? 약혼식은 뭐고 지금 두 집안에 무슨 일이 벌어지고 있는 거냐고요!"

"넌 그냥 이 애비가 하자는 대로만 하면 돼. 그럼 아무 문제 없어. 조만간 민호랑 약혼식부터 올리고."

"그렇겐 못 해요! 그 인간하고는 절대 결혼 안 한다고요!"

"이 녀석이! 이 애비의 목숨이 달렸는데도 그렇게 계속 고집 피울 거야?"

"아빠 목숨이 달렸다고요? 그건 또 무슨 말이에요? 빨리 속 시원히 말씀해 주세요. 뭘 알아야 나도 대처를 할 거 아니에요!"

최 회장의 입에서 깊은 한숨이 새어 나왔다.

"정 이사가 이 애비 약점을 하나 잡고 있어."

"약점이요? 대체 그게 뭔데요?"

"…비자금 말이다."

영아의 도도했던 눈빛이 순간 힘을 잃고 허공을 헤맸다.

"군말 말고 그쪽이 하자는 대로 해."

* * * * *

그 시각, 50년 전통을 자랑하는 해남 설렁탕집은 유명 맛집답게 저녁 시간이 한참 지났음에도 손님들로 꽉꽉 들어차 있었다. 간신히 식당 입구 쪽에 자리를 잡은 형우와 은숙과 진철은 종일 진을 너무 많이 빼서인지 아무런 말 없이 그저 설렁탕만 연신 입으로 가져갔다. 오늘도 해남과 인근 지역의 바닷가들을 거의 다 돌아봤지만 아무런 수확이 없었다.

이윽고 식사가 다 끝나갈 무렵 음식점 밖에선 작은 소란이 벌어졌다.

"귓구녕이 처 막힌나. 지발 그만 쫌 오라꼬! 니놈 꼬랑내 땀시 손님들 입맛 다 거시기 해 불고 나가 참말로잉 미쳐붕게!"

식당 여주인이 밥을 구걸하러 온 노숙자한테 던지는 말이었다. 떡 진 장발을 길게 늘어뜨린 노숙자는 죄인처럼 아무런 말도 못 하고 계속 고개를 조아리며 굽실거렸다.

결국 식당 주인은 비닐봉지에 손님들이 먹다 남긴 밥과 반찬들을 대충 섞어서는 노숙자의 발 앞에다 냅다 던졌다.

"으미 징헌 거. 구신들은 저딴 거 안 딜꼬가고 뭣들 하고 자빠졌당가."

그러거나 말거나 노숙자는 허겁지겁 비닐봉지에 담긴 음식을 집어 먹느라 정신이 없었다. 행색을 보아하니 며칠은 족히 굶은 듯했다. 행여나 만복도 저런 취급을 당하고 있지나 않을까, 노숙자의 모습을 물끄러미 바라보던 형우와 은숙의 얼굴에 먹구름이 짙게 드리워졌다.

그때였다. 또다시 서달구 경감이 형우에게 전화를 걸어 왔다.

[싸게 서로 좀 와 줘야 쓰갔는디. 이번엔 참말로 그짝 아부지를 찾았응게.]

제23화
실종

　설렁탕집에서 경찰서까지는 차로 5분도 채 걸리지 않는 짧은 거리임에도 형우에겐 그 시간이 마치 1년처럼 길게 느껴졌다.

　'어디 다친 덴 없는지, 그동안 어디서 어떻게 지냈는지, 혹시 내 말을 다 기억하고 있는 건 아닌지, 앞으론 또 어떻게 살아가야 할지….'

　온갖 잡다한 생각들이 꼬리에 꼬리를 물며 형우를 긴장시켰다.

　형우는 하루빨리 만복의 기억이 돌아오길 간절히 바라면서도 단 하나, 그간 자신이 그에게 저질렀던 패륜아보다 못한 언행만큼은 부디 잊어주길 바랐다.

　이윽고 형우의 차가 해남경찰서 마당으로 들어섰다.

　"아버지 어딨습니까?"

　서달구 경감은 기다렸다는 듯 서둘러 형우와 은숙 남매를 브리핑실로 안내했다. 하지만 그곳에서도 찾았다는 만복은 보이지 않았고 경감의 얼굴에도 여전히 근심이 가득했다.

　"그짝 아부지를 찾긴 찾았는디…."

그때, 대기하고 있던 말단 형사가 노트북에서 프로그램을 실행하자 브리핑실 벽에 설치된 대형 화면으로 노트북 화면이 그대로 옮겨졌다.

"오늘 아침 쩌그 현산 파출소서 받은 것인디 눈 빠짝 뜨고 한번 잘 디다보쇼이."

이윽고 대형화면에서는 노숙자들로 보이는 사람들이 하나, 둘 낡은 중형 버스에서 내리는 모습이 재생됐다.

"스땁!"

경감의 외침에 말단 형사가 화면을 정지시키자 정지된 화면에선 어느새 노숙자가 다 되어 버린 만복이 해맑게 웃고 있었다.

"아버지!/아저씨!"

형우와 은숙은 누가 먼저랄 것도 없이 만복을 보자마자 일시에 울음을 터뜨렸다.

만복이 아직 살아 있다는 안도감과 반가움에서 시작된 형우의 눈물은 점차 만복을 지키지 못하고 그를 위험에 빠뜨렸다는 죄책감과 안타까움으로 변해갔다.

"저기가 어딥니까? 대체 아버질 어디로 데려간 거예요?"
"고것이 말여 요새 이 바닥서 실종 사건이 허벌라게 벌어져가꼬 우덜

도 솔찬히 깝깝시러운디, 암만 혀도 고놈들이 그짝 아부지까정 거시기해
붕게 아닌가 허요. 한마디로다 나쁜 놈들헌티 납치를 당했다 이 말이시."

"납치라구요?"

"그랑게 요래요래 사람들을 잡아가 새우 잡이도 시켜 불고 막노동도
시켜 불고 여차하믄 장기밀매꺼정 해 분다 안허요. 근디 더 큰 문제는 뭔
중 아요? 우덜이 요로코롬 범인들을 몬 잡는기 시방 쩌그가 최종 목적지
가 아이란 말이시. 흐미 깝깝한 거."

은숙이 휘청거리자 형우가 은숙을 감싸 안는다.

한편, 진철은 진짜 만복이라도 만난 양 아예 화면에 바짝 붙어서는 화
면 속 만복을 어루만졌다.

"아저씨~."

진철의 모습을 애틋하게 바라보던 서달구 경감이 혀를 차며 욕지거리
를 내뱉었다.

"흐미 우라질 놈들. 사람 탈을 써불고 우찌 저딴 짓꺼리들을 해부러야.
저딴 것들은 기냥 싹 다 지옥불에 던져 부러야 한당게."

상황이 이쯤 되자 형우와 은숙의 마음은 더욱 다급해졌다. 하지만 마
음만 바쁠 뿐 두 사람은 어디서부터 뭘 어떻게 시작해야 할지 눈앞이 캄
캄했다. 형우는 경찰서를 나서기 전 환하게 웃고 있는 만복을 한 번 더
바라보았다.

'아버지 어디 계세요!'

*****

동건이 미행하고 있는 젊은 사내는 정민호와 헤어진 뒤 버스를 타고 이동했다. 동건도 그가 가장 잘 보이는 곳에 자리를 잡고 앉아 사내의 작은 움직임 하나라도 놓칠까 촉각을 곤두세웠다. 하지만 사내는 그 흔한 휴대폰조차 들여다보지 않고 줄곧 창밖만 바라보며 깊은 생각에 잠겨 있었다. 이윽고 거의 종점에 다다라 사내가 버스에서 내리자 동건도 재빨리 그의 뒤를 쫓는다.

사내는 정류장 근처에 있는 정육점에 들러 고기를 사 들고는 이내 오래된 주택들이 줄지어 선 골목길로 들어섰다. 마침내 사내가 어느 허름한 빌라의 어두컴컴한 지하 계단으로 내려가는 순간 동건의 미행은 염탐으로 바뀌었다.

반지하 방에 불이 들어오자 동건은 조심조심 창문 가까이 다가가 집안에서 들려오는 소리에 집중했다. 잠시 후, 반쯤 열린 창문 틈으로 힘없는 여인네의 목소리가 동건의 귀에 나지막이 들려왔다.

"왜 이리 늦었어? 밥은?"

사내는 아무런 대꾸도 않은 채 부스럭거리며 뭔가를 여인에게 건네는 듯했다.

"엄마가 언제 고기 먹고 싶다 했어? 돈도 없는데 이딴 걸 왜 사와! 이

돈이면 쌀이 몇 달 친데!"

"내가 먹고 싶어서 산 거야, 됐어?"

순간 두 사람의 모습이 궁금해진 동건은 슬쩍 창문 안을 들여다보았다. 그러자 앙상하게 마른 여인의 뒷모습과 모자와 마스크를 벗은 사내의 얼굴이 동건의 시야에 들어왔다. 사내의 얼굴은 생각보다 많이 앳돼보였다. 게다가 지하 방에 살면서 햇빛을 많이 못 봐서인지 얼굴빛도 무척이나 창백했다.

"엄마가 미안하….."

여인은 말을 채 끝맺기도 전에 숨이 넘어갈 듯 거친 기침을 하며 괴로워했다.

"약 또 안 먹었어? 아낄 걸 아껴야지! 정말 왜 자꾸 쓸데없는 고집을 피우고 그래!"

사내가 불같이 화를 내자 여인은 터져 나오려는 기침을 가까스로 참아가며 힘겹게 말을 이어갔다.

"조금 있으면 죽을 목숨인데 뭐하러 쓸데없이 돈을 써."

"제발 그놈의 죽는다는 얘기 좀 그만해. 조만간 목돈 들어오면 당장 엄마 수술부터 시켜 줄 거니까."

"목돈이라니? 너 설마 나쁜 짓 하고 돌아다니는 거 아니지?"

"나… 취직했어."

그놈의 취직이 뭐라고 사내의 취업 소식은 여인의 만성 기침까지도 잠잠하게 만들었다.

"우리 창수 장하다 장해. 허구한 날 컴퓨터만 붙들고 앉아서 그렇게 애미 속을 썩이더니 이렇게 떡하니 취직도 하고. 고맙다. 고마워."

순간 동건의 복잡했던 머릿속이 실타래 풀리듯 깔끔하게 정리되었다.
컴퓨터를 잘 다룬다는 사내와 목돈, 취직 그리고 정민호!
뭔가 구린 냄새가 난다. 그러고 보니 로비에 나타났던 CCTV 속 사내가 이 청년이 맞는 듯했다.
이윽고 염탐을 끝낸 동건의 마음속에 두 갈래의 감정이 생겨났다.
하나는 범인을 잡아야 한다는 절박함이었고 다른 하나는 행여나 저 여인에게 더 큰 아픔을 주지나 않을까 하는 연민이었다.
아무래도 후자가 될 것 같은 예감에, 결국 동건의 분노는 이 모든 사건의 원흉인 정민호를 향했다.

* * * * *

이른 아침부터 은숙 남매를 태운 형우의 차가 고속도로를 달리고 있다.

[형! 지금 어디야!]
"부산역에서 아버지를 봤다는 제보가 들어와서 지금 그쪽으로 가고

있는 중이야."

[형, 내 생각이 맞았어! 바로 정민호 그 인간 작품이었다고! 아무튼 큰 월척 하나 낚았으니까 걱정 말고 조금만 더 기다려. 내가 반드시 다 밝혀내고 말 거니까.]

스피커를 통해 들려오는 동건의 음성은 형우의 옆 좌석에 앉아 있는 은숙에게까지 고스란히 전해졌다. 그런데 흥분해 있는 동건과는 달리 형우는 통화 내내 별 반응 없이 침착하고 무덤덤한 모습이었다.

만복을 찾는 일만 해도 벅찰 텐데 또 다른 사건이 그를 괴롭히고 있었다니, 은숙은 마치 자기 일인 양 마음이 쓰였다.

'이 남자도 참 가시밭길 인생이구나.'

형우를 바라보는 은숙의 눈빛에 측은한 마음이 고스란히 담겨 있었다.

잠시 후, 갑자기 차도로 뛰어드는 고라니 때문에 차가 급정거하자 형우가 재빠르게 팔을 뻗어 은숙을 보호했다. 그 순간 은숙은 이제껏 단 한 번도 경험하지 못한 생경한 감정에 휩싸이며 언젠가 그날처럼 가슴이 또 두근거렸다.

세 사람은 해남에서부터 장장 4시간이나 걸려 부산역에 도착했다.

비록 아닐 확률이 높다고 해도 일단 비슷한 사람을 봤다는 제보가 들어오면 그곳이 하와이라 해도 찾아가 보는 것이 모든 실종자 가족들의 절실한 심정이다.

이번 제보는 서울에서 실종 전단지를 본 한 시민이 볼일이 있어 부산에 내려왔다가 부산역에서 만복을 봤다는 내용이었다.

형우와 은숙과 진철은 전단지를 들고 역사 안쪽부터 샅샅이 뒤지기 시작했다.

"우리 아저씨 못 봤어요?"

진철의 다급한 질문에도 슈퍼 아줌마는 느긋하게 전단지 속 만복을 살피며 지나간 기억들을 짜내려 애를 썼다.

"아고야 우짜노. 내는 이런 사람은 몬 봤는데! 참말로 큰일이다카이."

아줌마는 도움이 못 된 것이 미안했는지 세 사람에게 요구르트 하나씩을 건네며 으레 하는 마지막 멘트도 잊지 않았다.

"은제든지 봤다카믄 내 후딱 전화 주꾸마."

세 사람은 일말의 희망을 안고 역내 모든 상가들을 돌며 만복의 행방을 수소문했다. 하지만 역시나 돌아오는 답은 슈퍼 아줌마와 크게 다르지 않았다. 그렇다고 그냥 포기할 수도 없었기에 상인들뿐만 아니라 일반 행인들에게까지 전단지를 나눠 주며 도움을 요청했다.
특히나 잠을 자고 있거나 구걸을 하는 노숙자들이 눈에 띄기라도 할라치면 만사 제쳐 두고 달려가 재빨리 얼굴부터 확인했다. 그렇게 몇 시간이 지나도록 부산역과 그 주변을 이 잡듯 샅샅이 뒤져 봤지만 끝내 만복은 그들 앞에 나타나지 않았다.

"아무래도 제보자가 사람을 잘못 봤나 봐요. 그만 돌아가는 게 낫겠어요."

"제 생각에도 해남이나 인근 지역을 한 번 더 찾아보는 게 나을 거 같아요."

의견 일치를 본 형우와 은숙은 진철이 좋아하는 라면과 김밥으로 간단히 식사를 끝내고는 다시금 해남을 향해 차 머리를 돌렸다.

그 시각, 라파병원 701호실에선 기섭이 거친 호흡을 내쉬며 다시 한번 위험한 고비를 맞이하고 있었다.

"여보! 힘내요!"
"아빠! 빨리 일어나~."
"아빠. 절대로 포기하면 안 돼요!"

하지만 기섭은 사경을 헤매는 내내 자신의 곁을 지키고 있는 가족들은 뒤로한 채, 계속 다른 누군가를 애타게 찾고 있었다. 아마도 죽음의 기로에 선 그 순간 기섭은 일생일대 천추의 한으로 남을 그날의 기억에서 헤어나지 못하는 듯했다.

'아빠! 꼭 돌아와야 해!'
'진철아, 은숙아! 아빠 돈 많이 벌어서 금방 돌아올게!'

1999년 봄. 기섭은 더 이상 아이들의 모습이 보이지 않는 그 길 끝에서 결국 참았던 울음을 꺼이꺼이 토해 냈다.

그날 이후 기섭은 막노동 공사판이 있다면 전국 어디든 마다하지 않고 달려가 닥치는 대로 일을 했다. 비록 몸은 지쳐 갔지만 하루빨리 진철과 은숙을 그의 곁에 두고 싶다는 꿈이 있었기에 기섭은 그 어떤 고난도 묵묵히 견뎌 낼 수 있었다.

그렇게 그는 일 년여의 시간 동안 공사장에서 마련해 주는 숙소나 컨테이너 박스에서 기숙을 하면서 아이들을 만나러 갈 날만을 손꼽아 기다렸다.

드디어 약속한 날을 하루 앞둔 어느 날, 그날도 어김없이 기섭은 공사 현장에서 막바지 일에 한창이었다. 그러나 이 무슨 운명의 장난인지 마감을 바로 코앞에 둔 그때, 기섭에게 그만 끔찍한 사고가 일어나고 만다.

"으악!"

공사 건물 4층에서 떨어진 벽돌이 1층에서 현장을 정리하고 있던 기섭의 머리를 강타하고는 두 동강이 나며 바닥을 나뒹굴었다. 그 순간 외마디 비명과 함께 쓰러진 기섭은 결국 의식을 잃고 말았다.

다행히 며칠 만에 기적적으로 의식은 돌아왔지만 정작 진철과 은숙과의 약속은 전혀 기억하지 못했다. 아니, 약속뿐만이 아니라 아예 진철과 은숙의 존재조차 그의 기억 속에서 완전히 사라져 버렸다.

기섭이 다시금 죽음과 사투를 벌이고 있는 지금, 아이러니하게도 고통의 크기가 커지면 커질수록 그의 뇌리에선 그때 그 기억만이 점점 더 선명하게 떠올랐다.

'아빠. 꼭 우리 데리러 올 거지?'

* * * * *

한여름의 무더위가 기승을 부리던 어느 날.

정민호는 기어이 영아와 약혼식을 올리고 만다. 양가 가족들이 모여 앉은 약혼식장의 풍경은 식장의 화려한 조명만큼이나 내내 화기애애한 분위기였다. 하지만 오직 단 한 사람 영아만은 감정이 없는 무표정한 얼굴로 그저 형식상의 절차를 오롯이 감당해 내고 있었다. 물론 최 회장도 그 속은 말이 아니었다. 최 회장으로서도 자신의 과오로 인해 딸이 원치 않는 결혼식을 해야 한다는 것이 아버지로서 그리 썩 유쾌한 일은 아니었다. 하지만 어찌하랴! 이미 주사위는 던져졌고 승기(勝機)는 바로 눈앞에 앉아 거들먹거리는 배불뚝이 정 이사의 몫인 것을.

이윽고 케이크 커팅식이 끝나자 바로 정 이사의 축사가 이어졌다.

"오늘 이후로 이제 두 가문은 한 가족이 되었고 DCA와 엘라 또한 우리 모두의 것이 되었습니다. 오늘의 주인공인 정민호 군과 최영아 양이 앞으로 두 가문의 가교 역할을 잘 해낼 것이라 믿으며 특별히 정민호 군은 최영아 양의 빛나는 내조를 통해 머지않아 DCA를 세계 기업으로 발전시키는 것은 물론, 장차 엘라의 차세대 리더로서 반드시 엘라를 세계적 브랜드로 도약시킬 것이라 확신합니다!"

정민호가 엘리의 차세대 리더라는 대목에서 최 회장은 예의 불편한 심기를 드러냈다.

IT와 제화는 엄연히 다른 것인데 민호가 아무리 잘 나가는 IT 기업의 리더라 해도 감히 엘라의 수장 앞에서 서슴지 않고 저런 말을 한다는 것은 그저 오만으로밖에 볼 수 없었다. 아무리 쉬워 보이는 사업도 전문성이 결여된 채 욕심만으로 덤볐다가는 낭패 보기 십상인 것을.

하다못해 동네 슈퍼마켓도 그러할진대 엘라는 오죽하랴!

최 회장의 근심이 깊어졌다. 하지만 딱 거기까지였다. 최 회장은 재빨리 상한 마음을 추스르고 정 이사의 축사에 화답했다.

"감사합니다. 내 50년 삶이 담긴 엘라가 정민호 군의 손에서 더욱더 활짝 만개할 것이라 저 또한 믿어 의심치 않습니다. 이제 두 집안이 한마음 한뜻이 되어 우리 정민호 군과 최영아 양의 앞날을 뜨겁게 응원해 줍시다!"

최 회장의 답사가 끝나자 여기저기서 박수가 터져 나왔다. 박수의 주인공이 된 민호는 그 어느 때보다도 의기양양한 모습으로 영아를 향해 씽긋 미소를 날린다.

조롱 섞인 미소에 영아가 인상을 찡그리자 그 순간을 포착한 정 이사 또한 그런 영아가 영 마뜩잖은 듯 입술을 씰룩거렸다.

그날 밤. 영아는 결국 최 회장 앞에서 폭발하고 만다.

"정말 이 길밖엔 없는 거야? 구역질이 나서 도저히 참을 수가 없어. 죽을 거 같다고. 제발 아빠가 어떻게 좀 해 보란 말야!"

"약혼식까지 했으면 이제 그만 포기할 때도 됐잖아."

"뭘 위해서? 아빠의 명예를 위해서? 아니면 정민호의 미래를 위해서? 그럼 난? 난 뭐냐고!"

"이왕 이렇게 된 거, 그냥 눈 한 번 딱 감으면 모두가 행복해질 일을 뭘 그리 유난을 떨어? 사람이 만족할 줄도 알아야지."

"아빠야말로 좀 진실해져 봐! 솔직히 이게 다 아빠 감옥 가기 싫어서 그런 거잖아! 딸이야 죽든지 말든지 딸 팔아서 본인만 살면 그만인 거잖아!"

철썩! 이제껏 딸의 몸에 회초리 한 번 댄 적 없는 그였는데 오늘은 그만 영아 얼굴에 손찌검까지 하고 말았다. 자신의 본심을 들킨 데서 오는 당혹감 때문이었을까!

하지만 최 회장은 결코 그런 파렴치한 생각을 해 본 적이 없었다. 단지 그에겐 최선일 뿐이었다.

그러나 지금 누군가 그에게 진정 그것이 최선의 길이었냐고 묻는다면 자신 있게 '그렇다.'라고 답할 자신이 없었다.

최 회장은 그제야 후회가 밀려왔다. 하지만 이제 와 후회한들 아무것도 제자리로 돌려놓을 수는 없었다. 심지어 울며 집을 나가는 영아조차도.

영아는 집을 뛰쳐 나와 무작정 차를 몰았다.

자신의 신세가 어쩌다 이 지경까지 된 건지 비통함에 눈물이 멈추질 않았다.

난생처음 맞아 본 따귀엔 서러움마저 북받쳐 올랐다. 아무리 화가 난다 해도 아버지가 자신에게 손찌검까지 할 줄은 몰랐기에 그 충격은 쉽게 가시질 않았다.

누군가의 위로가 절실한 지금! 그녀 곁엔 이제 아무도 없다.

어느새 차가 멈춘 곳은 바로 형우의 집 앞이었다. 그녀는 아직 마음속에서 온전히 그를 떠나보내지 못했다. 폰에서 형우의 연락처를 지워 버릴 때만 해도 영아는 다시는 그에게 연락할 일은 없을 거라고 장담했었다. 하지만 지금 영아는 자신의 휴대폰을 만지작거리고 있다. 마음만 먹으면 형우의 연락처쯤은 금세 알아낼 수 있었고 조금만 더 용기를 낸다면 당장이라도 집으로 쫓아가 그를 불러낼 수도 있었다.

하지만 그녀는 아무것도 하지 않았다.

그녀의 차가 이내 다시 마당을 벗어난다.

한편, 부산을 다녀온 뒤에도 며칠 동안 계속해서 목포, 진도, 완도 등 남해안 주요 지역들을 돌아다닌 형우와 은숙 남매는 방금 막 본거지인 해남으로 다시 돌아왔다.

이윽고 숙소에 차를 세워 두고 식당으로 향하려는데 그들이 해남에 도착한 첫날 여기저기 가로등 기둥에 붙였던 전단지들이 대부분이 훼손된 채 바닷바람에 너덜거리고 있었다. 은숙이 달려가 훼손된 전단지 몇 장을 떼어 낸다.

"다시 붙여야겠어요."

하지만 여전히 의지가 남아 있는 은숙과는 달리 바람에 너덜거리는 전단지처럼 형우의 마음도 많이 지쳐 있었다. 전단지를 다시 붙인다고 해서 달라질 건 없을 거라는 회의감과 아무리 노력해도 절대 만복을 찾을 수 없을 거라는 불신이 그를 자꾸만 초조하게 만들었다.

이런저런 상념에 젖어 은숙과 진철의 뒤를 따르던 그때, 진철의 배에서 꾸르르륵 *끄랑끄랑 뿌리릭*, 종류도 다양한 공기 끓는 소리가 형우의 귀에까지 들려왔다.

그 순간 아들인 자신보다도 더 열심히 만복을 찾고 있는 은숙과 진철 앞에서 잠깐이나마 못난 생각을 했다는 것이 못내 미안하면서도 고마웠다.

"전단지는 밥 먹고 저 혼자 할 테니까 은숙씨랑 진철씨는 숙소에서 좀 쉬어요."

이윽고 세 사람은 어느새 단골집이 되어 버린 설렁탕집 안으로 들어섰다.

점심시간이 한참이나 지났는데도 여전히 가게 안은 멀리서 소문 듣고 찾아온 관광객들로 시끌벅적했다. 잠시 후, 주문했던 수육이 나오자 형우는 수육 접시를 진철 앞에 바짝 붙여 주었다.

"진철씨 많이 먹어요."
"고맙습니다!"

잠시 후, 식사를 끝낸 세 사람이 자리에서 일어나려던 그때, 문밖에서 떠드는 주인 여자의 카랑카랑한 목소리가 가게 안까지 들려왔다. 지난번 그 노숙자가 또 나타난 모양이었다.

"시방 여그다 뭐 맽겨 놨어야? 오지 말라는디 와 자꾸 오고 지랄이여!"

그런데 이번엔 주인 여자의 손에 이전에는 못 보던 막대기가 하나 들려 있었다. 한 손에 잡히는 알맞은 굵기에 1미터는 족히 넘어 보이는 길이의 나무막대기는 그야말로 호신용으로 딱이었다.

　"니놈헌티는 소금 한 톨도 아까분게 여그는 얼씬도 하지 말란 말이시! 흐미 이 꼬락내는 또 어쩔 것이여! 니놈 꼬락내 땜시 시방 내 코가 다 썩었 부렀어야. 나가 이 몽둥이로 개 패듯 패 불기 전에 어여 썩 꺼지랑께!"

　하지만 주인 여자의 협박에도 노숙자는 움찔거리기만 할 뿐 여전히 그 자리에 그대로 박혀 있었다.

　"이래도 안 가야? 내 이 미친놈을 그냥."

　주인 여자가 노숙자를 향해 막대기를 휘두르려는 찰나,

　"멈춰요!"

　형우가 주인 여자의 팔을 단숨에 제압했다.
　그렇게 그녀에게서 노숙자를 구해 낸 세 사람은 그와 함께 인근 공원으로 향했다.
　잠시 후, 네 사람은 작은 분수가 바라보이는 벤치에 자리를 잡았다.

　"은숙씨는 옷 몇 가지만 좀 사다 주시고 진철씨는 여기 아저씨하고 잠깐만 앉아 있어요. 난 금방 먹을 것 좀 사 가지고 올게요."

"오빠. 잘 할 수 있지? 금방 갔다 올 테니까 무슨 일 있으면 나한테 전화하고."

"응."

형우와 은숙이 떠나자 진철은 한 손으로 코를 막고는 노숙자를 빤히 쳐다보았다.

"아저씨. 배고파?"

고개를 끄덕이는 노숙자는 누런 이를 드러내며 진철을 향해 방긋 웃는다.

"우리 아저씨도 그렇게 웃었는데."

그때였다.

누군가가 진철의 뒷덜미에 주사기를 꽂자 진철이 서서히 의식을 잃더니 이내 노숙자 다리 위로 픽 쓰러졌다.

잠시 후, 형우와 은숙이 도시락과 옷을 챙겨 공원으로 돌아왔다. 하지만 벤치에 있어야 할 진철과 노숙자는 온데간데없고 오롯이 노숙자의 고약한 냄새만이 벤치 주위를 맴돌고 있었다.

"오빠!!"

제24화

재회

진철이 부스스 눈을 떴다. 하지만 사방이 어두워 아무것도 보이지 않는다. 어디론가 덜컹거리며 달려가고 있는 봉고 안은 창문뿐 아니라 운전석과도 시커먼 칸막이가 쳐져 있어 그 공포감은 배나 더 크게 밀려왔다. 순간 진철의 코끝에 익숙한 냄새가 진동했다.

"설렁탕 아저씨?"

하지만 깊은 정적만 감돌 뿐 돌아오는 답은 없었다. 이윽고 공포에 휩싸인 진철이 발악을 하며 소리를 질렀다.

"내려줘! 내 동생한테 갈 거야! 은숙아!!"

순간 퍽! 하는 소리와 함께 봉고 안은 이내 다시 조용해졌다.

한참을 덜컹거리며 달려가던 봉고가 드디어 어딘가에 멈춰 선다. 이윽고 누군가 밖에서 문을 열자 봉고 안으로 한 줄기 빛이 들어왔다. 진철이 손으로 햇빛을 가리며 두 눈을 찡그리자 맞은편에 앉아 진철을 물끄러미 바라보고 있던 사내가 누런 이빨을 드러내며 씽긋 웃었다. 설렁탕

집 그 노숙자였다.

"아저씨!"

그러나 노숙자는 아무런 대꾸 없이 가만히 눈을 감는다. 그때였다. 애꾸눈 선장처럼 한쪽 눈에 검은 안대를 한 사내가 노숙자를 보며 아는 체를 했다.

"어이 박씨! 이번엔 싱싱한 놈으로다 제대로 한 건 했어. 앞으로도 계속 좀 그렇게 하라고."

애꾸눈 사내가 3천 원에 천 원 한 장을 더 찔러 주자 노숙자는 연신 고개를 조아렸다.

"야, 넌 빨리 안 내리고 뭐해!"

애꾸눈 사내가 겁에 질린 진철을 강제로 끌어내리자 노숙자를 실은 봉고는 또 다른 먹잇감을 찾아 비탈길을 쏜살같이 내달렸다.

"나도 갈 거야! 내 동생한테 갈 거야!"
"아, 이 새끼 이거 겁나 시끄러운 놈이네."

애꾸눈 사내가 주먹을 휘두르며 진철을 위협했다.

"좋은 말로 할 때 얌전히 따라와라. 한 번만 더 지랄하면 그땐 니놈 눈깔을 파내 버릴 테니까."

사내를 뒤따라가는 진철의 눈에 그제야 주변의 그림이 들어왔다. 온통 풀과 나무들로 둘러싸인 숲속엔 조그만 컨테이너 집들이 옹기종기 줄을 지어 서 있었고 양쪽 끝에는 화장실 같은 작은 박스가 세워져 있었다. 숲속 중앙에 자리하고 있는 컨테이너 앞마당엔 커다란 사냥개 한 마리가 줄에 묶인 채 다가가는 진철을 향해 으르렁거렸다.

이윽고 애꾸눈 사내가 진철을 중앙 컨테이너 안으로 사정없이 들이밀었다.

진철이 들어간 컨테이너는 그 품새를 보아하니 사무실로 사용되는 듯했다. 곰팡이가 새까맣게 내려앉은 벽 쪽으로는 지저분한 책상과 녹슨 철제 사물함이 두어 개 보였고 작은 창문이 나 있는 한쪽 구석엔 간이침대 하나가 덩그러니 놓여 있었다. 침대 위에 아무렇게나 널브러져 있는 이불은 얼마나 오랫동안 안 빨았는지 꼬질꼬질한 때가 쌓이고 쌓여 아예 반질거렸다.

"앗싸! 고도리!"

책상 위에 꼰 다리를 올려놓은 채 신나게 휴대폰으로 고스톱을 치고 있던 사내가 진철을 보자 이내 두 눈을 회번덕거렸다.

"이야! 간만에 돈맛 좀 보겠는데? 아주 쓸모가 많겠어."

사내의 앞니 중 금이빨 하나가 창틈으로 쏟아지는 햇살에 순간 반짝거렸다.

"그러잖아도 요새 강 사장이 하도 지랄해서 그냥 때려치우려 했더만 세상에 죽으라는 법은 없다니까."

이윽고 금이빨 사내가 자리를 박차고 일어나 진철을 향해 다가왔다.

"어쩌다 이런 물건이 걸려들었대?"
"그게… 애가 맛이 좀 살짝 간 거 같어."
"맛이 가? 어디? 보기엔 멀쩡…."

그 순간 진철이 애꾸눈 사내의 말을 증명이라도 하듯 자신의 머리를 치며 소리를 질렀다.

"동생한테 갈 거야! 내 동생 공원에 있어. 동생한테 갈 거야!"

애꾸눈 사내가 재빨리 진철을 제압하자 금이빨 사내가 헛웃음을 웃었다.

"우째 졸라 쉽게 풀린다 했다. 하기사 멀쩡한 놈이면 여까지 오지도 않았겠지. 우선 작업장으로 데려가고. 상태 봐서 오두막으로 보내 버리든지 하자고."
"오케이!"

진철은 애꾸눈의 손에 이끌려 또다시 어딘가로 향했다. 점점 멀어져 가는 진철을 향해 사냥개가 침을 질질 흘리며 컹컹컹 짖어 댄다.

한편, 형우와 은숙으로부터 진철의 실종 사실을 전해 들은 서 달구 경감은 이들의 굴곡진 삶 앞에서 혀를 내둘렀다.

"옴마야 참말로 귀가 차불구만 귀가 차부러. 나가 할 말을 다 잃었당게."

형우는 만복의 일에 은숙이 그랬던 것처럼 이번엔 자신이 충격에 빠진 은숙을 대신해 더 적극적인 모습을 보였다.

"전화기가 꺼져 있는데 꺼져 있으면 추적이 불가능한가요?"
"그라재. 흐미 이 우라질 놈들을 어데 가서 잡아 불까이. 나가 이 썩을 놈들을 그냥⋯."

말이 채 끝나기도 전에 은숙이 눈물을 글썽이며 서달구 경감에게 매달렸다.

"불쌍한 우리 오빠 저 없으면 안 돼요. 우리 오빠 좀 찾아주세요, 제발요⋯."
"흐미⋯ 흐미⋯."

순간 힘을 잃고 비틀거리는 은숙을 형우가 재빨리 붙잡았다.

"은숙씨, 약해지면 안 돼요. 진철씨 꼭 찾아낼 거예요."

*****

그 시각, 서울에서는 동건의 추적이 계속되고 있었다.

동건은 이미, 지난번 미행했던 창수라는 청년이 정민호의 사주를 받아 형우의 사무실에 잠입했을 가능성과 그가 형우의 이메일을 조작했을 거라는 잠정적인 결론까지 내려 놓은 상태다.

이제 남은 건 단 하나! 민도식과 정민호와의 연결고리다. 이것만 밝혀낼 수 있다면 형우의 모든 것을 되돌려 놓을 수 있다. 그간 형우가 회사를 떠난 후로 동건에게도 힘든 나날의 연속이었다. 회사 측에서는 형우의 오른팔이었던 동건에게도 곱지 않은 시선을 보내고 있었기에 비단 형우뿐 아니라 자신을 위해서라도 반드시 진실을 밝혀내야만 한다. 게다가 다른 팀 경쟁자들까지도 은근히 동건을 따돌리는 눈치다.

형우의 회복이 곧 동건의 회복이요, 형우의 부활이 곧 동건의 부활이기에, 동건은 그날을 위해 마지막 열쇠가 될 민도식 추적에 사활을 걸었다.

하지만 문제는 민도식의 행방이다. 전화 연결이 안 되는 것은 기본이고 오늘도 민도식을 찾기 위해 그가 형우에게 보냈던 우편물 주소로 찾아와 봤지만, 그곳은 몇 년 동안이나 사람이 살지 않는 폐가였다.

동건은 한참 동안 그곳을 떠나지 못한 채 생각하고 또 생각했다.

'왜 살지도 않는 곳을 주소로 사용했지?'

'그렇게 증거가 확실한데 왜 아직까지도 고소를 안 하는 걸까?'

'혹시 오창수와 민도식도 아는 사인가?'

'우편물을 12월 31일에 보냈다는데 형은 받은 적이 없다 하고 그렇다면 우편물도 조작됐다는 건가?'

"그래! 내가 왜 그 생각을 못 했지?"

동건은 황급히 차를 출발시켰다.
잠시 후, 동건이 도착한 곳은 우체국이었다.

"이 우편물이 이날 이곳에서 보내진 게 맞는지 확인 좀 해 주시겠어요?"

담당 직원의 답을 기다리는 동안 동건은 자신이 범죄를 저지른 것도 아닌데 괜히 눈치가 보이고 가슴이 두근거렸다. 이윽고 컴퓨터 자판을 두드리며 연신 고개를 갸웃거리던 직원이 동그래진 눈으로 동건을 올려다본다.

"이날뿐 아니라 전후 며칠을 다 조회해 봤는데 민도식이란 분이 이 주소로 우편물을 보낸 기록은 없습니다."

동건이 너무 놀라 리액션도 못하는 사이 직원이 다시 치고 들어왔다.

"그리고 직인도 저희 거랑 달라요. 아무래도 조작된 거 같은데요?"

'내 이럴 줄 알았다니까.'
동건은 담당 직원으로부터 우편물이 조작됐다는 사실 확인서를 발급받은 뒤 곧바로 경찰서로 향했다.

"형사님, 지금 이 자식 때문에 무고한 사람이 도둑놈으로 몰려서 직장도 잃고 완전 폐인처럼 살고 있습니다. 더 늦어지면 사람 목숨 하나 없어질

지도 몰라요. 이놈이 더 깊이 숨어 버리기 전에 빨리 찾아내야 한다구요!"

"민도식씨 번호가 어떻게 되죠?"

"번호요?"

"전화번호요. 주소 알려달라면서요!"

해 질 무렵, 동건은 어느 3층 집 대문 앞에 다다랐다. 이윽고 초인종을 누르자 2층에서 아줌마 하나가 문을 열고 나왔다. 귀찮은 기색이 역력한 그녀는 2층 현관에서 동건을 내려다보며 쌀쌀맞게 물었다.

"무슨 일이에요?"

"저기 사람 좀 찾아왔는데요. 여기 혹시 민도식이란 사람이 살고 있나요?"

"민도식이요? 그런 사람은 없는데."

"제가 찾는 사람은 호리호리하고 뿔테 안경을 낀 청년인데."

"뿔테 안경에 호리호리…아! 저기 옥탑방에 세 들어 사는 청년!"

"옥탑방이요?"

"근데 요새 통 안 보이는 거 같던데 한 번 올라가 봐요."

"고맙습니다."

동건은 단숨에 계단을 뛰어올랐다. 하지만 아쉽게도 옥탑방 문은 굳게 잠겨 있었고 창문까지 진한 암막 커튼이 쳐져 있어서 안을 들여다볼 수조차 없었다. 이윽고 여기저기 주변을 살피던 중, 바닥에 떨어져 있는 우편물 하나가 동건의 눈에 띄었다.

"민도훈? 민도훈은 또 누구야?"

동건이 우편물을 자세히 살펴보려는 그때, 누군가 계단을 올라오는 소리가 들려왔다. 동건은 잽싸게 옥탑방 뒤쪽으로 몸을 숨긴 채 다가오는 발소리에 집중했다. 이윽고 문 앞에 다다른 누군가가 열쇠로 문을 여는 그 순간.

"민도식씨?"

동건이 불쑥 튀어나오자 청년이 움찔 놀라며 그만 열쇠를 바닥에 떨어뜨리고 만다.

"누… 누구세요? 전 민도식이 아닌데요."

그런데 놀라기는 동건도 마찬가지였다. 분명 뿔테 안경을 낀 민도식이 맞는데 민도식이 아니라고?
'민도식. 민도훈. 이름은 다른데 얼굴은 같다?'
그때, 누군가가 휘파람을 불며 계단을 올라오고 있었다.
잠시 후, 모습을 드러낸 또 한 명의 청년은 동건을 보자 뿔테 안경 너머의 검은 속눈썹을 쉴 새 없이 떨어 댔다.

* * * * *

진철이 애꾸눈 사내와 함께 도착한 곳은 웬 채석장이었다. 그곳에서는 다 늦은 저녁임에도 몇십 명의 사람들이 힘겹게 돌을 나르고 있었다. 그런데 그 행색이 하나같이 다 노숙자처럼 지저분하고 초라한 몰골이었다.

"저기 저 사람들이 하는 것처럼 하면 되는 거야. 꾀부리면 가만 안 둘 거니까 열심히 해!"

애꾸눈 사내가 쭈뼛거리는 진철을 그들 무리 속으로 거칠게 들이밀었다. 우르르 쏟아지는 돌들 앞에서 진철이 당황하며 머뭇거리자 지켜보던 애꾸눈이 득달같이 달려와 진철의 등짝을 세게 내리쳤다.

"빨리 안 하고 뭐 해! 살고 싶으면 빨리 일을 하란 말이야!"

겁에 질린 진철은 재빨리 사람들이 하고 있는 행동을 그대로 따라 하기 시작했다. 그때였다.

"이거 또 똥 쌌네. 야! 조금만 처먹으랬더니 뭘 또 그렇게 많이 처먹어서 똥까지 싸고 지랄이야!"

진철이 소리 나는 쪽을 쳐다보자 퍽, 퍽, 퍽. 팔뚝에 용 문신을 한 사내가 똥 싼 노인네를 마구 발로 걷어차며 폭력을 가하고 있었다. 하지만 맞고 있는 노인네는 뭐가 그리 좋은지 실실 웃음만 쪼개더니 이내 온몸으로 지독한 고통이 전해지자 그제야 시커멓고 초췌한 그의 얼굴이 조금씩 일그러졌다.

"아저씨?"

제25화

폭풍우 치는 바다

"아저씨!"

진철이 한달음에 달려와 만복을 끌어안으며 눈시울을 붉혔다.

그러자 만복도 환하게 웃으며 진철을 반기는가 싶더니 이내 다시 표정이 굳어지며 고개를 갸웃거렸다.

"누구세요?"

"나 아코디언이에요. 아저씨 찾으러 왔어요."

"배고파요. 밥 좀 주세요."

그 순간 팔뚝에 용 문신을 한 사내가 불쑥 끼어들며 만복과 진철을 공차듯 걷어찼다.

"아주 지랄들 하고 자빠졌어요. 여기가 무슨 이산가족 상봉장이냐!"

"아저씨 때리지 마!"

"이 새낀 뭔데 반말하고 지랄이야!"

이윽고 뒤늦게 쫓아온 애꾸눈이 진철을 잡아끌었다.

"오늘 새로 들어온 놈인데 좀 모자라긴 해도 앞으로 써먹을 데가 많은 놈이야."

"그래? 어이! 신입!"

하지만 진철은 자신을 부르는지도 모른 채 그저 쓰러진 만복에게만 온통 신경이 가 있었다. 성격 급한 애꾸눈 사내가 진철을 발로 걸어차며 윽박지른다.

"야! 주인이 부르면 대답을 해야 될 거 아냐!"

그제야 진철이 용 문신 사내를 응시했다.

"이 똥싸개 노인네랑 아는 사이야?"

"우리는 색소폰과 아코디언이야."

"뭐? 쌕스폰과 아코디언?"

그 순간 애꾸눈이 용 문신 사내를 손가락질하며 킥킥거린다.

"쌕스폰~ 푸하하하하!"

"왜? 쌕스폰 아냐?"

"쌕스폰 맞어."

"근데 왜 처웃고 지랄이야! 생각만 해도 그렇게 좋냐? 미친 놈."

"지도 좋으면서."

용 문신 사내는 애꿎은 만복을 잡아끌어 진철 앞에 세웠다.

"쌕스폰!"
"난 쌕스폰 아니고 아코디언인데."
"아! 이 새끼 참 말 많네. 형님이 쌕스폰이라면 쌕스폰인 거야. 아무튼 니가 앞으로 이 똥싸개 노인네 책임져. 니가 책임지고 똥오줌 처리하라고. 알아들었어?"
"……."
"알아들었냐고!"

순간 사내의 팔뚝에 새겨진 용이 진철을 향해 매섭게 날아들었다.

"악!"
"그러니까 이렇게 처맞기 전에 빨랑빨랑 대답을 하란 말야!"
"웅."

또다시 반말을 빌미 삼아 진철을 때리려는 찰나, 만복이 용 문신 사내의 머리끄덩이를 잡아채서는 사방팔방으로 마구 흔들었다.
그 순간 애꾸눈 사내가 재빨리 만복을 끌어내 주먹을 날리자 이번엔 진철이 애꾸눈 사내에게 달려들어 그의 팔뚝을 깨물어 버린다.
결국 이성을 잃은 용 문신 사내가 만복과 진철을 향해 사정없이 몽둥이를 휘둘렀다.

"병신 같은 새끼들 당장 오두막으로 보내 버려!"

그날 밤.

진철은 그동안 만복이 지내왔던 숲속 맨 가장자리에 있는 컨테이너에 배정을 받았다. 3평 남짓 되는 비좁은 공간엔 두 사람 외에도 열 명 정도 가 더 기거하고 있었다.

잠시 후, 총 책임자인 금이빨 사내가 컨테이너 문을 열어젖히며 일장 연설을 한다.

"똥오줌은 다 싸고 왔겠지? 매번 말하지만 이 시간 이후부터는 바깥출 입은 금지다. 그러니까 잠자다가 똥오줌이 마려우면 여기 신문지랑 요 강에다 해결하도록. 만일 소란을 피워서 나의 숙면을 방해하는 놈이 있 다면 지난번에도 봤듯이 그 자리에서 바로 개죽음이다. 개죽음 당하기 싫으면 다들 내 말 명심해라. 알겠나!"

"……."

"대답들 안 해?"

금이빨 사내의 엄포에 여기저기서 우후죽순 '네.'를 외쳤다.

"네."

언제나 한 박자 늦는 만복이다.

"그럼 다 같이 취침!"

애꾸눈 사내가 신문지와 녹슨 요강을 대충 문 앞에 던져두고는 곧바로 컨테이너 문을 밖에서 잠가 버린나. 뒤이어 문밖에 달린 전기 스위치를 내리자, 작은 창문은커녕 쥐구멍 하나 없는 컨테이너 안은 순식간에 칠흑 같은 어둠에 휩싸였다. 불빛 한 점 없는 컨테이너 바닥에 사람들이 하나, 둘씩 자리를 잡고 드러눕자 진철과 만복도 한쪽 구석에 나란히 지친 몸을 누이며 잠을 청했다. 여기저기서 앓는 소리가 들려온다.

"아저씨. 자?"
"응."
"은숙이 보고 싶다."

깊은 밤. 누군가의 훌쩍이는 소리가 캄캄한 컨테이너 안을 더욱 을씨년스럽게 만들었다.

*****

구름을 벗어난 달빛이 잔잔한 호수 위에 내려앉자 고즈넉함이 빛을 발했다.
밤늦은 시각임에도 호수가 바라보이는 한적한 곳에 고급 승용차 한 대가 자리해 있었고 그 안에선 이미 한바탕 언쟁을 벌인 민호와 영아가 서로를 외면한 채 창밖만 바라보고 있었다. 이윽고 민호가 마음을 진정시키며 다시 대화를 이어나간다.

"우린 이제 곧 부부가 될 사이라고. 근데 언제까지 이렇게 밀어내기만 할 거야!"

하지만 영아는 무심한 얼굴로 여전히 창밖만 바라보았다.

"이젠 아예 사람 말을 개무시하겠다!"
"무시당하기 싫으면 그만 좀 놔 줘. 제발."
"하하하하. 정말 기가 막히는구만. 아직도 그렇게 상황 파악이 안 돼? 니가 왜 내 여자가 돼야 하는지 아직도 모르겠냐고! 예전부터 알고는 있었지만 이 정도로 맹한 여자일 줄은 몰랐네. 앞으로 우리 2세가 심히 걱정된다, 걱정 돼!"

영아가 끓어오르는 분노를 애써 억누르며 담담히 민호의 말에 응수했다.

"그러니까 다 관두자고! 나도 억만금을 준다고 해도 너 같은 미친놈 애는 죽어도 낳고 싶지 않으니까."
"뭐?"

순간 흥분한 민호가 영아의 목을 잡고 짓누르자 영아의 입에서 꺼억꺼억 고통의 신음이 터져 나왔다.

"어디 다시 한번 지껄여 보시지."
"미…친…놈…."

결국 눈이 뒤집혀 버린 민호는 잽싸게 차에서 내리더니 이내 영아까지 차 밖으로 끌어내 물가로 끌고 갔다.

"그동안 오냐오냐 해 줬더니 날 만만하게 봤다 이거지? 그럼 오늘 어디 한 번 제대로 느껴 봐. 내가 얼마나 무서운 놈인지."

"이거 놔! 지금 뭐 하자는 거야!!"

하지만 민호는 전혀 그만둘 생각이 없어 보였다.

이윽고 민호가 영아의 머리를 호숫물에 박아 버리자 물속에 잠긴 영아의 얼굴이 점차 고통에 일그러졌다.

"그렇게 까불다가 한 방에 가는 수가 있어. 쥐뿔 내세울 거라곤 몸뚱아리 하나밖에 없는 년이 감히 누구 앞에서 함부로 입을 놀려! 바이올린? 그것도 다 돈지랄해서 얻은 거 아냐. 니가 돈 없었으면 그딴 거 꿈이나 꿀 수 있었겠어?"

영아가 살려달라고 온몸으로 버둥대자 민호는 그제야 영아의 머리를 놓아주었다.

그러자 휘청거리며 물 밖으로 기어 나온 영아가 콜록대며 힘겹게 물을 토해 냈다.

하지만 아직도 분이 덜 풀렸는지 영아를 바라보는 민호의 눈빛엔 여전히 독기가 서려 있었다.

"그러니까 앞으론 내 말 잘 들으란 말야. 더 이상 험한 꼴 당하기 싫으면. 그리고 니 돈 줄을 누가 쥐고 있는지도 한번 곰곰이 잘 생각해 보고."

영아는 그 순간 모든 것을 체념한 듯 아무런 저항도 아무런 말도 하지 않았다.

*****

한밤의 밀물이 만들어 내는 거친 파도 소리가 어느새 포장마차 안까지 파고들었다.

그렇게 포장마차를 삼켜 버린 파도 소리를 핑계 삼아 형우와 은숙은 아무런 말 없이 그저 술잔만 기울이고 있다.

이제껏 단 한 번도 진철과 떨어져 밤을 보낸 적이 없었던 은숙이기에 진철 없는 오늘 밤을 맨정신으로는 도저히 감당할 수가 없었다.

하지만 애석하게도 술에 취하면 취할수록 고통은 오히려 커져만 갔다.

한편, 진철을 찾는 것 외엔 아무것도 은숙을 위로할 수 없다는 걸 잘 알고 있었던 형우는 그냥 그렇게 그녀 곁에 있어 주는 것만으로 만족해야 했다.

"형우씨. 내 인생은 대체 왜 이럴까요? 왜 맨날 폭풍우 치는 바다 한가운데 떠 있어야 하는 거죠? 왜 난 행복하면 안 되는 거냐고요! 내 인생은 정말 단 한 번도 잔잔한 호수인 적이 없었어요. 진정코 단 한 번도. 이거 너무 불공평한 거 아닌가요?"

"그런데도 은숙 씬 씩씩하게 다 이겨 내며 살아왔잖아요."

"그거 다 가식이에요. 속으론 무서워 죽겠으면서도 겉으론 씩씩한 척, 속은 다 문드러지면서도 겉으론 태연한 척, 속으론 도망가고 싶어 죽겠으면서도 겉으론 대담한 척."

"……."

"나보다 못된 놈들은 잘만 사는데 왜 나만 이렇게 살아야 하냐구요! 이건 뭔가 잘 못 돼도 한참 잘 못 된 거잖아요. 나도 이제 착한 척, 씩씩한 척, 아무렇지도 않은 척, 그만할래요."

"은숙씨…."

그토록 씩씩했던 은숙의 모습은 온데간데없고 한없이 나약해진 은숙만이 형우 앞에 남아 있었다.

"다 너무 불쌍해요. 오빠도, 아저씨도, 형우씨도, 나도. 너무너무 불쌍해서 견딜 수가 없어요."

은숙은 속울음을 울다 끝내 오열을 하고 만다.
형우는 애써 감정을 억누르며 소주 한 잔을 그대로 입속에 털어 넣었다.

어느덧 새벽 2시를 훌쩍 넘기자 은숙은 포장마차 테이블에 엎드려 잠이 들어 버렸다. 포장마차 주인은 두 사람이 앉아 있는 테이블 주변을 극성맞게 청소를 하며 형우에게 대놓고 눈치를 준다.

"은숙씨, 이제 그만 갑시다. 여기 이제 문 닫아야 한 대요."

하지만 은숙은 아무런 반응이 없었다. 아무래도 술기운에 깊은 잠이 들어 버린 듯했다.
그때였다.

테이블 위에 놓인 은숙의 휴대폰이 시끄럽게 울려 대자 불러도 꿈쩍 않던 은숙이 재빨리 휴대폰을 집어 자신의 귀로 가져갔다.

"여보세요! 우리 오빠 찾았나요?"
[은숙씨! 은숙씨 아버지가… 아버지가 흑흑흑…….]

여인의 울음소리를 듣는 순간, 은숙의 심장도 함께 멎어 버렸다.

제26화

아버지

은숙은 기섭의 병실 앞에서 한참을 정승처럼 서 있었다.

지난 새벽 정옥에게서 기섭의 소식을 전해 들은 은숙은 난생처음 기절까지 했었다.

그도 그럴 것이 진철을 잃어버린 충격에서 미처 헤어 나오지도 못했는데 연이어 기섭의 사망 소식까지 듣게 됐으니 천하의 은숙이라도 감당하기 힘들었을 것이다. 아마 형우가 아니었다면 지금쯤 은숙도 병원 신세를 지고 있었을지도 모른다.

형우는 지난 새벽 술 깨는 약까지 먹어 가며 서울행을 준비했고 날이 밝자마자 4시간이나 운전을 해 은숙을 병원까지 데려다주었다.

그렇게 힘들게 여기까지 왔건만 은숙은 지금 기섭의 병실 앞에서 머뭇거리고 있다. 그녀는 도저히 기섭을 마주할 자신이 없었다.

결국 곁에서 그 모습을 안타깝게 지켜보고 있던 형우가 은숙을 대신해 병실 문을 열었다. 밤새 기섭의 곁을 지키고 있던 정옥이 퉁퉁 부은 얼굴로 은숙을 맞아 주었다.

"이렇게 와 줘서 정말 고마워요."

정옥은 은숙을 보자 또다시 감정이 격해지며 눈물을 글썽였다. 은숙도 덩달아 격해지려는 감정을 애써 억누르며 조심스럽게 기섭 곁으로 다가갔다. 침대 위에 다소곳이 누워 있는 기섭은 마치 곤히 잠든 사람처럼 고요했다.

"놀라게 해서 미안해요. 새벽엔 정말 돌아가시는 줄 알고… 다행히 한 고비 넘기긴 했는데 너무 고통스러워서 진통제 맞고 방금 막 잠들었어요."

사실 정옥은 새벽에 통화를 끝낸 뒤 얼마 지나지 않아 다시 전화를 걸어 왔었다. 기섭이 다시 숨을 쉰다고. 기섭이 다시 살아났다고.

"사경을 헤매면서도 계속 은숙씨랑 진철씨만 찾았어요. 며칠 전엔 꿈에서 진철씨랑 은숙씨를 만났다면서 어린아이처럼 좋아하더라구요. 지금까지 위험한 고비를 몇 번씩이나 넘기면서도 끝까지 생명의 끈을 놓지 않은 것도 다 은숙씨와 진철씨 때문이었을 거예요."

은숙은 아무런 말 없이 기섭의 검고 초췌해진 얼굴을 물끄러미 들여다보았다.

그는 뼈밖에 남지 않은 앙상한 팔과 손으로 곰돌이 인형 칠복이를 가슴에 꼬옥 끌어안고 있었다. 그새 더 새까매진 칠복을 보는 순간 잠시 잊고 있었던 진철이 불현듯 떠올라 은숙의 몸이 휘청거렸다.

이윽고 정옥은 차분한 음성으로 다시 이야기를 이어 나갔다.

"끔찍한 사고만 아니었다면 기섭씨는 분명 그날 은숙씨와 진철씨를 데리러 갔을 거예요. 사고 후 며칠 만에 기적적으로 의식이 돌아오긴 했지만 머리를 다쳐 기억상실증에 걸린 데다 그 당시 신분증도 가지고 있지 않아 치료를 받는 데도 많은 어려움을 겪었으니까요. 하지만 그 고통보다도 진철씨와 은숙씨의 기억을 되찾은 그때부터가 이 사람에겐 더 큰 고통이었던 같아요. 자신이 아이들을 버렸다는 죄책감에 하루도 마음 편할 날이 없었으니까요."

어느새 은숙의 발걸음은 기섭의 담당 의사에게로 향하고 있었다.

불과 몇 미터 안 되는 거리였지만 은숙의 머릿속에선 수만 가지의 기억들이 스쳐 지났다. 그러다 문득 원장 엄마의 말이 은숙의 마음을 찔렀다.

'네 아버지한테도 말 못 할 사정이 있었던 거 같은데 니가 들으려 하지도 않고 용서를 구할 기회도 주지 않는다면 나중엔 더 큰 아픔이 될 수도 있어. 그땐 되돌리기엔 너무 늦었을 테니까.'

반쯤 넋이 나간 은숙 앞에서 기섭의 담당의는 크게 한숨부터 내쉬었다.

"왜 이렇게 늦게 오셨습니까!"

"선생님! 지금이라도 이식을 하면 살 수 있는 거 아닌가요? 살 수 있다고 말씀 좀 해주세요, 제발요."

"그게… 많이 늦은 감이 있긴 하지만 조직만 맞는다면야 안 하는 것보단 해 보는 쪽이 후회는 없겠죠."

그제야 은숙의 눈에서 굵은 눈물방울이 후드득 떨어져 내렸다.

한편, 오랜만에 만난 형우와 동건은 병원 앞마당 벤치에 앉아 그동안의 밀린 이야기들을 풀어 놓았다.

"현재 오창수랑 민도식이 정민호의 사주를 받고 일을 벌였다는 증거를 어느 정도 확보해 놓은 상태야. 민도식 그놈은 쌍둥이 동생이 하나 있는데 어찌나 똑같이 생겼던지 뒤로 나자빠질 뻔 했다니까. 여하튼 배우 지망생인 민도식은 연기를 담당했던 것 같고, 오창수는 정민호의 도움으로 사무실에 침입해 형 메일을 조작하고 증거물을 심어 놓는 일에 투입됐던 것 같아. 그리고 지난번에 잠수 탔다는 공장 경호 팀장이 필리핀에 있다는 정보가 들어와서 지금 한창 수사 중이야. 그놈도 조만간 잡혀 들어오고 하면 충분히 우리 쪽에 승산이 있으니까 형도 조금만 더 기운 내."

"수고했어. 괜히 나 때문에 너까지 이게 무슨 고생인지 모르겠다."

"형이 살아야 나도 사는 거야. 다 나를 위해서 하는 거라고."

"아무튼 고맙다."

"지금이라도 직업을 바꿔야 할까 봐. 허를 찌르는 내 첩보 실력에 홈즈가 다 울고 갈 지경이라니까."

동건의 농담에 형우의 얼굴에도 아주 오랜만에 옅은 미소가 번졌다.

"근데 요즘 회사 분위기가 심상치가 않아. 정 이사랑 정민호가 무엇 때문에 최 회장을 압박하고 있는지는 모르겠지만 최근에 두 부자가 아예 노골적으로 엘라를 뒤흔들고 있어. 정민호가 곧 사장에 취임한다는 얘기도 떠돌고. 지금 돌아가는 꼴을 보니까 정민호가 형한테 그런 짓거리들을 한 것도 다 걸림돌인 형을 엘라에서 내치려고 그랬던 거야. 나중에 혹시라도 지들이 증기를 조작했다는 게 들통난다 해도 그땐 이미 정민호가 엘라를 접수했을 테니까 아무 문제 없었던 거지. 하여간 조만간에 뭔 사달이 나도 날 거 같아."

형우의 얼굴에 또다시 수심이 깊어졌다. 누구보다도 애사심이 강했던 그였기에 자신의 몰락보다도 엘라의 위기가 더 뼈아프게 와 닿았다.

"그리고 말야…."

하지만 동건은 형우의 눈치를 보며 더 이상 말을 잇지 못했다.

"빨리 말해. 이젠 더 놀랄 것도 없으니까."
"예전에 형네 집에 찾아왔던 그 사채업자들 기억하지? 왜 그 꽁지머리랑 빡빡이. 그놈들이 형 만나러 며칠 전에 회사로 찾아왔었어. 아무래도 정우 형이 그놈들한테 또 돈을 빌려 쓴 거 같아."

고통도 한계치를 넘으면 무아지경이 된다. 지금 형우가 딱 그렇다.

* * * * *

숲속 컨테이너 앞마당에 묶여 있는 사냥개가 오늘따라 쉴 새 없이 짖어 댄다.
그런 가운데 모두가 채석장으로 일을 나간 컨테이너 숲속에선 몇몇의 남자들이 수상한 움직임을 보이고 있었다. 사무실로 쓰이는 중앙 컨테이녀 뒤쪽으로 작은 오두막 같은 것이 하나 있었는데 평소에는 보이지 않던 낯선 남자들이 그곳으로 하나, 둘 모여들기 시작했다. 잠시 후, 애꾸눈 사내가 다리를 다쳐 절뚝이는 일꾼을 강제로 끌어다 그 오두막 안으로 들이밀었다.

몇 시간이나 흘렀을까! 걸어서 들어갔던 일꾼은 들것에 실린 채 중앙 컨테이너 안으로 다시 옮겨졌다.

"대체 이번엔 몇 개나 뽑은 거야?"

금이빨 사내의 물음에 애꾸눈 사내가 인상을 찌푸렸다.

"강 사장이 급전이 필요하다고 해서 돈 되는 건 죄다 빼냈나 봐. 아무래도 묻어야 될 거 같은데?"
"강 사장 그놈도 참 징하다 징해. 처먹을 건 지 혼자 다 처먹고 궂은일은 맨날 우리보고 하라지. 계속 이딴 식으로 나온다면 그냥 확 다 엎어 버리는 수가 있어."

기다렸다는 듯 애꾸눈 사내도 금이빨 사내의 뒷담화에 발을 걸쳤다.

"지금 현장에 있는 놈들도 불만이 이만저만이 아니야. 적은 인력으로 많은 일꾼들을 관리하려니까 짜증만 늘어서 아주 살벌하다니까. 다들 당장 쿠데타라도 일으킬 기세야."

들것에 누워 있는 일꾼은 마치 그들의 대화를 듣고 있는 것처럼 동그랗게 뜬 눈으로 허공을 바라보고 있었다.

이윽고 금이빨과 애꾸눈 사내가 들것을 들고 깊은 숲속으로 향했다.

그 시각, 늦은 점심으로 겨우 작은 주먹밥 하나씩을 먹은 채석장 일꾼들은 휴식도 없이 또다시 노예처럼 일에 매달렸다. 진철과 만복도 게 눈 감추듯 주먹밥을 먹어 치우고는 그들 틈에서 열심히 돌을 날랐다.

"아저씨. 배고프지?"

"배고파."

"저녁엔 아저씨 밥 많이 주라고 할게. 그러니까 조금만 참아."

"네."

그때, 돌을 집어 들던 만복이 갑자기 동작을 멈추며 얼굴을 일그러뜨렸다. 그러자 진철이 용 문신 사내의 눈치를 살피며 만복의 귀에 대고 나지막이 속삭였다.

"아저씨, 멈추면 안 돼. 용이 또 아저씨 때릴 거야. 빨리 움직여."

"똥!"

"아저씨, 똥 마려?"

"응. 똥."

"저기요! 아저씨가 똥 마렵대요!"

용 문신 사내가 바짝 다가와 의심의 눈초리로 만복과 진철을 흘겨본다.

"쌕스폰! 다 보이니까 도망칠 생각 말고 데리고 가서 빨리 처리하고 와!"

진철이 만복을 이끌고 허허벌판에 대충 만들어 놓은 화장실로 향했다.

"아저씨. 나 여기서 기다리고 있을 테니까 빨리 싸고 와."
"네."

땅바닥에 웅크리고 앉은 진철은 바닥에 낙서를 하며 만복을 기다렸다. 크고 작은 원들과 짧고 긴 선들을 연결하는 진철의 그림은 점점 더 은숙의 얼굴을 닮아 가고 있었다.

"아저씨. 다 쌌어?"

그때였다.

"저놈 잡아!!"

진철이 뒤를 돌아보니 만복이 저만치 달아나고 있었다.

"아저씨!"

젊은 사내 하나가 황급히 만복의 뒤를 쫓았다. 순간 나머지 일꾼들이 동요하며 들썩거리자 용 문신 사내와 그 수하에 있는 나머지 사내가 마구 폭력을 가하며 흥분한 일꾼들을 금세 다시 순한 양으로 되돌려 놓았다.

결국 뒤쫓아 긴 사내에게 붙잡힌 만복은 다시 용 문신 사내 앞에 끌려 오고 만다.

"이 새끼가 죽고 싶어 환장을 했나! 감히 어디서 토끼고 지랄이야!"

용 문신 사내의 폭력은 그야말로 무자비였다.

"아저씨!"
"쌕쓰폰! 내가 잘 지켜보라고 했어, 안 했어!"
"아악!"

이성을 잃은 용 문신 사내의 무차별 폭력은 진철에게도 똑같이 가해졌다. 결국 진철과 만복의 몸에서 피를 보고 나서야 그 무자비한 광란의 발길질도 끝이 났다.

"이 똥싸개 오두막으로 보내!"

잠시 후, 축 늘어진 만복을 실은 봉고가 유유히 현장을 빠져나갔다.

"나도 갈 거야. 나도 아저씨하고 같이 갈 거야! 아저씨~~."

용 문신 사내가 발악하는 진철의 급소를 내리치자 진철이 폭 고꾸라지며 거친 숨을 몰아쉰다.

봉고에 실려 컨테이너 숲으로 돌아온 만복은 애꾸눈 사내의 어깨에 매달린 채 오두막으로 옮겨졌다.

오두막 안은 한마디로 간이 수술실이었다. 그 한가운데엔 피가 홍건한 수술대 하나가 놓여 있고 그 옆으로는 갖가지 수술 도구들이 널브러져 있었다. 가운을 입은 세 명의 남자들은 각자의 맡은 일을 준비하느라 분주히 움직였다. 이윽고 만복의 축 늘어진 몸이 수술대 위에 놓이자 모진 폭력으로 거의 반 실신 상태가 돼 버린 만복은 그저 두 눈만 연신 껌뻑거렸다.

"강 사장 이거 오늘 입 찢어지겠는데? 벌써 몇 탕 째야!"
"우리도 끝나고 거하게 한 잔 해야지. 계집들 하나씩 끼고서."
"그거 좋지. 그럼 슬슬 시작해 볼까!"

마취약을 한가득 머금은 주삿바늘이 허공을 향해 트림을 한 번 늘어지게 하고는 만복을 향해 서서히 다가갔다.

제27화
운명

　투명한 마취약을 한가득 머금은 주삿바늘이 만복의 새까만 팔뚝 위로 그 뾰족한 입을 들이댔다. 이윽고 볼록 튀어나온 혈관에 주삿바늘이 막 꽂히려는 찰나,

　오두막 한쪽에 달려 있던 빨간색 경보기가 경보음과 함께 요란을 떨며 깜빡거렸다.

　살집이 두둑한 경찰 하나가 두 눈을 희번덕거리며 컨테이너 마당으로 들어서자, 사냥견이 사나운 이빨을 드러내며 으르렁거렸다. 이윽고 사냥견이 더욱 날뛰며 시끄럽게 짖어 대자 금이빨 사내가 사무실 문을 박차고 나와 반갑지 않은 불청객을 반가운 척 맞이했다.

　"무슨 일이시죠?"
　"아랫동네에 작은 사건이 발생해서 왔다가 마을 이장이 여기에 사람들이 사는 것 같다길래 한번 확인차 와 봤습니다. 지금 혼자 계십니까?"
　"아 네. 동료들은 식료품 사러 시내에 나가고 지금은 저 혼자 있습니다만."

　본능적으로 한눈에 그가 불청객임을 알아차린 사냥견은 경찰을 향해 눈을 부라리며 노골적으로 짖어 댔다. 보다 못한 금이빨 사내가 흥분한

개를 달래며 진정시킨다.

"순둥아, 손님 놀라시게 오늘따라 왜 이리 짖어 대는 거야, 그러면 못 써. 멍멍 스탑!"

그러자 순둥이란 이름에 걸맞게 사냥견은 이내 꼬리를 접으며 잠잠해 졌다.

한편, 컨테이너 뒤에 몸을 숨긴 애꾸눈 사내는 여차하면 경찰을 제압 하기 위해 한 손에 방망이를 집어 든 채, 두 사람의 대화에 신경을 곤두 세웠다.

이윽고 의심 가득한 눈초리로 주변을 살피던 경찰이 금이빨 사내를 향 해 예상 가능한 질문을 던졌다.

"이 컨테이너들은 다 뭡니까! 이곳에서 무슨 일을 하고 계신 거죠?"

"저희가 산속에다 버섯 재배를 막 시작했거든요. 이 컨테이너들은 겨 울을 대비해서 만든 겁니다. 그리고 겨울 되기 전까진 조만간 누에고치 도 기를 계획이고요. 아니 산 뒤쪽에 보니까 글쎄 뽕나무밭이 다 있지 뭡 니까! 근데 뭐 문제라도…."

"그래요? 허가는 언제 받으셨죠?"

"허가요… 저희가 올봄에 허가받고 들어왔습니다."

"컨테이너 안 좀 살펴봐도 될까요?"

"얼마든지요."

몇 개의 컨테이너 안을 살펴보던 경찰은 별다른 이상이 없자 컨테이너 주변을 다시 한번 꼼꼼히 둘러본다. 그러던 중, 문제의 그 오두막이 그의 시야에 들어왔다.

"저긴 뭐 하는 곳입니까?"
"네?"

금이빨 사내는 재빨리 속내를 감추고는 태연한 척 말을 이어 나갔다.

"별거 아닙니다. 그냥 저희가 산에서 캔 약초들을 따로 보관하는 장소예요."
"좀 보여 주시죠."
"그럼요, 당연히 보여드려야죠."

경찰이 오두막을 향해 다가가자 뒤따르는 금이빨 사내와 모든 상황을 숨어서 지켜보던 애꾸눈 사내가 바짝 긴장하며 만반의 공격 태세를 갖춘다.
오두막 앞에 다다른 경찰은 한 치의 망설임도 없이 오두막 문을 활짝 열어젖혔다. 순간 극도로 긴장한 금이빨 사내가 저도 모르게 주먹을 불끈 쥐었다.
경찰이 오두막 안으로 들어서자 금이빨 사내의 말대로 바짝 말린 약초들이 철제 테이블 위에 가득 놓여 있었다. 그제야 한숨 돌린 금이빨 사내가 여유를 부리며 너스레를 떨었다.

"이거 천연 약초들이라 아주 귀한 건데 이렇게 어려운 걸음 해 주셨으니 돌아가실 때 좀 싸 드려야겠네요. 모르긴 해도 사모님이 무진장 좋아하실 겁니다. 이게 기가 막히거든요. 남자는 뭐니 뭐니해도 정력 아니겠습니까! 하하하."

순간 정력이란 말에 경찰의 의심은 금세 호기심으로 바뀌었다.

그 시각, 오두막에 있던 사내들은 만복을 데리고 산속으로 피신해 있었다. 사내들은 바짝 긴장한 얼굴로 아래쪽 상황을 예의주시하며 빨리 이 순간이 지나가기만을 기다렸다.

"왜 이렇게 신호를 안 주는 거야! 설마 잘못된 건 아니겠지?"
"그럴 리가. 완벽하게 뒤처리하고 왔고만."

그때였다.

"이거 무슨 냄새야. 누가 똥 지렸냐?"
"윽! 뭔 똥 냄새가 이리도 고약해!"
"헤헤헤."

기분 나쁜 웃음소리에 뒤를 돌아보니 어느 정도 기력을 되찾은 만복이 사내들을 향해 조롱하듯 웃어대고 있었다.

"아이씨. 이 새끼가 지렸나 보네. 일꾼 중에 노망 난 노인네가 하나 있다더만."

이윽고 잔뜩 짜증이 난 사내가 만복을 툭 밀쳐 버린다. 그런데 슬쩍 밀친다는 게 그만, 이예 만복을 비탈진 곳으로 굴러떨어지게 만들어 버렸다.

그때, 종소리와 함께 애꾸눈 사내의 목소리가 들려왔다.

"작전 종료!"

하지만 종료라는 말이 무색하게 만복의 거취(去取)를 놓고 오두막 사
내들 간의 작은 실랑이가 벌어진다.

"이제 어쩔 거야! 강 사장 알면 지랄할 텐데."
"내려가서 끌고 와야지!"
"저런 놈 때문에 비명횡사할 일 있어? 보아하니 목숨 걸고 끌고 온들 쓸
만한 장기도 없을 게 뻔한데. 괜히 우리만 생고생 하는 거라고. 그냥 저렇
게 죽어 버리라고 해. 내가 저치들한테는 얘기 잘할 테니까 걱정들 말고."

사내들이 비탈을 내려다보았을 땐 이미 만복의 모습은 보이지 않았다.

*****

온갖 세상의 먼지는 다 뒤집어쓴 형우의 차가 빌라 주차장으로 막 들
어선다. 이윽고 차에서 내리는 형우와 은숙을 향해 두 개의 검은 그림자
가 건들거리며 다가왔다.

"아구야! 두 분이 다정시리 어데를 댕겨오시는가? 나가 참말로 모가지
빠지는 줄 알았당게."

동건이 병원에서 말했던 바로 그 꽁지머리 사내였다. 함께 달고 온 빡빡머리 사내도 그 거들먹거림은 여전했다.

"우리 성님한테 언능 잘못 했다 몬하나!"

하지만 아무것도 두려울 것 없는 형우는 오히려 두 사람 앞으로 바짝 다가섰다.

"이번엔 또 얼맙니까!"
"오메 우찌 알았으까이, 우덜이 돈 받으러 온 걸 말이시. 고것 참 신통 방통이구마이. 아그야, 형씨한테 싸게 가르쳐드려라이"
"네, 성님."

이내 빡빡머리 사내가 검지를 곧추세워 형우 얼굴 앞에 들이밀었다.

"한 장! 얼마 안된다카이."
"천만 원이요?"
"음마. 시방 나으 사이즈를 우찌 보고. 으미 더분거."
"1억이라카이! 쫌시럽게 천만 원이 뭐꼬?"

그때 은숙이 불쑥 끼어들었다.

"정말로 1억을 빌렸는지 어떻게 알아요? 증거 있어요?"
"하하하하! 시방 증거라고 씨부렀어야? 내 그랄 줄 알고 미리서 다 준비를 해 왔쟤. 아그야!"

이번에도 빡빡머리 사내가 형우의 인감도장이 선명하게 찍힌 차용증 하나를 두 사람 앞에 내보였다.

"그라믄 증거도 봤응게 싸게 토해 놓으랑게. 나가 시방 마이 바빠…."
"집 팔리는 대로 바로 갚을 테니까 오늘은 그만 돌아들 가요."
"음마, 집을 내놨어야!"
"주고 싶어도 지금은 가진 돈이 없으니까 받고 싶으면 그때까지 기다리라구요!"
"이기 지금 우리 성님을 뭘로 보고 수작질을 부릴라 카노! 이걸 그냥 콱!"

순간 꽁지머리 사내가 흥분한 빡빡머리 사내의 손을 낚아채며 선심 쓰듯 협박을 했다.

"그라믄 말이시, 쪼매만 더 지달려 보기로 허고 우덜은 하루 이자 꼬박 꼬박 쳐서 고것까정 다 받아 낼팅게 그리 아쇼이!"

끝내 원하는 답을 얻어낸 꽁지머리 사내는 특유의 능글거리는 눈으로 은숙을 위아래로 한 번 훑은 후에야 빡빡머리 사내와 함께 주차장을 빠져나갔다. 심란한 얼굴로 멀어져가는 사내들의 그림자를 좇던 은숙은 이내 형우를 바라보았다.

"걱정 말아요. 곧 집 팔리면 깨끗이 다 청산할 거니까."

은숙은 뭔가 말을 하려다 그만두고는 서둘러 인사말을 건넨다.

"오늘 정말 고마웠어요. 그럼 전 이만 가 볼게요."
"그래요. 은숙씨도 고생 많았어요. 조심히 가요."

은숙은 주차장 구석에 세워둔 용달차를 향해 뚜벅뚜벅 발걸음을 옮겼다. 그때였다.

"은숙씨!"

발걸음을 멈춘 은숙이 뒤를 돌아보자 형우가 잠시 머뭇거리다 이내 용기를 낸다.

"라면… 먹고 갈래요?"

형우네 집 식탁에 마주 앉은 은숙과 형우는 김이 모락모락 피어오르는 라면을 그저 빤히 쳐다보고만 있었다.

"형은 내가 많이 미웠을 거예요."

형우의 뜬금없는 말에 은숙은 잠잠히 다음 얘기를 기다렸다.

"아버지가 날 고아원에서 데려온 후부터 난 늘 형의 경계대상이었죠.

그도 그럴 깃이 내내 혼자 독차지하던 사랑을 이느 날 불쑥 동생이라며 나타난 놈과 나눠 갖게 생겼으니 어린 마음에 오죽했겠어요. 그 질투심은 사춘기를 지나면서 극에 달했고 청년이 되어서도 쉽게 사라지지 않더라고요. 지금 생각해 보면 엄마 아빠가 좀 심하긴 했어요. 행여 내가 상처라도 받을까 봐 늘 형보다 저를 먼저 챙기셨거든요. 좋은 것도 나 먼저, 맛난 것도 나 먼저. 뭐든지 형보다 내가 먼저였으니까요. 아마 내가 형이었어도 똑같이 미워했을 거예요."

"형우씨한테 그런 아픔이 있을 줄은 상상도 못했네요."

"은숙씨에 비하면 아주 잠깐이죠. 아버지를 만나고부터는 행복에 겨워 살았으니까요.

은숙씨가 이제라도 아버지를 찾아서 정말 다행이에요. 난 날 낳아 준 아버지가 누군지도 몰라요."

은숙은 혼란스러웠다. 그리고 궁금했다, 그가 왜 자신에게 이런 엄청난 비밀들을 털어놓는지. 형우가 고아였다는 사실은 실로 은숙에게 엄청난 충격이었다. 여태껏 자신이 세상에서 가장 불행한 사람인 줄 알았는데 처음으로 자신보다 더 불행한 사람이 있다는 사실을 깨닫는 순간이었다.

이윽고 그제야 감성에서 빠져나온 형우는 칙칙해진 분위기를 바꿔 보려 애써 명랑한 척을 했다.

"라면이 다 불었어요. 어쩌죠?"

형우의 어설픈 연기에 은숙은 저도 모르게 웃음이 튀어나왔다.

"저 불은 라면 좋아해요."

"그래요? 그럼 맛있게 먹어 볼까요?"

"그럴…까요?"

형우와 은숙은 경쟁이라도 하듯 젓가락을 바삐 오가며 불어 터진 라면
발을 후르륵 빨아 댕겼다. 어느새 라면은 온데간데없이 자취를 감춰 버
리고 건더기 몇 개만이 뻘건 국물 위를 동동 떠다니자 두 사람은 동시에
젓가락을 내려놓았다.

"이거 내일 아침에 볼만 하겠는데요?"

"아무래도 낼 마스크 하나 준비해야겠어요."

어린아이들처럼 순진하게 웃던 두 사람은 눈이 마주치며 분위기가 묘
해지자 괜히 딴청을 피웠다.

"저 그럼 이만 가 볼게요."

은숙은 도망치듯 황급히 자리를 뜨며 총총히 현관으로 향했다. 이윽
고 은숙이 현관문을 열려는 순간,

"가지 마요!"

"……."

"…가지 마요, 은숙씨."

제28화
러너스 하이(runner's high)

마침내 형우와 은숙 사이에 그린라이트가 켜졌지만 두 사람의 모습은 영 어색하기만 하다. 보통의 남녀였다면 아마 지금쯤 눈을 맞추며 다정하게 이야기를 나누거나 포옹까지는 아니어도 손 정도는 잡지 않았을까!

하지만 형우와 은숙은 보아하니 지금의 감정에 집중하기보다는 오히려 자신들의 감정을 의심하고 부인하며 애써 밀어내기에 바빴다.

'이건 호감이 아니라 그저 연민일 뿐이야.'

'지금 태평하게 사랑놀음 할 때가 아니잖아.'

'아버지부터 찾는 게 먼저야.'

'오빠 울고 있을지도 몰라.'

'난 아직 행복해지면 안 돼.'

이렇듯 자신들이 처한 문제에서 결코 자유롭지 못한 두 사람은 작은 감정마저도 편히 누릴 수 없는 고달픈 청춘들이었다.

거실 소파에 나란히 앉은 은숙과 형우는 여전히 TV 화면에만 두 눈을 박고 있었다.

잠시 후, TV에선 코미디 프로가 이어졌다.

이윽고 개그맨들의 말장난에 무심코 동시에 웃음을 터뜨린 형우와 은숙은 서로 눈이 마주치자 무안해하며 금세 다시 무심한 얼굴로 TV 화면에다 눈을 박는다.

하지만 점점 웃음을 흘리는 횟수가 늘어나면서 두 사람 사이에 어색했던 공기도 조금씩 편안한 분위기로 바뀌어 갔다.

어느덧 깊은 밤이 찾아오자 형우와 은숙의 손엔 시원한 캔 맥주가 하나씩 들려 있었다.

이번엔 코미디 영화 특유의 유쾌함이 잠깐이나마 두 사람으로 하여금 현실을 잊게 만들었다.

알코올 때문인지는 모르겠으나 이젠 웃는 것도 자연스럽게 제법 편안해진 모습이었다. 하지만 그린라이트의 끈을 완전히 놓지는 못했는지 형우와 은숙은 가끔씩 상대방의 얼굴을 흘깃흘깃 훔쳐보듯 쳐다보았다.

그러다가도 어쩌다 한 번씩 남녀주인공의 알콩달콩한 애정씬이 화면 가득 펼쳐질 때면 두 사람은 괜히 딴청을 부리며 빨리 그 장면이 지나가기만을 기다렸다.

특히나 은숙은 거의 모든 것이 난생처음 겪어 보는 신세계였기에 당황한 기색을 들키지 않으려 무진장 애를 썼다.

어느새 영화마저 끝이 나자 두 사람 사이엔 또다시 어색한 분위기가 감돌았다.

"저기…."
"저기…."

형우와 은숙은 동시에 같은 말을 내뱉고는 동시에 또 피식 웃었다.

"은숙씨 먼저 말해 봐요."

"좀 씻고 싶어서요. 종일 땀을 많이 흘렸더니 냄새도 나는 거 같고…."

"그래요. 얼른 씻어요."

은숙이 욕실로 들어가자 형우는 갑자기 벌떡 일어나더니 거실을 왔다 갔다, 베란다 문을 열었다 닫았다, 자신의 방을 들어갔다 나갔다, 불안 증세를 보였다. 결국 냉수 한 컵을 들이켜고 나서야 가까스로 평정심을 되찾은 형우는 자신의 그런 모습이 웃겼던지 고개를 내젓는다.

욕실에서 막 나온 은숙은 그야말로 깨끗하고 예뻤다. 앙증맞은 두 뺨 위로 피어난 발그스레한 홍조가 예쁜 그녀를 더욱 사랑스럽게 만들었다. 게다가 늘 뒤로 묶고 다니던 긴 생머리가 물기에 젖어 찰랑거리자 형우의 가슴이 심쿵하며 마구 요동을 쳤다. 빨리 이 순간을 벗어나야 한다.

"은숙씨, 사진… 볼래요?"

형우는 은숙의 답을 듣기도 전에 황급히 방으로 뛰어 들어가 금세 사진첩을 하나 들고나왔다.

"저 어렸을 때 모습 보면 아마 무지 재밌을 거예요."

은숙은 형우가 건넨 앨범을 무릎 위에 얌전히 올려놓고는 한 장, 한 장 유심히 들여다보았다.

"어머! 아저씨 젊었을 때 정말 멋쟁이셨네요. 어머님도 미인이시고.
형우씨랑 완전 붕어빵이에요."

"그래요?"

"와! 이게 형우씨 어릴 때 모습이에요? 이땐 볼이 아주 통통했네요."

"그거 부은 거예요. 동네 아줌마들이 귀엽다고 엄청 꼬집었거든요."

"정말요? ㅎㅎㅎ."

형우의 말대로 은숙은 형우의 어린 시절의 모습들을 들여다보며 연신
깔깔거렸다.

어느새 앨범의 끝자락에 다다르자 은숙은 나이 든 만복의 사진 앞에서
한참을 머물렀다.

"잘 계시겠죠? 아저씨도 오빠도."

은숙이 사진 속 만복의 얼굴을 어루만지며 눈시울을 붉히자 설렘 가득
했던 그들의 썸도 자연스레 끝이 났다.

한사코 침대를 마다하는 은숙에게 형우는 결국 거실 소파를 잠자리로
내주고 만다. 은숙은 많이 피곤했던지 머리를 붙이자마자 금세 깊은 잠
에 빠져들었다.

베란다 창문을 닫고 막 거실로 들어서던 형우는 곤히 잠든 은숙을 향
해 걸음을 옮겼다. 그는 바닥으로 흘러내린 이불을 주워 살며시 덮어 주
고는 잠시 그녀의 잠든 얼굴을 빤히 들여다보았다. 은숙이 작은 입술을

오물거리자 형우의 입가에도 옅은 미소가 번졌다.

 이른 아침, 형우와 은숙은 서둘러 기섭이 있는 병원으로 향했다.

 "오늘도 종일 병원에 있어야 할 거 같아요. 형우씨도 그동안 미뤄 뒀던
일 보세요."
 "그래요, 무슨 일 있으면 전화해요. 이따 밤에 다시 들를게요."

 형우는 은숙을 병원 입구까지 배웅해 주고는 차를 세워 둔 주차장을
향해 다시 발길을 돌렸다.

 "형우씨!"

 형우가 뒤돌아보기까지 그 몇 초 동안에도 은숙의 마음은 설렘으로 가
득했다.

 "고마워요!"

나를 다시 웃게 만든 사람, 은숙을 향해 형우도 미소로 화답했다.

마침내 기섭의 담당의로부터 기쁜 소식이 전해졌다.

 "다행히 두 분의 조직이 잘 맞아서 곧바로 수술에 들어가도 될 것 같네

요. 김기섭 환자 같은 경우는 워낙 상황이 위급하다 보니 저희가 최대한 빨리 진행을 해드릴 겁니다. 따님께서는 오늘 나머지 필요한 검사들을 다 받으시고 자정부터 금식에 들어가면 늦어도 내일 오후엔 수술을 받으실 수 있을 거예요."

"고맙습니다, 선생님."

은숙은 몇 번이고 고맙다는 인사를 전한 뒤 곧바로 기섭의 병실로 발걸음을 옮겼다. 병실 입구에 다다르자 열린 문틈 사이로 오늘도 변함없이 기섭의 곁을 지키고 있는 정옥의 모습이 보였다. 기섭의 야윈 몸을 정성껏 닦아 주는 그녀의 손길에서 깊은 사랑이 묻어났다. 하지만 며칠째 혼수 상태인 기섭은 은숙은커녕 정옥도 알아보지 못했다.

은숙은 의사 말대로 곧바로 혈액 검사, 유전자 검사, MRI, 위내시경 등 2차 필요한 검사들을 다 받은 뒤 최종적으로 공여자 자격이 승인되어 자정부터 금식에 들어갔다.

병원 측의 배려로 위급한 상황에 맞춘 그야말로 초 스피드 진행이었다.

하지만 밤이 깊어갈수록 도통 잠을 이루지 못하는 은숙은 그 어떤 날보다도 기나긴 밤을 보내야 했다.

다음 날 오후.

드디어 기섭과 함께 나란히 수술대 위에 누운 은숙은 마취 주사를 맞기 전, 다시 한번 기섭의 얼굴을 바라보았다. 하지만 여전히 정신이 혼미한 기섭은 계속 누군가의 이름을 부르는 듯 입을 웅얼거리기만 할 뿐 은숙의 눈길을 전혀 알아채지 못했다. 이윽고 마취약이 정맥을 타고 온몸으로 퍼지자 은숙은 금세 깊은 잠에 빠져들었다.

그 시각, 신부대기실에 앉아 있는 영아는 그저 화려한 웨딩드레스만 입고 있을 뿐 그녀에게서 보통의 신부들이 느끼는 설렘, 희망, 행복과 같은 감정들은 전혀 찾아볼 수가 없었다.

반면 식장 입구에서 손님을 맞고 있는 민호의 얼굴에선 연신 승자의 미소가 떠나질 않았다.

"이 시대 최고의 젊은 리더이자 엘라의 새로운 미래가 될 신랑 입장이 있겠습니다. 여러분 오늘의 주인공인 신랑 정민호 군을 큰 박수로 맞아주십시오. 신랑 입장!"

사회자의 소개가 끝나자 씩씩하게 버진로드를 걸어오는 민호를 향해 하객들은 아낌없는 박수를 보냈다.

"정민호! 정민호! 정민호!"

민호가 하객들을 향해 두 팔을 흔들며 답례를 하자 예식의 열기는 점점 더 무르익어 갔다.

"다음은 오늘의 하이라이트인 신부 입장이 있겠습니다. 오늘의 신부 최영아 양은 여러분들도 잘 아시다시피 걸그룹도 울고 갈 만큼 빼어난 미모와 훌륭한 지덕체를 골고루 겸비한 이 시대 최고의 아름다운 신부입니다. 여러분 뜨거운 박수로 최고의 신부를 맞아 주십시오. 신부 입장!"

신부 입장곡이 울려 퍼지자 민호는 긴장된 얼굴로 버진로드 끝을 지그시 바라보았다. 그런데 무슨 일인지 몇 분이 지나도록 신부는 버진로드 위에 나타나지 않았다. 이에 당황한 사회자가 한 번 더 장내가 떠나가라 신부 입장을 외쳤다.

"신부 입장!!"

이윽고 드디어 문이 열리며 신부 아버지인 최 회장이 먼저 모습을 드러냈다. 그런데 그의 옆에 있어야 할 신부의 모습은 여전히 보이질 않았다. 또다시 장내가 술렁이자 최 회장은 불과 몇 걸음 떼지도 못한 채 그대로 바닥에 주저앉았다.

"영아가, 영아가 사라졌어….."

환희와 박수와 축복이 넘쳐야 할 축제의 장이 어느새 분노와 놀람과 절망의 감정들이 뒤엉키며 아수라장으로 변해 버렸다.
처음부터 그 모든 광경을 지켜보고 있던 동건이 서둘러 예식장을 빠져나간다.

* * * * *

태양 빛이 나무 사이사이로 길게 뻗어 내린 숲속을 만복은 걷고 또 걸었다.

꽤 오랫동안 아무것도 먹지 못한 그는 온몸에 기력이 쇠해 두 다리로 걷는다기보다는 그냥 질질 끌고 가는 모양새였다. 그 모습을 지켜보던 딱따구리 한 마리가 야유를 보내는 것인지 응원을 하는 것인지 나무 기둥에 뾰족한 부리를 연신 박아대며 쉴 새 없이 딱딱거렸다.

잠시 후 딱따구리의 응원이 통했는지 만복 앞에 작은 물웅덩이가 나타났다. 만복은 양손 가득 물을 담아 재빨리 입으로 가져갔다. 하지만 들어오는 것보다 나가는 게 더 많자 만복은 아예 웅덩이에 얼굴을 박고 벌컥벌컥 들이마셨다. 몸에 물이 들어가자 그제야 한숨 돌리는 만복이다.

잠시 후, 다시 발걸음을 떼려는 찰나 바로 눈앞에서 하얀 토끼 한 마리가 눈을 똥그랗게 뜨고는 만복을 바라보고 있었다.

"안녕!"

마치 인사에 대답이라도 하듯 토끼는 연신 작은 입을 씰룩거리며 만복을 쳐다보았다. 이윽고 만복이 성큼 다가가자 토끼는 그제야 줄행랑을 쳤다. 그러자 만복은 귀신에 홀린 사람처럼 토끼를 쫓기 시작했다.

하지만 잡힐 듯 잡히지 않는 토끼는 영영 시야에서 사라져 버리고 만복만이 또다시 적막한 숲속에 홀로 남겨졌다.

깊은 숲속의 밤은 금세 찾아왔다. 만복은 밀려드는 어둠의 공포와 배고픔과 추위 속에서 더 이상 한 걸음도 내딛지 못한 채 그대로 커다란 노송 밑에 몸을 눕혔다. 차가운 바람이 요란한 소리를 내며 만복의 야윈 얼굴을 스쳐 지난다.

"엄마⋯."

그때였다. 숲속에서 바스락거리는 소리가 들리더니 이내 검은 물체가 날카로운 이빨을 드러내며 만복 곁으로 성큼성큼 다가왔다.

제29화
희극과 비극

　은숙이 간 이식 공여 수술을 받은 지도 벌써 열흘이나 지났다.

　어느새 거의 정상 컨디션으로 돌아온 은숙은 다행히 기섭의 회복 속도 또한 생각보다 빨라 일단은 한시름 놓았다.

　은숙은 수술 후 처음으로 기섭을 휠체어에 태워 병원 앞마당으로 향했다.

　병원 출입문을 나서자마자 수증기를 머금은 한여름의 열기가 은숙과 기섭의 온몸에 후끈 와닿았다. 비록 공기는 습해도 기섭은 오랜만에 맡는 바깥공기에 감동하며 한껏 들이마셨다.

　은숙도 기지개를 켜며 하늘을 올려다보았다.

　파란 하늘엔 소낙비가 물러간 하얀 뭉게구름 위로 형형색색 무지개가 앙증맞게 걸려 있었다.

　한편, 정옥은 길게 늘어선 화단 끝 모서리에 걸터앉아 올망졸망 피어난 꽃들을 유심히 들여다보고 있었다. 그런 정옥을 물끄러미 바라보던 기섭이 힘겹게 입을 열었다.

　"저 사람도 참 불쌍한 사람이야."

　무지개에 머물러 있던 은숙의 시선이 이내 그녀를 향했다.

"아무것도 기억 못 하는 나를 20년이 넘도록 헌신적으로 보살펴 준 사람인데 결혼식은커녕 여태 혼인 신고도 못 하고 살았어. 너희들한테도 그렇고 저 사람한테도 그렇고 평생 못 할 짓만 하고 산 거지."

"앞으로 더 잘해 주시면 되잖아요. 결혼식도 올리시고."

순간 기섭은 울컥했다. 다신 못 볼 줄 알았던 은숙이 거짓말처럼 눈앞에 나타난 것도 꿈만 같은데 이렇게 따뜻한 말로 자신을 위로하고 있다는 사실이 도저히 믿기질 않았다. 이윽고 감정이 격해지며 기섭의 어깨가 들썩거렸다.

"내가 빨리 죽었어야 했는데… 끝까지 너한테 몹쓸 짓이나 시키고."

은숙은 터져 나오려는 울음을 간신히 참아 내며 애꿎은 휠체어만 만지작거렸다. 하지만 이보다 더 힘든 순간이 기다리고 있을 줄은 미처 생각지 못했다.

"그나저나 우리 진철이는 언제 데려올 거야?"

"네? 그게…."

은숙이 머뭇거리며 말을 잇지 못하자 기섭이 떨리는 목소리로 다그쳐 물었다.

"우리 진철이한테 무슨 일 생긴 건 아니지? 대체 지금 어디 있는 거야?"

하지만 은숙은 도저히 사실 그대로를 얘기할 수가 없었다.

"아무 일 없을 테니까 걱정 마세요. 제가 곧 데려올게요."
"대체 무슨 일인데 시원하게 말을 못 해! 이 애비 쓰러지는 거 보고 싶어서 그래?"

지금 상황에선 은숙이 무슨 말을 하든 기섭의 마음은 편치 않을 것이다. 설령 그를 안심시키려고 이제 와 진실이 아닌 다른 이야기를 꾸며내 본들, 그의 의심을 불식시키기엔 이미 늦어 버렸다. 이래도 저래도 기섭은 속앓이를 할 게 뻔했다.

"오빠가… 행방불명이 됐어요."
"뭐? 행… 행방불명? 아니 어쩌다가, 어쩌다가 우리 진철이가 그리된 거야. 진철아! 진철아….."
"아버지. 아버지! 아줌마!!"

기섭의 충격은 은숙의 예상보다 컸다. 하지만 이제 와 후회한들 이미 엎어진 물을 다시 주워 담을 순 없었다. 이윽고 기섭을 실은 휠체어가 사람들을 헤치며 응급실을 향해 내달렸다.
어느새 동쪽 하늘에 떠 있던 무지개는 사라지고 또다시 검은 먹구름이 파란 하늘을 뒤덮고 있었다.

* * * * *

"야, 이 또라이 같은 새끼야! 개 같은 놈이 감히 어디서 반항질이야!"

금이빨 사내의 더러운 군홧발이 컨테이너 구석에 쪼그려 앉아 있는 진철의 온몸을 사정없이 짓밟았다. 하지만 진철은 쓰러지면 일어나고 쓰러지면 일어나고 그러기를 벌써 한 시간째 반복하고 있었다.

사건의 발단은 어제 오후 채석장에서 벌어졌다.

해가 뉘엿뉘엿 질 무렵, 나이 든 일꾼 하나가 배고픔을 견디지 못하고 그만 일꾼들의 저녁거리였던 주먹밥을 훔쳐 먹다 관리인에게 들키고 말았다.

이윽고 용 문신을 한 사내 앞에 끌려온 일꾼은 발길질은 기본이고 몽둥이로 개 잡듯 패 버리는 사내의 폭력 앞에서 점점 정신을 잃어 갔다.

바로 그때!

극도로 흥분한 진철이 다짜고짜 용 문신 사내에게 달려들어 쥐고 있던 돌멩이로 그의 머리를 세게 내리쳤다.

결국 머리를 크게 다친 용 문신 사내는 급히 병원으로 옮겨졌다.

그동안 만복이 사라진 이후 시간, 장소 구분 없이 크고 작은 문제들을 꾸준히 일으켜 온 데다, 여러 차례 탈출까지 시도했던 진철이었기에 이번 일은 성질 더러운 금이빨 사내의 울화통에 기름을 퍼붓는 꼴이었다.

그렇게 어젯밤부터 시작된 그의 폭력은 새벽에 잠시 멈추는가 싶더니 아침이 되자 또다시 이어졌다.

"니놈 때문에 지금 우리가 얼마나 피를 보고 있는지 알아? 손해가 얼만 줄이나 아냐구 이 씹새야!"

"칠복이 찾으러 갈 기야. 은숙이랑 같이 갈 거야."

"지랄하고 자빠졌네. 은숙이가 니 애인이냐? 쪼다 같은 놈이 꼴에 애인까지 만들고. 그년은 비위도 좋아. 이런 덜떨어진 놈이랑 연애할….”

그 순간 진철이 바닥에 주저앉아 자신의 머리를 때리며 소리를 지르기 시작한다.

"으~~~~~~~."
"이 새끼가 미쳤나!"
"은숙이한테 갈 거야. 내 동생한테 갈 거야! 으~~~~~~~."
"미친 새끼!"

이윽고 사내의 군홧발이 진철의 머리를 정통으로 강타한다.

"잘 가라. 이 개새야!"

더 이상 진철은 일어나지 못했다. 그때 애꾸눈 사내가 황급히 컨테이너 안으로 뛰어 들어왔다.

"칼잡이 하나가 오늘 일이 있어서 내일이나 올 수 있다는데?"
"그것들이 아주 배가 불렀구만. 이 새끼 당장 오두막에 처넣고 내일 그치들 오는 대로 처리해!"

그날의 만복처럼 진철의 축 늘어진 몸이 애꾸눈 사내의 어깨에 매달려 문제의 그 오두막으로 향했다.

*****

결혼식 사건 이후로 한동안 두문불출했던 영아가 캡 달린 모자를 눈 밑까지 깊게 눌러 쓴 채 대문 밖을 나선다. 화장도 안 한 민얼굴에 옷차 림도 평소의 영아답지 않게 수수한 추리닝 차림이었다. 그녀는 자신의 애마에 몸을 실으려 재빨리 차 문을 열었다.

"몰래 어디를 가시려고 그러나. 어디 숨겨 둔 애인이라도 있는 거야?"

흠칫 놀란 영아가 고개를 돌려 쳐다보자 어느새 그녀 뒤엔 민호가 성 큼 다가와 있었다. 영아는 그를 무시한 채 다시 차 문을 향해 손을 뻗었 다. 하지만 그 꼴을 가만두고 볼 민호가 아니었다.

"어딜 도망가려고. 아직 우리 사이에 청산할 게 산더미처럼 쌓였는데 이렇게 그냥 토껴 버리시겠다, 그러면 안 되지."

민호는 영아의 양팔을 잡아 강하게 압박했다.

"이거 놔!"
"그렇겐 못 하겠는데!"
"그럼 경찰을 부르는 수밖에."
"불러봐. 과연 그놈들이 와서 누굴 먼저 붙잡아 가는지 어디 한번 보자고, 이 사기꾼 년아."

이윽고 민호가 영아를 자기 쪽으로 돌려세우는 순간 영아가 그의 얼굴을 향해 침을 내뱉었다. 그러자 허연 침이 민호의 오른쪽 눈덩이를 정통으로 때리며 껌딱지처럼 착 달라붙는다.

"이 년이!"

잡아먹을 듯 두 눈을 부라리며 영아를 향해 민호가 주먹을 휘두르려는 그때,

"그만둬!"

어느샌가 나타난 형우가 민호의 양팔을 비호처럼 낚아채 그의 등 뒤로 겹쳐 잡았다.

"이거 놓지 못해?"

형우가 민호의 팔목을 더 세게 압박하자 그는 엄살을 떨어대면서도 꼴난 자존심을 끝까지 내세웠다.

"아아아아~ 이것들이 다시 붙어먹나 본데 둘 다 콩밥 먹을 준비나…
아악~~."
"정민호! 오창수랑 민도식 알지?"

"뭔 개소리야!"

"오창수랑 민도식, 걔네들이 벌써 다 불었으니까 더 이상 발뺌할 생각하지 마."

형우의 일침에 갑자기 민호가 실소를 터뜨렸다.

"하하하하! 이 미친놈이 날 사기꾼으로 모네."

그때, 주차를 하느라 뒤늦게 달려온 동건이 바통을 이어받아 오리발을 내미는 민호를 상대한다.

"사기꾼이 아니면 오기꾼이냐?"

"이 새낀 또 뭐야!"

"나? 장동건이다 어쩔래!"

"장동건? 와, 이젠 과대망상증 환자 새끼까지 날뛰고 지랄이네."

"네 놈이 필리핀으로 빼돌렸던 황철수! 지금 경찰서에서 조사받고 있어."

"뭐?"

그때였다. 날카로운 눈매의 사내 두 명이 그들 곁으로 다가왔다.

"정민호씨, 지금 저희랑 같이 서로 좀 가 주셔야겠습니다."

사내의 손에 들린 수갑을 보는 순간 민호가 미쳐 날뛰며 발악을 해댄다.

"내가 손만 뻗으면 당장이라도 달려와서 도와줄 양반들이 내 앞에 줄을 섰어. 그러니까 까불지 말고 저리들 꺼져. 다 꺼지란 말야! 난 죄 없어! 잘못한 게 없다고!"

하지만 어느 누구도 그의 말을 들어주는 이는 없었다.

* * * * *

무엇이든 다 녹여 버릴 것만 같던 한여름의 태양 빛도 어느새 도심의 빌딩 숲 너머로 서서히 기울어 가고 병원 로비에 앉아 TV를 시청하던 사람들도 하나둘 자리를 떠났다.
잠시 후, 그들이 떠난 자리엔 오랜만에 만난 형우와 은숙이 찾아와 냉랭해진 곳에 다시금 온기를 채워 넣었다.

"은숙씨, 몸은 좀 어때요?"
"이제 다 회복됐어요. 근데 아버지가 오빠 얘길 듣고 충격을 받으셔서 식사를 거의 못 하고 계세요. 잠도 통 못 주무시고. 아직 수술한 것도 완전히 회복이 안 된 상태라 정말 걱정이에요."
"큰일이네요."
"형우씨 일은 잘 해결됐죠?"
"문제만 해결되면 편안해질 줄 알았는데 정작 해결해야 할 건 그게 아니었더라고요."

은숙은 못 본 새 더 까칠해진 형우의 얼굴을 안타깝게 바라볼 뿐 더는 묻지 않았다.

사실 형우는 조금 전 영아와의 재회가 가져온 후유증에서 쉽게 벗어나지 못하고 있었다.

정민호를 형사에게 넘기는 순간 그제야 영아의 존재를 의식했던 형우는 자신을 바라보는 그녀의 시선이 너무나도 부담스러웠다. 영아 앞에선 자신도 결코 떳떳할 수 없었기에 형우는 어떻게든 빨리 그 자리를 피하고만 싶었다.

하지만 그녀는 그로 하여금 잠시 잊고 있었던 자신의 만행들을 다시 떠오르게 만들었고 그것은 곧 형우의 머릿속을 마구 헤집어 놓았다. 아직 해결해야 할 더 큰 숙제가 남아 있음을 깨닫는 순간이었다.

영아가 이야기를 나누고 싶다며 한사코 형우를 붙잡았지만, 그는 도망치듯 그녀를 떠나왔다.

이윽고 은숙이 긴 침묵을 깨며 뭔가를 말하려는 그때, 형우의 휴대폰 벨이 시끄럽게 울렸다.

"네. 경감님!"
[찾았당게. 그짝 아부지를 참말로 찾았당게!]

제30화
미션

자정이 훌쩍 지난 시간, 경찰서 휴게 의자에 앉아 게걸스럽게 빵을 먹고 있던 만복이 형우와 은숙을 보자 환한 미소를 지었다.

"안녕하세요!"

밤새 해남까지 한걸음에 달려온 형우와 은숙은 만복을 보자 울음이 터져 나왔다.

"아버지."
"아저씨."
"헤헤헤. 누구세요?"

형우는 비록 여전히 만복이 자신을 알아보지는 못해도 이렇게 건강하게 살아 돌아와 준 것만으로도 너무나 기쁘고 감사했다. 솔직히 이곳까지 오는 내내 형우는 서 경감의 말을 의심했었다. 그간 양치기 소년처럼 서 경감도 두 번이나 아버지를 찾았다는 말로 실망을 시킨 적이 있었기에 이번에는 최대한 평정심을 유지한 채 이곳으로 향했었다. 그러나 그런 형우의 의심은 기우에 불과했고 만복은 지금 그의 눈앞에 이렇게 앉아 있다.

"대체 아버지가 어디에 계셨던 겁니까?"

형우의 질문에 서달구 경감은 기다렸다는 듯 이야기를 쏟아냈다.

"잉 고것이 말이여, 며칠 전에 깊은 산속을 지나가던 심마니가 발견했는디 그기 째까만 더 늦었어도 큰일 치를 뻔했다 안하요. 고놈의 멧돼지 새끼가 그짝 아부지를 공격해 불라는 것을 심마니가 그 자리서 죽여 불고 그 길로다 병원까정 델꼬 가 이래 기적적으로 살아 돌아온 것이랑게. 근디 말이시,"

그 와중에도 경감은 자신이 형사라는 사실을 잊지 않았다.

"그짝 아부지가 그 깊은 산속까정 우찌 갔을까잉! 내는 시방 고것이 참말로 미시테리랑게. 흐미 깝깝시러분거. 하여간 그 주변을 샅샅이 뒤져 불믄 뭐가 나와도 나오지 않겄소."

경감의 말을 듣고 있자니 형우는 불현듯 만복을 산속에서 발견했다는 그 심마니가 궁금해졌다.

"심마니 그분은 지금 연락이 되나요?"
"흐미 고것이 말이여, 고래 착한 일을 해 불고 기냥 홀연히 사라져 버렸당게. 요새 시상에 그런 양반도 없을 것이여. 보통 사람 같았으믄 떡

쇠물이라도 바랐을딘디 말이시."

형우와 경감이 대화를 나누는 사이, 은숙은 만복의 안색을 살피고 있었다.

"아저씨. 어디 아프신 덴 없어요?"
"네."
"아저씨, 오빠가 사라졌어요. 혹시 우리 오빠 못 보셨어요? 우리 오빠 기억나죠? 같이 술래잡기도 하고 숨바꼭질도 했었잖아요."

만복이 고개를 갸웃거리자 은숙은 재빨리 휴대폰 화면에 진철의 아코디언 연주 동영상을 띄워 만복에게 보여 주었다.

"이날 기억나죠? 한강 공원 갔을 때 아저씨랑 같이 연주하고 라디오도 탔잖아요."

동영상을 한참 바라보던 만복이 영상 속 진철을 어루만지며 입을 열었다.

"돌멩이. 아파."
"아저씨, 우리 오빠 본 거 맞죠?"
"돌멩이. 사람들 많아."
"아저씨, 거기가 어디예요? 기억 좀 해 보세요. 제발요…."

'실종은 기억에 의한 살인이다.'라는 말이 있다. 피해자가 죽은 거라면

차라리 가슴에 묻고 단념이라도 할 수 있겠지만, 실종된 경우는 언제고 만복처럼 살아서 다시 돌아올 수 있기에 결코 끝까지 포기할 수가 없다.

그러다 보니 실종자를 찾을 때까지 그들을 기다리는 가족들의 하루하루는 피 말리는 날들의 연속이다.

또한 가족이 사망한 경우에는 시간이 지남에 따라 감정의 변화가 부정→분노→타협→우울→수용의 단계를 거쳐 이후 체념과 적응에까지 이르게 되지만, 실종된 경우는 안타깝게도 5단계 중 마지막 단계인 수용에도 이르지 못한 채 계속 우울 상태에 머물러 있게 된다. 지금의 은숙처럼.

형우도 그 마음을 누구보다도 잘 알고 있었기에 은숙 앞에서만큼은 만복을 찾은 기쁨을 잠시 미뤄 둘 생각이다.

* * * * *

불빛 한 점 없는 깜깜한 오두막은 겨우 의식을 되찾은 진철을 단숨에 공포로 몰아갔다. 게다가 깊은 산속에서 들려오는 산짐승들의 음침한 소리까지 진철의 공포심을 더욱 자극하고 있었다.

이윽고 진철은 보이지 않는 출구를 찾아 헤매며 손에 벽이 닿을 때마다 있는 힘껏 밀어 보았다. 하지만 열리는 곳은 없었다. 열리기는커녕 아예 처음부터 문이 없는 집 같았다.

"은숙아. 은숙아!"

진철이 벽을 두드려대며 아무리 소리쳐 보아도 여전히 산짐승들만 울어댈 뿐 애타게 찾는 은숙도, 진철을 이곳에 가둔 사내들도 끝내 나타나지 않았다.

힘이 다 빠져 버린 진철은 그 자리에 웅크리고 앉아 아침이 밝아올 때까지 훌쩍거렸다.

*****

태양이 수평선 위로 고개를 내밀기도 전에 형우와 은숙은 만복의 허기를 달래기 위해 그들의 단골집인 설렁탕집으로 향했다.

식당 안은 평일 이른 아침이라 그런지 여느 때와는 달리 한산했다.

이윽고 설렁탕이 나오기가 무섭게 만복은 거의 얼굴을 그릇에 파묻다시피 하고는 허겁지겁 뜨거운 국물을 입으로 가져갔다.

"아저씨, 천천히 드세요."

하지만 언제나처럼 소용없는 말이다. 만복은 예전 만복의 모습 그대로 돌아와 있었다. 은숙은 설렁탕을 맛나게 먹고 있는 만복을 보고 있자니 오늘따라 진철의 빈자리가 더욱 크게 느껴졌다.

잠시 후 세 사람이 식사를 마칠 즈음 멀끔한 차림에 윤기 나는 검은 장발을 깔끔하게 뒤로 묶은 50대 중반의 남자가 식당 안으로 들어섰다. 어딘가 낯익은 그의 모습에 형우는 날카로운 눈초리로 남자의 동선을 좇았다.

"어서 오세요~."

남자는 생글거리는 주인 여자를 향해 거들먹거리며 입을 뗐다.

"설렁탕 곱빼기에 수육 대자. 고기는 최대한 부드럽게 오케이?"

"어매. 참말로 카리스마가 짱이구마이. 어데 있다가 인자 나타났댜? 하여간 이런 인물은 나가 해남 바닥서 처음 본당게."

그 순간 남자가 실성한 사람처럼 웃어 댔다.

"옴마야. 저 호탕한 웃음소리 좀 보소. 완전 내 스따일이랑게."

"아줌마, 나 몰라?"

"뭐여? 우덜이… 아는 사이당가?"

"이렇게 눈썰미가 없어서야. 정말 내가 누군지 모르겠어?"

그때였다.

"난 당신이 누군지 알겠는데?"

형우였다.

"당신은 내가 누군지 몰라?"

"누구….'

"그때 공원에 같이 있던 청년 어디로 빼돌렸어!"

그제야 뭔가 생각난 듯 남자가 당황하며 말을 얼버무렸다.

"지금… 무, 무슨 말을 하는 건지….'

뒤늦게 남자의 실체를 알게 된 은숙이 남자의 멱살을 잡으며 다그쳤다.

"우리 오빠 어딨어? 대체 우리 오빨 어디 다 빼돌렸냐구!"

그때, 이 상황을 유심히 지켜보고 있던 주인 여자가 슬쩍 수화기를 들자, 남자는 재빨리 자리를 박차며 식당 문을 향해 내달렸다. 하지만 만복이 기다렸다는 듯 자신의 특기인 머리채 잡기로 남자를 잽싸게 낚아챘다.

"아악~~. 이거 놔! 난 모르는 일이야. 악~~~."

설렁탕의 효과인지 남자의 머리채를 움켜쥔 만복의 손아귀 힘이 더욱 피치를 올렸다.

해남의 중심부에 위치한 공원 안에선 첩보 영화에서나 볼 수 있는 긴장감이 감돌고 있었다. 이윽고 노숙자 분장을 하고 나타난 형우가 설렁탕집에서 붙잡은 남자와 함께 문제의 그 벤치로 향했다. 남자 또한 어느새 예전의 지저분한 노숙자 모습으로 돌아와 있었다. 서 경감과 함께 그들의 모습을 멀찍이서 지켜보고 있던 은숙의 입이 마른 장작처럼 바짝바짝 타들어 갔다.

"경감님. 정말 아무 일 없겠죠?"
"걱정하지 마쇼이. 우덜이 형씨 몸에 추적 장치를 달아 놨응게 곧장 뒤

쫓아 가불믄 암시롱도 안 할 것잉게."

30분쯤 지났을까. 드디어 시간에 맞춰 남자가 형우의 목덜미에 주사기를 찔렀다. 물론 그냥 시늉만 한 것이다. 남자의 말에 의하면 납치 직전 그의 모든 행동들은 납치범들에게 감시를 받는다고 했다.

이윽고 형우가 픽 쓰러지자 마침 기다렸다는 듯 봉고차 한 대가 벤치 뒤 담벼락 밑에 멈춰 서며 애꾸눈 사내를 황급히 토해 냈다. 애꾸는 사내는 주위를 경계하며 기절한 형우를 재빨리 들쳐 업고는 봉고차 안으로 짐짝 꾸겨 넣듯 밀어 넣었다. 뒤이어 노숙자도 차에 타려 하자 애꾸눈 사내가 그를 저지했다.

"오늘은 내가 뒤에 탈 거니까 넌 가서 하나라도 더 물어와."

애꾸눈 사내는 잔뜩 겁에 질려 있는 남자의 손에 단돈 삼천 원을 쥐여 주었다.

서달구 경감은 한순간이라도 놓칠세라 그들의 모습을 부지런히 카메라에 담았다. 이윽고 형우를 납치한 봉고차가 서둘러 공원을 빠져나가자 여기저기서 무전기 교신이 터지며 서 경감 일행의 움직임도 바빠졌다.

"그라믄 우덜도 스따뜨 해 불자고!"

형우를 실은 봉고차가 비포장도로 위를 덜컹거리며 내달린다. 역시나 봉고 안은 모든 햇빛이 차단돼 있어 적막한 어둠만이 가득했다.

한참을 굴러가던 봉고가 이윽고 컨테이너 숲속에 다다르자 함께 타고 있던 애꾸눈 사내가 재빨리 형우를 봉고차에서 끄집어냈다.

못이기는 척 애꾸눈 사내를 뒤따르던 형우는 마침내 문제의 그 컨테이너 숲속 앞마당에 발을 내디뎠다.

잠시 후, 사냥견이 낯선 이를 향해 으르렁대며 짖어대자 이번에도 어김없이 금이빨 사내가 문을 박차며 튀어나왔다.

"워, 물 좋은데? 젊은 놈 하나 보내니까 하늘이 어찌 알고 싱싱한 놈을 또 보내 주셨구만."

"쌕스폰은 수술 시작한 거야?"

애꾸눈의 질문에 금이빨 사내가 대답 대신 고갯짓으로 오두막을 가리켰다. 이윽고 금이빨 사내가 형우를 짐짝 다루듯 거칠게 다루며 컨테이너 안으로 밀어 넣었다.

"토낄 생각 말고 얌전히 처박혀 있어!"

금이빨 사내가 밖에서 문을 잠가 버리자 덩그러니 홀로 남겨진 형우는 초조함이 극에 달하며 숨 쉬는 것조차 힘들어졌다. 하지만 꼼짝없이 서 경감이 도착하기 전까진 어쩔 도리가 없었다.

그 시각 오두막에서는 '오두막 3인방' 사내들의 수술 준비가 한창이었다. 한편, 수술대 위에 누워 있는 진철은 이미 몸이 축 늘어진 채 깊은 잠에 빠져 있었다.

"간밤에 이 새끼가 얼마나 난리를 쳐 댔는지 전쟁이라도 난 줄 알았다니까."

"근데 이놈은 왜 여기다 가둔 거야?"

"금이빨 새끼가 워낙 싸이코 짓을 많이 하잖아."

"그 새끼가 싸이코 짓을 하든 말든 그만들 신경 끄고 우린 우리 먹을 거나 챙겨서 빨리 뜨자고."

"그럼 어디 싱싱한 간부터 한번 뽑아 볼까!"

이윽고 사내 하나가 수술용 나이프를 들어 진철의 가슴에 날카로운 끝을 들이대자 살갗에서 몽글거리며 피 한 방울이 터져 나왔다.

"이야! 이 영롱한 피 좀 보소. 완전 노인네들하곤 때깔부터가 다르구만."

계속해서 칼을 든 사내가 진철의 살갗을 조금씩 파고 들어가던 그때!

갑자기 오두막 문이 활짝 열리며 금이빨과 애꾸눈 사내가 안으로 들어섰다.

"씨발, 짭샌 줄 알고 깜짝 놀랬잖아!"

화들짝 놀란 사내들이 이내 안도하며 가슴을 쓸어내렸다.

하지만 그것도 잠시, 안심하던 사내들의 얼굴빛은 금세 흙빛으로 변해 버리고 만다.

사내들의 시선을 좇아 문 쪽을 바라보니 금이빨과 애꾸눈 뒤에서 형우와 서 경감이 그들을 향해 총을 겨눈 채 서 있었다.

"흐미 이기 완전 미친 놈들이구마이."

이윽고 이 순간을 누구보다도 기다렸을 은숙이 한사코 말리는 경찰들의 손을 뿌리치며 오두막 안으로 뛰어 들어왔다.

"오빠!"

하지만 은숙이 아무리 목놓아 불러 보아도 진철은 아무런 대답이 없었다.

제31화
사랑

["지금 보고 계시는 이 컨테이너들은 크기가 두 평도 채 되지 않는 좁은 공간으로, 납치되어 온 사람들은 십여 명씩 조를 이루어 이곳에서 집단 노예 생활을 해 왔습니다. 또한 도주를 막기 위해 취침 시간이 되면 이렇게 컨테이너 밖에서 문을 잠가 버려 피해자들의 인권 침해는 물론 매일 밤 그들을 공포에 떨게 했는데요, 아침 6시부터 저녁 8시까지 하루 14시간 이상을 강제 노역에 동원되었던 피해자들은 일당들의 폭력 앞에서 반항 한 번 해 보지 못한 채 고스란히 노동력을 착취당해야만 했습니다. 이뿐 아니라 컨테이너 뒤쪽에 설치된 작은 오두막에선 장기 밀매 조직단이 피해자들을 데려다가 강제 불법 수술을 자행해 온 사실이 드러나 큰 충격을 안겨 주고 있는데요, 그럼 현장을 목격했던 해남경찰서 서달구 경감의 이야기를 직접 들어 보시겠습니다."

"흐미, 세상 천지에 요로코롬 나쁜 놈들은 머리털 나고 첨 본당게요. 그날도 우덜이 째깐만 늦었어도 요래 뾰족한 칼이 마춰된 청년의 몸을 마구 들쑤셔가 아까운 청년 하나를 잃을 뻔 했다 안하요. 앞으로는 이런 일이 다신 일어나지 못하게꼬롬 우리 해남경찰서가 두 눈을 부릅뜨고 지켜볼팅게 시민들께서는 절대적으로다 안심허시고 붙

집힌 놈들은 지덜이 엄중히 처벌할 것을 약속드리겠구만이라. 그라
고…".]

서달구 경감의 말이 길어지려 하자 인터뷰를 하던 기자는 서 경감의
말을 냉정하게 잘라 버리며 마무리 멘트를 이어 갔다. 하지만 기자가 마
무리 멘트를 하는 동안에도 서달구 경감은 계속해서 카메라 앞을 쭈뼛
거리며 자신의 얼굴을 TV 화면에 노출시켰다.

[네, 범인들은 현재 해남경찰서에 연행되어 조사를 받고 있는 중이
며 대부분이 노숙자였던 피해자들은 인근 병원으로 각각 흩어져 다
각도의 치료를 받고 있습니다. 이번 사건을 계기로 전국의 노숙자 보
호와 관리 시스템이 하루속히 마련되어서 다시는 노숙인들이 이런
범죄에 연루되는 일이 없어야 하겠습니다. 지금까지 HNS 뉴스 김현
숩니다."]

TV 속 기자의 멘트가 끝이 나자, 해남경찰서 안 여기저기서 환희의 박
수 소리가 터져 나왔다. 그중에서도 단연코 서달구 경감의 박수 소리가
유독 더 우렁차고 컸다. 서 경감 옆에서 함께 뉴스를 지켜보고 있던 형
우, 은숙, 만복, 진철의 얼굴에서도 기쁨의 미소가 떠나질 않았다. 이윽
고 서 경감이 형우의 손을 덥석 잡으며 눈시울을 붉혔다.

"참말로 고맙구만이라. 형씨 아니었으면 어림도 없었을 거인디 번뜩
이는 기지를 발휘해가 사람 목심도 구해 불고 요로코롬 엄청난 일을 해
부렸당게요."

형우도 서 경감의 붉어진 눈시울을 보자 불현듯 그동안의 여정들이 떠오르며 저도 모르게 울컥했다.

"경감님과 형사님들께 진심으로 감사드립니다. 형사님들 아니었으면 절대로 못 해 냈을 거예요. 이 은혜 평생 잊지 않겠습니다."

그 순간 갑자기 만복이 달려들며 서 경감을 뒤에서 와락 껴안자 진철도 질세라 서 경감을 앞에서 꼬옥 끌어안았다.

"흐미, 나가 인기 폭발이구마이. 흐미 좋은 거."

익살스런 세 사람의 모습에 경찰서 안은 다시 한번 웃음소리로 넘쳐났다.
하지만 곧 이별의 시간이 다가오자 떠나가는 사람도 남아 있는 사람도 똑같은 이별의 슬픔을 감내해야만 했다.
정 많고 사람 좋은 서 달구 경감은 경찰서 마당을 빠져나가는 형우, 은숙, 만복, 진철을 향해 오래도록 손을 흔들어 주었다.

"다들 행복하쇼이!"

*****

에메랄드빛 푸른 바다 위를 갈매기들이 자유롭게 날아다니고 그 바다 아래선 알록달록 형형색색의 크고 작은 물고기들이 작은 지느러미를 흔들어 내며 춤추듯 드넓은 바다를 항해한다.

희망과 절망, 시작과 끝이 공존하는 바다!

바다의 무한함은 인간의 유한함을 결코 내치는 법이 없다.

사람들은 희망을 노래할 때도, 절망에 빠졌을 때도 같은 바다를 찾는다.

많은 이들이 새로운 삶의 시작을 바다와 함께하는가 하면 삶의 막다른 길목 끝에 다다랐을 때도 어김없이 바다를 찾는다.

막 사랑이 시작될 때 바다를 찾아 그 사랑을 키웠던 연인들도 이별의 순간엔 바다로 다시 돌아와 이별의 아픔을 달래며 사랑의 마음을 정리한다.

이렇듯 희망의 시작과 절망의 끝이 동시에 공존하는 바다는 참으로 아이러니하면서도 오묘하다.

해남을 떠나기 전 형우는 만복이 그토록 그리워하던 바다를 다시 한번 찾았다.

그 마음을 아는지 모르는지 만복은 너무나도 행복한 얼굴로 진철과 함께 광활한 모래사장을 신나게 뛰어다닌다.

"아저씨! 나 잡아 봐요~~."

이윽고 달아나는 진철을 뒤쫓던 만복이 그만 다리에 힘이 풀리며 슬라이딩하듯 앞으로 쓰러지고 만다.

"아저씨!"

진철이 달려와 재빨리 만복을 일으켜 세우자 잠시 진철의 얼굴을 물끄
러미 바라보던 만복은 이내 짓궂은 미소를 지으며 진철을 있는 힘껏 밀
어 버린다.

"메롱."
"아저씨~~."

　모래사장 위를 뒹굴며 거친 장난을 치는 두 남자의 웃음소리가 저 멀
리 수평선까지 가 닿았다.
　얼마 전까지만 해도 그들에게 절망이었던 바다는 어느새 기쁨과 희망
이 되어 그들을 다정하게 품어 주고 있었다.
　해변을 거니는 형우와 은숙의 마음도 크게 다르지 않았다.
　그간 동병상련의 아픔을 함께 겪었던 형우와 은숙이었기에 지금의 기
쁨 또한 같은 마음으로 함께 나누었다.
　시원한 파도 소리에 실려 오는 만복과 진철의 해맑은 웃음소리가 그간
형우와 은숙의 마음에 쌓인 상처들을 따뜻하게 어루만져 주었다.

"아버지가 저렇게 환하게 웃는 모습을 정말 오랜만에 보네요."
"오빠도 마찬가지예요. 그동안 아저씨랑 정이 많이 들었나 봐요."
"은숙씨."
"……."
"고마워요."
"그건 제가 드릴 말씀이네요. 형우씨 아니었으면 우리 오빠 다신 못 봤
을 거예요."

나란히 해변을 거니는 형우와 은숙의 손이 닿을락 말락 애틋함을 자아
내자 고운 모래들이 두 사람의 발가락 사이를 비집고 올라와 새하얀 발
등을 간지럽힌다.

기쁨(희)과 노여움(로)과 슬픔(애)이 녹아 있는 해남을 떠나 어느새 고
속도로 위를 달리고 있는 형우의 차가 색소폰과 아코디언 소리로 시끌
벅적하다.

우여곡절 끝에 다시금 완전체가 된 만복과 진철은 희로애락 중 마지막
남은 즐거움(락)을 마음먹고 즐기려는 듯 자신들의 악기로 기쁨의 흥을
한껏 돋우고 있었다.

한편 그들의 자축 파티에 강제로 초대된 형우와 은숙도 오늘만큼은 불
협화음에 제멋대로인 그들의 연주에 반응하며 어깨를 들썩였다.

형우와 은숙에겐 그저 만복과 진철의 존재만으로도 모든 것이 아름다
워 보이는 순간이었다.

형우는 새삼 깨달았다.

그간 자신이 움켜쥐고 있던 모든 것들이 얼마나 하찮고 허무한 것인지를.

모래성 위에 높게 쌓아 올린 집은 작은 바람에도 쉽게 무너지는 것을.
작은 것에 감사할 줄 모르는 자에게 더 큰 것이 주어졌을 땐 도리어 그것
이 화가 되어 결국 파멸에 이르고 마는 것을.

형우의 그런 마음이 은숙에게도 전해졌는지 형우를 바라보는 그녀의
얼굴에 옅은 미소가 번졌다.

이렇듯 형우와 만복의 행복은 은숙의 자존감과 정확히 비례했다.

이제껏 자신을 쓸모없는 하찮은 인간이라고 여겼던 그녀였기에 자존

감 회복은 어쩌면 은숙의 삶에 있어 가장 필요한 것이었을지도 모른다.

어느새 연주도 끝이 나고 사이좋게 장난을 치며 꿍냥거리던 만복과 진철은 이윽고 스멀스멀 올라오는 방귀 냄새에 일순 두 사람의 우정에 금이 가고 만다. 만복이 뿡뿡거리며 연신 방귀를 뀌어 대자 진철이 코를 막으며 호들갑을 떨었다.

"가스! 가스! 창문!"

진철의 반응에 형우가 웃음을 터뜨리며 창문을 내려 주자 진철이 재빨리 창밖을 향해 참았던 숨을 내뱉었다. 그러거나 말거나 만복은 전혀 흔들림 없이 자신의 본능에만 충실했다.

"배고파요, 밥 주세요!"
"아버지, 조금 전에 휴게소에서 우동 드셨잖아요."

그 순간 은숙이 형우에게 눈치를 주며 고개를 내저었다.

"하하하. 알았어요! 서울 가면 쟁반만 한 돈가스 사 드릴게요."

그런데 형우의 말에 만복이 아닌 은숙이 먼저 반응을 보였다.

"어머 그런 돈가스도 있어요?"
"은숙씨, 쟁반만 한 돈가스 몰라요? 그 유명한 걸 모르다니. 제가 다음에 꼭 구성시켜 줄게요."

"그 약속 꼭 지키셔야 해요! 안 그럼 서 경감님처럼 양치기 소년이라고 놀림 받을지도 몰라요."

"하하하! 천하의 은숙씨가 그런 농담을 다 하다니. 완전 새롭고 좋은데요!"

"호호호. 저도 모르게 그만."

두 사람 사이에 화기애애한 분위기가 연출 되자 응원을 하려는 건지 방해를 하려는 건지 만복과 진철이 다시금 불협화음의 연주를 시작한다. "뿌뿌뿌뿌.", "사랑만 남겨 놓고 떠나가느냐 얄미운 사람."

어느덧 해가 서쪽 하늘에 걸릴 즈음 네 사람은 형우 엄마의 산소가 있는 작은 동산에 올랐다. 만복과 진철은 동산에 발을 내딛자마자 온갖 지형지물을 이용해 몸을 숨기며 장난을 쳤다. 잠시 후 산소 뒤에 몸을 숨기고 있던 만복에게 하얀나비 한 마리가 다가오자, 만복은 나비를 쫓아 동산 여기저기를 뛰어다닌다.

"옥이씨~."

만복이 그의 아내 옥이씨를 처음 만난 곳은 서울 모처에 있는 어느 중학교였다. 그 당시 학생들에게 연극을 가르치는 특수교사로 활동 중이었던 만복은 어느 날 연극 연습 중 한 학생이 부상을 당하게 되면서 그녀와의 인연이 시작되었다. 그 사건을 계기로 양호실 선생님이었던 그녀의 모습에 만복은 첫눈에 반했고 그녀 또한 예술가인 만복에 대해 호감을 가지게 되었다. 결국 이듬해 두 사람은 결혼을 하여 사랑하는 아들까지 낳게 되었고 그야말로 모두가 부러워하는 행복한 가정을 만들어 갔다.

다만 아쉬움이라면 그녀가 그토록 원했던 둘째의 임신이 어려워지면서 그녀의 맘고생도 한동안 계속되었다.

그러던 중 만복과 그녀는 어린 민석을 입양하게 되었고 고아원 원장이 지어 줬다는 민석이란 이름 대신 그에게 형우란 이름을 주어 진정한 가족의 일원으로 살게 했다.

비록 넉넉한 가정 형편은 아니었지만 만복과 그녀의 깊은 사랑이 모든 부족한 것들을 채워 나갔다. 하지만 안타깝게도 그 시간은 너무도 짧았다. 형우가 고등학생이 되던 해, 그녀는 암이란 병을 얻게 되었고 결국 1년을 채 버티지 못하고 하늘나라로 먼저 떠나 버렸다.

"엄마, 이젠 걱정 말고 편히 쉬어요. 두 분이 다시 만날 때까지 제가 아버지 잘 모실게요…."

형우는 울컥하는 감정을 얼른 추스르고는 여기까지 함께 동행해 준 은숙을 잊지 않고 챙겼다.

"엄마, 여긴 내 친구 은숙씨야. 우리 아버지를 친 아버지처럼 돌봐 준 고마운 사람."

순간 은숙은 부끄러워 고개를 숙였다. 그러면서도 아무 때나 이렇게 찾아와 엄마와 이야기를 나눌 수 있는 형우가 참 많이 부러웠다.

이윽고 만복이 쫓던 하얀나비가 어느새 두 사람에게로 날아와 한참을 맴돌더니 이내 푸른 하늘을 항해 높이 날아올랐다.

깊은 밤이 되어서야 형우의 차가 라파병원 지하 주차장 안으로 들어섰다. 밤이 깊어서인지는 몰라도 드나드는 차들로 북적이던 여느 때와는 달리 주차장 안은 한적하다 못해 음산한 느낌마저 들었다.

은숙은 차에서 내리기 전 만복에게 작별의 인사를 건넸다.

"아저씨, 건강하셔야 해요. 절대로 아프시면 안 돼요. 아셨죠!"
"네. 엄마."

한편, 이별의 순간을 직감적으로 알고 있는 진철도 눈물을 글썽이며 만복을 꼬옥 껴안았다.

"아저씨, 사랑해요."
"네."

이윽고 은숙과 진철이 차에서 내리자 형우도 차 밖으로 나와 두 사람을 배웅했다.

"은숙씨도 진철씨도 건강하게 잘 지내요."
"형우씨도요."

은숙은 혹시라도 자신의 속마음을 들키기라도 할까 봐 서둘러 진철을 이끌고 용달차를 세워 둔 곳으로 향했다. 진철은 걸어가면서도 연신 고개를 돌려 만복을 쳐다보았다.

"아저씨! 안녕~."

만복 역시 은숙과 진철에게서 눈을 떼지 못했다.

"안녕."

그때였다. 진철의 이상한 반응에 은숙이 고개를 돌리자, 주차장 한쪽에서 라이트도 켜지 않은 승용차 한 대가 형우를 향해 속도를 내며 달려오고 있었다. 그 뽄새를 보아하니 미리 숨어서 기다리고 있다가 고의적으로 형우를 노린 듯했다.

"형우씨!!"

하지만 형우가 돌아볼 땐 이미 너무 늦어 버렸다.
이윽고 속도를 내며 달려오던 차가 형우를 들이받으려는 찰나!
어느새 차 밖으로 튀어나온 만복이 형우를 향해 몸을 내던졌다.
은숙의 비명 소리와 급정거를 하는 자동차의 시끄러운 굉음이 한데 뒤섞이며 음산했던 주차장 안은 금세 공포감에 휩싸였다.
순간 충돌과 함께 튕겨 나온 만복의 찌그러진 색소폰이 바람에 낙엽이 날리듯 바닥 위를 나뒹굴었다.

제32화

거자필반(去者必返)

"우리 형부 불쌍해서 어쩌누. 젊어서 그리 고생고생하고 살았으면 됐지, 늙어서까지 이렇게 고통스러우면 그 한을 다 어찌하라고. 아이고 하나님, 제발 우리 형부 좀 살려 주세요. 빨리 좀 깨어나게 해 주세요! 흑흑흑."

형우 이모는 몇 시간 째 의식을 잃고 누워 있는 만복의 손을 부여잡고는 한 맺힌 울음을 쏟아 내고 있었다.

한편, 사고 이후 패닉 상태에 빠져 있던 형우는 만복을 그렇게 만든 자기 자신을 끊임없이 자책하며 연거푸 한숨만 내쉬었다. 다행히 형우는 몇 군데 반창고만 붙였을 뿐 크게 다친 곳은 없어 보였다.

"형우야! 어쩌다 이리 된 거야. 대체 어떤 놈들이 이렇게 만든 거냐고. 얼른 그놈들 잡아다가 우리 형부 좀 빨리 살려 내라고 해. 얼른!"

그때였다. 은숙이 진철과 함께 병실로 뛰어 들어오더니 재빨리 자신의 휴대폰을 형우 앞에 내밀었다.

"형우씨. 이것 좀 봐요."

은숙의 휴대폰을 유심히 들여다보던 형우는 뭔가 생각난 듯 재빨리 누 군가에게 전화를 걸었다.

[흐미, 반갑구만이라이. 근디 무슨 일로다. 설마 나가 보고 잡아서 전 화한 건 아니겠지라이?]

"경감님. 어젯밤에 아버지가 뺑소니차에 치여 지금 의식이 없습니다. 이건 분명 작정하고 일부러 달려든 게 틀림없어요."

[흐미, 심장 떨려부러. 참말로 그짝 집안도 바람 잘 날이 없으요.]

"다행히 달아나는 자동차 번호를 찍었는데 좀 알아봐 주시겠어요?"

[그라재. 고것만 알아도 범인 잡는 거이 겁나게 쉬워붕게. 앗따 천만다 행이구마이. 어여 싸게 불러보소. 아니지, 그랄 게 아니고이 그 사진을 보내 주는 거이 낫겠소. 차종까정 알믄 겁나 더 빠릉게.]

통화를 마치자마자 제일 먼저 반응을 보인 사람은 형우 이모였다.

"그럼 이제 범인을 잡을 수 있는 거야?"

"번호판이 흐려서 좀 시간이 걸리겠지만 그래도 꼭 찾아낼 거예요."

"잘 됐다, 잘 됐어."

이윽고 누구보다도 충격이 컸을 진철이 만복 곁으로 다가가 새까만 그 의 얼굴을 어루만졌다.

"아저씨, 빨리 일어나요. 그만 자고 빨리 일어나서 나랑 같이 놀아요."

그 순간 만복의 눈꺼풀이 희미하게 떨려왔다. 하지만 그 미세한 떨림을 아무도 눈치채는 이는 없었다.

잠시 병실 안에 정적이 감돌며 각자 자신만의 사색에 빠져들 즈음, 갑자기 병실 안으로 달갑지 않은 불청객들이 들이닥쳤다.

"이것들이 성님을 봤으면 인사를 해야 할 거 아이가! 어여 싸게싸게 몬하나!"

"아그야, 고마해라. 노인네가 마이 아픈 갑다."

꼴사납게 구는 꽁지머리와 빡빡머리 사내의 등장은 마침 분풀이할 상대가 필요했던 형우 이모에겐 그야말로 안성맞춤이었다.

"니들 뭐야! 뭔데 남의 병실에 함부로 들어와서 행패를 부려! 경찰 부르기 전에 빨리 썩 꺼지지 못해!"

형우는 행여 이모가 다치기라도 할까 봐 재빨리 그녀를 막아섰다. 그러자 꽁지머리 사내가 어깨를 들썩이며 형우 앞으로 바짝 다가선다. 하지만 그런다고 쫄 형우가 아니었다.

"내가 기다려 달라고 분명히 말했을 텐데."

"잘 알재. 그란디 말이여. 우덜이 가만 있응게 다들 까마귀 고기를 쳐드셨나 자꾸 오리발을 내밀어 쌌드라고이."

형우가 같잖다며 고개를 돌려 버리자 꽁지머리 사내가 검지로 형우의 얼굴을 다시 돌려세우며 황소 같은 시뻘건 두 눈을 부라렸다.

"벌써 한 달이 다 돼 가는디 시방 뭐하는 것이여! 돈이 없으믄 장기라
도 내놔야 할 거 아니여 이 문디 자슥아. 괜히 나으 승질 건들지 말란 말
이시."

순간, 보다 못한 이모가 그새 더 많이 자란 꽁지머리를 잡아당기며 매
섭게 쏘아붙였다.

"뭐? 장기를 내놔? 이놈들이 뒤지고 싶어서 환장을 했나 어디서 함부
로 주둥일 놀려! 어디 네 놈 장기부터 내놔 봐라 이놈아."
"아~~악, 이건 또 뭣이여! 머리꽁지 잡아댕기는 것도 집안 내력이여?
할배가 누워 있응게 이젠 할마시가 지랄이구마이."

잠시 병실 밖을 감시하고 있던 **빡빡**머리 사내가 시끄러운 소리에 잽싸
게 달려와 이모를 꽁지머리 사내에게서 떼어 냈다.

"이 할망구가 죽고 싶나! 어딜 함부로 우리 성님한테 대드노, 대들기
를. 언능 사과 몬 하나!"
"몬 하겠다, 와! 그럼 어쩔 건데? 죽이기라도 할 거야?"
"이놈의 할망구가!"

흥분한 **빡빡**머리 사내가 근육질 팔을 휘두르며 이모에게 위협을 가하
려 하자 형우와 은숙, 진철이 동시에 사내에게 달려들며 이내 병실 안은

아수라장이 되어 버린다.

"아따 이것들이 나으 승질을 건드렸어야!"

잔뜩 약이 오른 꽁지머리 사내가 주변을 두리번거리다 급기야 만복의 입에 걸린 호흡기로 손을 뻗는다.

"이걸 그냥 확 뽑아 버릴까이!"

순간 정적이 흐르며 모두의 시선이 만복의 호흡기를 거머쥔 꽁지머리 사내의 손끝으로 쏠렸다. 겁에 질린 은숙이 휴대폰으로 신고를 하려 하자 사내는 보란 듯이 만복의 호흡기를 살짝 떼어 위로 쳐들었다. 그러자 만복의 심박측정기 그래프가 들쑥날쑥 요동을 쳤다.

"지랄하면 이 할배는 끝이랑게."

은숙이 어쩔 수 없이 휴대폰을 내려놓자 그제야 사내도 호흡기를 다시 원위치로 되돌려 놓는다.

"아그야."
"네 성님."
"언능 신체 포기 각서에 서명 받아라이."
"이놈들이 기어코! 아이고 형우야."

의기양양해진 **빡빡**머리 사내가 형우 앞에 신체 포기 각서를 들이밀자 이번엔 모두의 시선이 형우의 손끝으로 향했다. 형우는 잠시 만복의 얼굴을 들여다본 뒤 이내 펜을 들어 서명을 하려던 그때!

"멈춰!"

어느샌가 병실 문 앞엔 자취를 감췄던 정우가 우뚝 서 있었다.

"이게 누구야! 우리 정우 아니야!"
"형."

정우를 본 사내들의 낯빛이 금세 흙빛으로 변하자 정우는 지체 없이 꽁지머리 사내 앞으로 바짝 다가섰다.

"지금 형사들 오고 있으니까 어디 형사들 앞에서 하던 거 마저 하자고."
"아이구야, 나가 시방 이럴 때가 아닌디. 빨랑 가 봐야 쓰겠구만⋯."

꽁지머리 사내가 정우의 눈치를 살피며 살금살금 문 쪽으로 발걸음을 옮기자 **빡빡**머리 사내도 큰 덩치를 휘청거리며 슬금슬금 발을 **뺐다**.

"성님, 지도 같이 가입시더!"

정우는 그 틈을 놓치지 않고 더욱 기세를 몰아 사내들을 압박했다.

"문서 위조, 공갈 협박, 폭행, 살인미수, 장기밀매까지 다 합치면 최소 무기징역이야! 이참에 평생을 빵에서 썩게 만들어 줄까?"

"튀어!"

사내들은 그야말로 36계 줄행랑을 쳐댔다.

사내들이 떠난 병실엔 다시금 평화가 찾아왔고 정우로부터 사건 전말에 대해 전해 들은 이모는 도저히 믿기지가 않는지 정우에게 재차 확인했다.

"그러니까 그놈들이 쓰지도 않은 돈을 썼다고 우리 형우한테 사기를 친 거라 이거지?"

"처음에 내가 빌려 쓴 돈을 형우가 군말 없이 잘 갚으니까 이놈들이 형우랑 나랑 연락이 안 된다는 걸 알고 일부러 꾸며 낸 거예요."

"어휴 나쁜 놈들. 정우 너 아니었으면 우리 형우 어쩔 뻔 했누."

하지만 정우 또한 결코 형우 앞에서 떳떳할 수 없었다.

"정말 널 볼 면목이 없다. 그 메시지 확인했을 때 당장 달려왔더라면 이런 일은 없었을 텐데."

잠시 생각에 잠겨 있던 형우는 이내 아무런 말 없이 고개 숙인 정우를 끌어안았다.

"형부가 지금 이 모습을 볼 수만 있다면 얼마나 좋을꼬."

그 순간! 진철이 소리쳤다.

"아저씨가 눈을 떴어요!"

누가 먼저랄 것도 없이 모두가 앞다퉈 만복의 곁으로 다가갔다.

이윽고 만복의 눈가에 맺혀 있던 영롱한 눈물이 이내 그의 주름진 두 뺨을 타고 흘러내렸다.

제33화
사람이 꽃보다 아름다워!

　행복 요양원은 산세 좋고 공기 좋은 곳에 그림처럼 자리 잡고 있었다. 진갈색 통나무를 한 겹 한 겹 정성껏 쌓아 올려 지어진 아담한 집들은 한여름 숲속 매미들의 울음소리와도 너무나 잘 어울렸다. 도심에서 들었으면 짜증 날만큼 시끄러운 매미 소리도 요양원 앞마당 정자에서는 마치 사랑의 세레나데를 듣는 듯 감미로웠다. 푸른 잔디밭 위에 정갈하게 자리를 잡은 정자 위에선 각양각색의 이유로 모여든 여러 환우들이 담소를 나누며 한낮의 무료함을 달래고 있었다.

　"칠복아~~."

　오전 운동을 마치고 잠시 잠이 들었던 기섭은 진철의 목소리에 번쩍 눈을 떴다. 꿈을 꾸고 있는 걸까! 통나무집 작은 창문으로 한가득 들어온 볕 때문인지 희뿌옇게 보이는 진철의 모습이 그야말로 몽환적이었다. 기섭은 벌떡 몸을 일으켜 세워, 자신의 양팔을 있는 힘껏 앞으로 내뻗었다. 이내 그의 앙상한 손에 건장한 청년의 두 어깨가 만져졌다. 그 모습을 지켜보고 있던 눈물 많은 정옥이 감격에 겨워 또다시 눈물 바람이다.

　"여보, 당신 소원이 드디어 이뤄졌네요."

"진철아…."

하지만 기섭의 간절한 부름에도 진철의 관심은 온통 오랜만에 만난 곰돌이 인형 칠복에게만 가 있었다.

"칠복아, 형아 많이 보고 싶었지? 나도 너가 무진장 보고 싶었어. 앞으로 우리 절대 헤어지지 말자."

보다 못한 은숙이 조용히 진철을 일깨웠다.

"오빠. 아버지가 부르시잖아. 칠복이랑은 좀 이따 놀고 아버지한테 먼저 인사드리자."

그제야 진철은 기섭을 바라보며 나지막이 입을 열었다.

"안녕하세요…아버지."

이 얼마나 기다렸던 순간인가! 잃어버렸던 혈육을 찾는다는 것, 그 혈육이 온전히 나의 사람이 된다는 것은 오직 겪어 본 사람만이 누릴 수 있는 기쁨이리라.

"그래. 내가… 니… 아버지야."

이로써 그간 수십 년 동안 기섭을 괴롭혀 왔던 악몽도 끝이 나고 가슴에 맺혀 있던 죄책감과 서운함과 안타까움이 빚어낸 응어리들도 일순간 사라지는 듯 했다.

기섭은 오늘 죽어도 여한이 없었다.

점심시간이 돼서인지 환우들로 시끌벅적했던 정자는 어느새 사람의 자취는 온데간데없고 작은 꿀벌이며 나비 같은 곤충들의 쉼터로 바뀌어 있었다.

정자로 자리를 옮긴 기섭 앞에 은숙은 정성껏 준비해 온 도시락을 펼쳐 보였다. 먹음직스런 음식들 앞에서 제일 먼저 반응을 보인 사람은 역시나 살갑고 애교 많은 정옥이었다.

"어머나! 김밥에, 갈비에, 잡채에 과일까지. 이걸 다 은숙씨가 준비한 거예요? 여보, 이것 좀 봐요. 사과가 토끼 모양을 하고 있어요. 귀여워서 이걸 어떻게 먹어?"

"별로 많이 준비를 못 했어요. 솜씨가 없어서 입에 맞으실지 모르겠네요."

내내 잠잠하던 진철이 입맛을 다시며 은숙을 두둔하고 나섰다.

"이거 다 꿀맛이에요. 정말 맛있어요."

"오빠, 그만해. 실망하시면 어쩌려고."

"그럼 우리 딸 음식 솜씨 좀 볼까?"

은숙의 모든 요리를 차례로 맛본 기섭과 정옥은 감탄사를 연발하며 엄지를 치켜세웠다.

"와~ 정말 꿀맛이네. 이거 둘이 먹다가 하나가 죽어도 모르겠어요. 은숙 씬 식당 차리면 대박 나겠는데요? 한 번 먹어 본 사람은 맨날 찾아갈 거 같아. 여보, 안 그래요?"

"정말 우리 은숙이가 솜씨가 좋구나. 언제 이런 걸 다 배웠어?"

순간 입에 음식을 잔뜩 문 진철이 밥알을 튕겨 가며 대화에 끼어들었다.

"핸드폰 보고 했어요. 핸드폰이 다 가르쳐줬어요."

"오빠."

동일한 사물도 보는 각도에 따라, 보는 사람의 마음에 따라 달리 보인다. 옳고 그름이 아닌 다름을 인정하는 것. 진철이 꼭 그랬다.

진철의 어린아이 같은 모습이 흉이 아니라 기쁨인 것을. 수십 년이 지난 지금에서야 기섭은 온몸으로 느끼고 있었다.

"진철아, 은숙아."

"……."

"앞으로 이 애비랑 같이 살면 안 되겠니?"

순간 은숙이 당황하는 모습을 보이자 재빨리 정옥이 거들었다.

"그렇게 해요. 이미 두 분이 지낼 방 다 준비해 놨어요. 그동안 못다 했던 시간들만큼 앞으론 세 분이서 오붓하게 나누면서 살아요."

오래전부터 은숙에게 가족은 진철뿐이었다. 약속했던 기섭이 돌아오지 않은 날부터 셋이란 숫자는 그녀의 머릿속에서 아예 지워 버렸다. 그런데 이제 셋을 생각해야 한다. 그리고 결정해야 한다. 무엇을 위해? 누구를 위해? 그 순간 은숙의 눈에 기섭과 진철이 보였다. 두 사람이 웃는다. 그 미소가 답을 가리키고 있었다.

이윽고 수많은 감정들이 녹아든 지난날들이 파노라마처럼 은숙의 머릿속을 스쳐 지났다.

*****

여름의 끝자락에 매달린 엘라의 운명은 그야말로 바람 앞의 촛불이었다.

결국 비자금까지 소환된 지저분한 진흙탕 싸움 끝에 정이사와 민호는 물론 최 회장까지 구치소 신세를 면치 못했다. 다행히 최 회장은 자의든 타의든 최근 몇 년간 남몰래 불우이웃 돕기에 후원금을 납부해 온 사실이 드러나 그나마 선처를 받을 수 있는 희망이 생긴 반면 정이사와 민호는 죄질이 불량하고 그 수도 많아 결코 중형을 면치 못할 처지에 놓여 있었다.

"아버지 정말 줄 될 인간이 하나도 없는 거야?"

"나쁜 놈들. 받아 처먹을 땐 언제고 이제 와 나 몰라라 해? 내가 죽으면 네놈들도 다 같이 죽는 거야!"

형우는 문득 궁금해졌다.

정씨 부자는 태생이 나쁜 사람들이었을까! 아니면 살다 보니 저리된 걸까.

형우는 후자라고 믿고 싶었다. 정씨 부자 또한 선한 존재로 이 세상에 태어났으나 살아가면서 생겨난 욕심 때문에 매사 선보다 악을 선택한 것이라고.

하지만 정작 그들 자신은 그렇게 생각지 않는다는 것이 문제였다. 그들은 여전히 깨끗하고 떳떳했다. 죄가 없다는 사람에겐 뉘우침도, 새사람이 될 희망도 기대할 수 없다.

이윽고 씁쓸한 마음으로 정씨 부자에게서 빠져나오려는 그때, 형우에게 전화 한 통이 걸려 왔다. 해남경찰서 서 달구 경감이었다.

["찾았당게. 그짝 아부지를 차로 쳐불고 달아난 놈 말이시."]

얼마 전 서 경감에게 부탁했던 뺑소니 차량주의 이름을 듣는 순간 형우는 경악을 금치 못했다.

나필수!

비록 과거 영아 과외 자리를 놓고 형우와 불미스런 일이 있었던 그였지만 그날 이후 그는 지금까지 친구로서, 동료로서 늘 친절함을 잃지 않았기에 그 충격은 더욱 컸다.

그는 친절한 미소 뒤에 원망과 증오의 발톱을 감추고 자신의 인생이 결국 형우 때문에 꼬인 것이라 여기며 오랫동안 형우를 무너뜨릴 복수만을 꿈꾸며 살아왔던 것이다.

그러던 중 주식으로 재산을 탕진해 이혼까지 당한 자신과는 달리, 영아와 결혼을 준비하는 형우의 모습에 그의 복수심은 극에 달했고, 그것은 곧 실행에 옮겨졌다. 그는 형우의 차에 몰래 GPS를 심어 놓고, 복수할 날만을 손꼽아 기다렸다.

그런데 이보다 더 충격적인 것은 그간 형우에게 벌어졌던 일련의 사건들을 실질적으로 진두지휘했던 자가 정민호가 아닌 나필수였다는 사실이다. 나필수는 정민호와 자신의 목표가 같다는 사실을 알고는 그에게 접근하여 곧바로 차형우 제거 작전에 돌입했다. 매직슈즈 도난 사건, 중국 납품건, 아이디어 도용 사건 등 모든 조작이 그의 머리에서 시작되었고, 그것을 실현해 줄 오창수나 민도식 같은 인물들도 모두 그의 손을 거쳐 사건에 투입되었다.

하지만 결국 일이 자신의 뜻대로 되지 않자 그는 할 수 없이 자신이 직접 형우를 처리하기 위해 뺑소니 사건까지 벌이고 만 것이다.

형우는 한동안 충격에서 헤어나올 수가 없었다. 그러나 그 충격은 비단 나필수의 죄 때문만은 아니었다. 어쩌다 그런 괴물이 되었는지 그를 향해 비난의 화살을 쏘다가도, 자신이 그날 친구의 과외 자리만 뺏지 않았어도 이런 일들은 벌어지지 않았을 거란 생각이 들자, 순간 선과 악이 뒤바뀌며 비난의 화살은 다시 형우 자신에게로 향했다.

뿌린 대로 거둔다는 말은 역시 만고의 진리임이 틀림없었다.

다이아몬드와 사람의 가치를 결정하는 기준으로 '4C'가 있다고 한다.

첫째는 투명도(Clarity)로, 보석이든 사람이든 불순물이 없는 원석에 가까울수록 그 가치가 높다는 것이며

둘째는 무게(Carat)로, 가벼울수록 다이아몬드의 가치가 떨어지는 것처럼 생각과 행동이 가벼운 사람일수록 인정을 받기 힘들어진다는 것이다. 셋째는 색깔(Color)로, 가치 있는 보석일수록 신비한 빛을 발하는 것

처럼 사람도 가치 있는 인생이 될 때 찬란한 빛을 낼 수 있으며 넷째는 모양과 결(Cut)로, 깎이는 각도와 모양에 따라 보석의 가치가 달라지듯 사람도 모난 곳을 얼마나 멋지게 잘 깎아 내느냐에 따라 그 가치가 달라진다는 것이다.

형우는 그간 일련의 사건들을 통해 본인의 민낯이 얼마나 형편이 없었는가를 여실히 목도했고 깨달았다. 그 민낯엔 욕망이라는 불순물이 얼개를 치고 모든 언행이 한없이 가벼웠으며 가는 곳마다 빛이 아닌 어둠을 심고 마음엔 여기저기 모난 곳이 많아 늘 상처만 주고받았다.

이로써 앞으로 형우가 해야 할 일은 더욱 명확해졌다.

당장엔 나필수를 찾아가 용서를 구해야 한다. 그의 죄를 묻는 것은 그다음 일이다.

형우는 나필수와의 문제를 정리한 뒤, 그다음 미션으로 자신의 차에 동건과 오창수를 태우고 대학병원 응급실로 향했다.

오창수의 사정은 꽤나 드라마틱했다. 그는 몇 달 전 엄마 수술비를 마련하기 위해 일감을 수소문하던 중 해킹 전문가를 찾는다는 나필수와 연락이 닿아 결국 민호 일당이 벌인 일에 가담을 하게 됐다고 한다. 처음엔 그도 많이 망설였지만, 엄마를 살리는 길은 그 길밖에 없었기에 두 눈 딱 감고 사무실에 무단 침입하여 형우의 이메일을 조작하고 곳곳에 증거물들을 심어 놓았다.

변호사의 말에 의하면 비록 그의 죄질은 나쁘나 아직 금전 거래가 이뤄지지 않았고 그 동기 또한 효심에 근거한 것이어서 아마도 실형을 면하고 집행유예를 받게 될 것이라 했다. 물론 그렇게 되기까지 형우의 탄

원시도 크게 한몫할 것이다.

"고맙습니다."
"인사는 엄마부터 살려 내고 해."

동건의 말을 끝으로 다시금 차 안은 아무도 없는 듯 조용했다.

각자 사색에 빠진 세 남자의 침묵이 길어지자 차 안 공기도 덩달아 무거워졌다.

과묵한 놈 차형우, 웃긴 놈 장동건, 구린 놈 오창수.

놈들의 면면을 보아하니 특성상 여간해선 섞이는 것이 쉽지가 않은 조합이다. 다행히 유들유들한 웃긴 놈 때문에 그나마 숨은 좀 쉴 만했다.

"와우! 날씨 한 번 죽여 주네. 형, 이번 겨울엔 꼭 하와이 같이 가는 거다! 이번에도 어기면 나 다신 형 안 볼 줄 알아."
"남자 둘이서 방바닥 긁을 일 있냐?"
"방바닥을 왜 긁어? 비키니 입은 여자들 실컷 구경해야지. 으헤헤."

순간 구린 놈이 저도 모르게 헤헤거리는 웃긴 놈을 따라 웃자 과묵한 놈이 라디오 볼륨을 한껏 올렸다.

'강물 같은 노래를 품고 사는 사람은 알게 되지 음~ 알게 되지/내 내 어두웠던 산들이 저녁이 되면 왜 강으로 스미어 꿈을 꾸다 밤이 깊을수록 말없이 서로를 쓰다듬으며 부둥켜안은 채 느긋하게 정들어 가는지를 으음~/지독한 외로움에 쩔쩔 매 본 사람은 알게 되지 음~ 알

게 되지/그 슬픔에 굴하지 않고 비켜서지 않으며 어느결에 반짝이는
꽃눈을 닫고 우렁우렁 잎들을 키우는 사랑이야말로 짙푸른 숲이 되고
산이 되어 메아리로 남는다는 것을/누가 뭐래도 (누가 뭐래도) 사람
이 꽃보다 아름다워/이 모든 외로움 이겨 낸 바로 그 사람/누가 뭐래
도 (누가 뭐래도) 그대는 꽃보다 아름다워/노래의 온기 품고 사는 바
로 그대 바로 당신 바로 우리 우린 참사랑….'

여간해선 섞일 것 같지 않던 과묵한 놈, 웃긴 놈, 구린 놈은 어느새 한
목소리로 목청껏 노래를 따라 부르고 있었다.

    "사람이 꽃보다 아름다워!"

형우는 깊은 밤이 돼서야 지친 몸을 이끌고 만복이 입원해 있는 병원
으로 들어섰다. 이윽고 형우가 병원 현관문을 열려는 그때.

"형우씨!"

그동안 까맣게 잊고 있었던 그녀가 마술을 부리듯 성큼성큼 그에게로
다가왔다.

"영아야…."

형우는 술에 취해 비틀거리며 걸어오는 영아를 재빨리 부축해서는 가

까운 벤치에 앉혔다.

"왜 이렇게 술을 많이 마신 거야!"
"형우씨. 나 너무 힘들어. 정말 죽고 싶은 마음뿐이야. 나 이제 어떡해. 형우씨는 뭐든 다 잘 알잖아. 얘기 좀 해 줘. 나 이제 어쩌면 좋아!"

하지만 형우에게도 딱히 그녀가 원하는 답은 없었다.

"형우씨가 나 좀 도와줘. 제발."
"……."
"내가 잘못했어. 나 아직도 형우씨 많이 좋아해. 형우 씬 벌써 나 다 잊은 거야?"
"영아야."
"형우씨…."

영아가 형우의 어깨 위로 쓰러지며 서러운 눈물을 흘려대자 형우는 이러지도 저러지도 못한 채 그저 허공만 바라보았다. 그때였다. 진철과 함께 병원으로 막 들어서던 은숙이 그만 두 사람의 모습을 보고 만다. 진철이 아는 체를 하려 하자 은숙이 황급히 진철의 입을 틀어막고는 재빨리 건물 옆으로 몸을 숨겼다.

"형우씨, 우리 다시 시작하자. 처음부터 다시."

영아의 말이 너무나도 또렷하게 은숙의 귀에 박히는 순간 은숙은 저도 모르게 울컥하며 눈물이 쏟아졌다.

* * * * *

　가을 햇살이 눈부시게 비치는 어느 날.

　턱시도를 멋지게 차려입은 형우가 엘라의 빌딩 안으로 들어선다.

　로비에 들어서자 어느새 생기를 되찾은 영아가 환하게 미소 지으며 형우를 반갑게 맞아 주었다.

제34화
기적

엘라의 10층 회의장 안은 신제품 설명회에 참석한 내외국인 바이어들로 북새통을 이루고 있었다. 잠시 후, 블랙 슈트를 멋들어지게 차려입은 동건이 위풍당당하게 강단 위로 올라선다. 한편 해킹 전문가였던 오창수는 형우의 추천으로 지금 동건의 옆에서 컴퓨터 기기 관련 장비를 매만지고 있다. 이윽고 오창수가 동건에게 오케이 사인을 보내자 동건이 마이크 앞으로 바짝 다가섰다.

"안녕하십니까? 엘라 디자인팀의 장동건 과장입니다. 그럼 곧바로 여러분들께 신제품을 소개해 드리도록 하겠습니다. 먼저 화면을 봐 주시죠."
이번엔 동건이 오창수에게 사인을 보내자 이내 회의장 안이 어두워지며 경쾌한 음악과 함께 프로젝트 화면에 신제품 구두 제작 과정이 담긴 영상이 보여진다.

"제가 오늘 여러분들께 소개해 드릴 제품은 매직슈즈에 이어 또 하나의 새로운 기적을 담아낸 '체인지 파트너'입니다. 이 제품은 화면에서 보시는 것처럼 하나의 슈즈로 4계절을 소화시킬 수 있는 그야말로 만능 여성 슈즈로서 하나의 아웃솔을 가지고 사계절용 어퍼 및 액세서리를 탈부착할 수 있도록 만들어졌습니다. 예를 들어 봄, 가을엔 보여지는 그림처럼 앞볼만 부착해 사용하실 수 있고, 여름엔 한두 개의 줄을 부착해 샌들처럼 사용이 가능하며, 추운 겨울엔 겨울용 어퍼가 발 전체를 감쌀 수 있도록 잘 설계되어 있습니다. 또한 고무적인 것은 저희 엘라만의 신소재와 신기술로 내구성과 만족도 평가에서 기존의 제품보다도 훨씬 더 높은 평점을 받아 냈다는 것입니다. 그렇다면 이제 가장 중요한 실용성 문제가 남아 있겠죠? 아마도 여러분들 중에는 번거롭게 이럴 필요까지 있느냐, 그냥 계절별로 신발을 사는 게 훨씬 낫겠다는 생각을 하시는 분들도 분명 계실 겁니다, 그런 분들께 이런 말씀을 드리고 싶네요.

Not one of them but only one! 많은 여성 소비자들은 그저 여러 개 중 하나가 아닌, 이 슈즈만이 가지는 재미와 특별함을 모두가 경험해 보고 싶어 할 것입니다.”

이 대목에서 감동의 박수 소리가 터져 나오자 동건의 어깨가 절로 들썩였다.

“자, 그럼 이제 실물을 여러분들께 공개하도록 하겠습니다! 소개합니다. 체인지 파트너!”

순간 진열대 위에 씌워져 있던 검은 천이 스르륵 벗겨지자 각양각색의 신제품 샘플들이 그 모습을 드러냈다. 이윽고 바이어들이 진열대 쪽으로 우르르 몰려들어 신제품 구경에 열을 올렸다.

“원더풀(wonderful)!”, “스고이데스네(すごいですね)!”, “칭메이(俊美)!”

여기저기서 탄성이 들려오지 설명회를 지켜보고 있던 형우와 영아가 동건을 향해 엄지를 치켜올리며 축하를 보낸다.

"참, 멋진 놈이야!"

형우의 말에 영아도 맞장구를 쳤다.

"어쩌지? 이젠 형우씨보다 동건씨가 백배는 더 멋져 보이는데?"
"뭐? 아무리 그래도 영아가 그렇게 말하면 섭하지. 아무렴 내가 쟤보다도 못할까."
"형우씨 지금 질투하는 거야? 천하의 차형우가 질투를 다 하다니. 정말 오래 살고 볼 일이야."
"질투는 무슨. 난 질투가 뭔지 모르는 남자거든요!"

하지만 영아는 형우를 계속 놀려 대며 깔깔거렸다.

* * * * *

중·고등학교가 나란히 올려다보이는 어느 길목엔 예쁘게 치장을 한 용달차 분식이 앙증맞게 자리를 잡고 있었다. 선반 위에 매달아 놓은 '칠복이네 분식'이란 간판을 보아 하니 그 주인이 누구일지는 짐작이 가고도 남았다. 떡볶이며 순대, 김밥, 어묵, 각종 튀김이 너무나도 정갈하고 먹음직스럽게 주인장의 손끝에서 만들어졌다. 이윽고 오후가 되자 하교하는 학생들이 허기진 배를 움켜잡고는 용달차 앞으로 쪼르르 모여들었다.

"누나! 빨리 좀 줘. 배고파 뒈질 것 같애."

"녀석들. 오늘도 떡·순·튀, 김밥, 어묵 1인분씩이지?"

"누나~ 곱빼기!"

"노노. 곱 더하기로 줄게!"

접시에 푸짐하게 담아내는 은숙의 손끝에서 사랑과 정성이 듬뿍 느껴진다. 은숙의 찰랑거리는 단발머리가 오늘따라 그녀를 한층 더 예쁘고 사랑스럽게 만들었다.

"여기 떡볶이 1인분만 주세요!"

"어머, 형우씨. 대체 이게 얼마 만이에요? 못 본 새 더 멋있어지셨어요."

"하하하. 그건 제가 할 소리 같네요. 은숙씨는 이제 시집가셔도 되겠어요!"

"형우씨도 참."

은숙이 큰 접시에 음식들을 골고루 가득 담아 형우 앞에 내어놓는다.

"이렇게 다 퍼 줘서 남는 거나 있겠어요?"

"왜 없어요? 보람이 남잖아요."

"제가 졌습니다."

"ㅎㅎㅎ. 어여 식기 전에 드세요."

"근데, 진철씨가 안 보이네요."

은숙이 가리키는 운전석 쪽을 보자 진철이 기다란 꼬챙이에 어묵을 끼고 있었다.

용달차 창가에는 은숙·진철·기섭이 함께 찍은 가족사진과 그 옆엔 칠복이와 새로 생긴 커다란 곰 인형이 나란히 앉아 진철을 바라보고 있다.

"칠복아, 형아가 노래 불러 줄 테니까 잘 들어 봐. 아~~~~. 그럼 시작한다."

"나(미), 나(도), 나(솔), 나의 사알던 고향은 꽃 피 꽃 피 피---."

진철을 바라보는 형우의 얼굴에 절로 미소가 지어졌다.

어느새 접시를 깨끗이 비운 형우가 은숙에게 초대장 하나를 건넨다.

"와! 정말 축하드려요. 드디어 하시네요."
"은숙씨, 축하해 주러 올 거죠?"
"그럼요. 당연히 가야죠."

초대장을 들여다보는 은숙의 얼굴에 여러 생각들이 묻어났다.

* * * * *

해넘이가 막 시작되는 어느 날 오후. 드넓고 푸르른 잔디밭엔 수많은 축하객들이 모여 앉아 담소를 나누며 웃음꽃을 피우고 있었다. 잠시 후, 축하객들을 맞으며 일일이 인사를 건네고 있는 형우 앞에 꽃다발을 한 아름 안은 은숙이 진철과 함께 성큼 다가섰다.

"은숙씨, 이렇게 와줘서 정말 고마워요. 진철씨도요."

"축하드립니다."

"진철씨는 이따 좀 도와주서야 하는데."

진철이 대답 대신 아코디언을 흔들어 보이며 찡긋 윙크를 날린다.

"정말 많이들 오셨네요. 형우씨도 많이 떨리시죠?"

"긴장돼서 벌써 커피를 넉 잔이나 마셨다니까요."

어느덧 행사장에 밤이 찾아오자 잔디밭을 환하게 밝히던 등불이 하나, 둘 꺼지며 이내 사위는 어두움에 휩싸이고 만다.

이윽고 무대 중앙에 핀 조명 하나가 켜지자 웅장한 배경 음악과 함께 '차만복 리사이틀'이라는 플래카드가 그림처럼 펼쳐졌다. 뒤이어 형형색색의 조명들이 일제히 켜지며 화려한 무대를 밝히자, 사람들의 우레와 같은 함성과 함께 턱시도를 멋지게 차려입은 만복이 새로 산 색소폰을 둘러메고 무대 위로 오른다.

만복은 그야말로 새옹지마의 산 중인이었다. 교통사고로 머리를 심하게 다치면서 오히려 잃어버린 기억을 되찾았으니 말이다. 하지만 사람들은 믿지 않는다. 그런 기적은 소설에서나 일어날 뿐이라고.

"여러분, 고맙습니다. 그리고 오늘 이곳에 자리한 여러분들 모두, 그동안 정말 고생 많으셨습니다. 부디 오늘 밤은 한 분도 빠짐없이 '그동안 고생 많았다고, 힘든 세월 속에서도 아주 잘 살아왔다고' 자신을 위로하고 칭찬해 주는 밤이 되시길 축복합니다."

사람들의 함성과 박수 소리에 손을 흔들며 화답해 주던 만복은 이내 상기된 얼굴로 감미로운 색소폰 연주를 시작한다.

> "내가 만일 하늘이라면 그대 얼굴에 물들고 싶어
> 붉게 물든 저녁 저 노을처럼 나 그대 뺨에 물들고 싶어
> 내가 만일 시인이라면 그댈 위해 노래하겠어
> 엄마 품에 안긴 어린아이처럼 나 행복하게 노래하고 싶어
> 세상에 그 무엇이라도 그댈 위해 되고 싶어
> 오늘처럼 우리 함께 있음이 내겐 얼마나 큰 기쁨인지
> 사랑하는 나의 사람아 너는 아니
> 워– 이런 나의 마음을"

  관객들의 얼굴에 하나같이 감동의 미소가 지어졌다. 그들 속엔 은숙과 진철 외에도 형우의 이모와 기섭과 정옥, 동건과 영아까지 참석해 함께 기쁨을 나누고 있었다.
  한편 깜짝 게스트로 초대받은 동건은 출중한 노래 실력과 멋진 댄스 실력을 뽐내며 미처 이루지 못한 어린 시절의 꿈을 만복이 만들어 준 무대 위에서 맘껏 펼쳐 보였다.

  이윽고 깊은 밤이 찾아오자 삐에로 분장을 한 만복이 마임 공연을 멋지게 펼치며 관객들의 마음을 사로잡았다. 만복의 크고 작은 동작 하나하나에 사람들은 함께 울고 함께 웃었다. 그 순간 진철은 만복의 옆에서 노래와 아코디언을 담당하며 그의 공연을 빛내 주고 있었다.

"나의 살던 고향은 꽃 피는 산골 복숭아꽃 살구꽃 아기 진달래 울
긋불긋 꽃 대궐 차린 동네 그 속에서 놀던 때가 그립습니다."

노쇠해진 온몸으로 삶의 덧없음과 숭고함을 역설적으로 이야기하는
만복과
어린아이 같은 순수함과 열정적인 연주로 희망을 노래하는 진철의 모
습을 보고 있노라니, 보는 이들의 마음속에 감사와 위로가 넘쳐흘렀다.

어느덧 공연이 막바지에 다다를 즈음, 형우가 은숙 곁으로 다가와 작
은 상자 하나를 건넨다.

"이게 뭐예요?"
"열어 봐요."

은숙이 상자를 열자 형우 방 진열장에 놓여 있던 문제의 그 분홍색 구
두가 황홀한 자태를 뽐내고 있었다.

"제 손으로 한 굽, 한 굽 정성 들여 만든 세상에 단 하나뿐인 구두예요."
"근데 이걸 왜 나한테…."
"은숙씨가 주인이니까요."
"…형우씨…."

형우는 은숙의 발에서 낡은 운동화를 벗겨 내고는 자신의 분신과도 같
은 분홍색 구두를 정성껏 신겨 주었다.

"와, 은숙씨 발에 정말 딱 맞네요."

발걸음을 떼어 보며 소녀처럼 좋아하는 은숙의 모습에 형우는 세상을 다 가진 사람처럼 행복한 미소를 지어 보였다. 한편 그 모습을 물끄러미 지켜보고 있던 동건이 이내 영아의 발을 슬쩍 쳐다본다.

'차만복 리사이틀'의 피날레는 역시 만복과 진철의 합동 공연이었다. 만복의 색소폰과 진철의 아코디언이 빠른 템포의 노래들을 메들리로 연주하자 어느새 공연은 자연스레 댄스파티로 이어지며 축하객들도 음악에 맞춰 신나게 몸을 흔들어 댔다.

부끄럼 많은 은숙은 형우가 리듬을 타며 몸을 움직이기 시작하자 얼굴까지 빨개지며 깔깔거린다. 그런 그녀를 사랑스럽게 바라보던 형우는 용기를 내어 조심스레 은숙의 손을 잡았다.

드디어 손을 잡는 데 성공한 두 사람은 눈도 제대로 못 마주치며 부끄러워 어쩔 줄을 모르다가, 이내 다시 서로의 눈이 마주치는 순간 마침내 형우는 은숙을 끌어안으며 사랑의 입맞춤을 나눈다.

한편 아까부터 계속 부러운 시선으로 두 사람을 지켜보던 동건이 순간 기습적으로 영아의 입술에 키스를 퍼부어 대자 처음엔 반항하던 영아도 서서히 동건을 받아들였다. 상황이 이쯤 되자 축하객들의 시선이 자연스럽게 두 커플로 옮겨지며 여기저기서 환호성과 박수 소리가 터져 나왔다. 만복과 진철도 어느새 사람들 속으로 들어와 함께 춤을 추며 그들만의 축제를 마음껏 즐겼다.

그 시각 B-612 별에선,

통통하게 살이 오른 토끼와 등껍질 대신 임시방편으로 큰 바가지를 등에 뒤집어쓴 거북이가 회색 먹구름 위에 올라 너 한 번, 나 한 번 사이좋게 절구 방아를 찧어 대고 있었다. 잠시 후, 휘몰아치는 거센 비바람에 거북의 등에 붙어 있던 바가지가 똑 떨어져 나가며 거북이 쓰러지자, 놀란 토끼가 그만 쥐고 있던 방망이를 구름 아래로 떨어뜨리고 만다.

"안 돼!!"

이윽고 지구를 향해 빛의 속도로 떨어지던 방망이는 점점 더 가속이 붙으며 마침내 만복의 공연이 펼쳐지고 있는 잔디밭을 향해 그 머리를 들이밀었다.

우르르 쾅쾅!

갑자기 하늘을 가르는 듯한 천둥 번개가 내리치며 공연장 위로 굵은 소나기가 후두둑 떨어지자 축하객들은 비를 피하기 위해 우왕좌왕 분주히 몸을 움직였다. 오로지 형우와 은숙만이 그림처럼 남아 여전히 빗속에서 입맞춤을 나누고 있었다.

한편, 만복과 진철이 함께 손을 잡고 건너편 건물을 향해 내달리던 그때!

마침내 토끼가 놓쳐버린 방망이가 두 사람 앞에 떨어지며 우르르 쾅쾅!! 천둥 번개가 만복의 머리 위를 강타한다.

"아익!!"

놀란 형우와 은숙이 재빨리 만복에게로 향했다.

"아버지!"

그런데 만복이 이상하다.
코피를 흘리면서도 어린아이처럼 해맑게 웃고 있는 게 아닌가!
역시나 새옹지마는 현재 진행형이다.

"배고파. 밥 줘!"

순간 만복의 목에 매달린 금반지가 별빛에 반짝거렸다.

제35화
그댄 내게 행복을 주는 사람

"신랑 신부 입장!"

동건의 우렁찬 외침과 함께 축하객들의 시선이 일제히 버진로드 끝을 향했다.

드디어 빨간 레드카펫이 깔린 그 길 끝에서, 턱시도를 멋지게 차려입은 새신랑 기섭과 순백의 웨딩드레스를 곱게 늘어뜨린 아리따운 새신부 정옥이 두 손을 꼬옥 맞잡고 한 발 한 발 소중한 발걸음을 내디뎠다. 축하객들 속에서 은숙과 진철 그리고 정옥의 아들과 딸이 한 테이블에 모여 앉아 연신 감격의 눈물을 훔쳤고 그들 바로 옆 테이블에선 형우와 만복, 영아가 신랑 신부의 모습을 지켜보며 함께 기쁨을 나누고 있었다. 그 와중에도 우리의 먹보 만복씨는 테이블 위에 차려진 음식들을 먹어 대느라 그의 입과 손이 무척이나 바빴다.

이윽고 무사히 입장을 끝낸 기섭과 정옥이 하객들을 향해 마주 보고 서자 어김없이 동건의 닭살 멘트가 이어졌다.

"여러분! 아무리 신랑 신부라고 해도 이렇게 멋지고 아름다워도 되는 겁니까? 만약 영국 황태자 커플이 두 분의 모습을 봤더라면 아마도 결혼식을 다시 하자고 했을 거 같은 데요! 아무튼 여러분과 저는 오늘 제대로 눈 호강을 하고 있습니다. 당분간은 옆에 계신 님편이나 부인 일굴은 안 보시는 게 좋을 것 같네요."

동건의 활약으로 웃음이 끊이질 않는 화기애애한 분위기 속에서 신랑 신부의 결혼 서약과 예물 교환이 이어졌다. 기섭과 정옥은 서로의 손가락에 반지를 끼워 주며 세월의 무게를 잘 견뎌 준 서로에게 감사와 위로를 건넸다.

"그럼 주례를 대신하여 새신랑 김기섭 님께서 하객 여러분들께 감사의 인사를 전하겠습니다."

"한 해의 마지막 날, 소중한 여러분들과 함께 이렇게 뜻깊은 날을 맞게되어 얼마나 감사하고 감격스러운지 모르겠습니다. 지난날들을 돌이켜보니 참으로 많은 일들이 있었네요. 비록 기뻤던 날보다는 슬픔으로 괴로워했던 날들이 더 많았지만 지금 이 순간의 행복만으로도 분에 넘치는 보상을 다 받은 것 같습니다. 사실 전 이런 복을 누릴 자격이 없는 사람입니다. 못난 애비 때문에 이십 년이 넘도록 고생만 하며 고아처럼 살아온 저의 피붙이인 아들, 딸과 기억상실증에 걸려 오갈 데 없는 저를 한결같은 마음으로 보살펴 준 오늘의 신부인 제 아내와 그녀의 아이들에게 다시 한번 깊은 감사와 용서를 구하고 싶습니다. 이들의 희생으로 저는 다시 태어났고 이들의 사랑으로 인해 저는 다시 아버지와 남편으로 살아갈 수 있게 됐습니다. 누군가 죄의 반대는 무죄가 아니라 사랑이라고 하더군요. 죄는 사람들을 갈라놓지만 사랑은 서로를 바라보게 만든다고 합니다. 남은 평생 이들과 함께 사랑하며 이제껏 못다 한 행복을 맘껏 누리며 살아가겠습니다. 감사합니다."

기섭의 마음이 고스란히 모두에게 전해지자 식장 안은 다시 한번 벅찬 감동으로 일렁였다.

"신랑 신부 행진!"

기섭과 정옥의 힘찬 발걸음에 축하객들은 신랑 신부를 향해 더 큰 함성과 아낌없는 박수를 보내 주었다. 어느새 은숙 곁으로 다가온 형우도 그녀의 손을 꼬옥 잡았다.

이윽고 모두의 시선이 부케를 든 정옥과 멀찍이서 그녀의 뒷모습을 바라보고 서 있는 은숙에게로 쏠렸다.

"신부님! 부케를 던져 주세요!"

정옥이 뒤로 힘껏 던진 부케는 큰 포물선을 그리며 이내 누군가의 품으로 떨어진다. 그 순간 두 남자의 희비가 극명하게 엇갈렸다. 헤헤거리는 남자는 동건이요, 못내 아쉬워하는 남자는 형우였다.
반면 은숙은 부케를 품에 안고 당황스러워하는 영아를 향해 환한 미소를 지어 보였다.
동건도 영아를 향해 윙크를 날린다.

* * * * *

"와! 너무 예뻐요."

해맞이를 위해 이른 새벽 바닷가를 찾은 형우와 은숙은 새하얀 함박눈이 검푸른 바닷물 위로 꽃비처럼 내려앉는 광경을 바라보며 탄성을 질렀다.

"이렇게 아름다운 광경은 평생 한 번 볼까 말까 한다는데 오늘 정말 운이 좋았네요."
"고마워요, 형우씨."

그렇게 형우와 은숙이 감성에 흠뻑 빠져 있을 때, 만복과 진철은 고삐 풀린 망아지마냥 드넓은 모래사장 위를 뛰어다니며 함박눈을 맞았다.

"눈이다!"

잠시 후, 진철이 느닷없이 모래사장 위에 대자로 드러눕더니 입을 크게 벌리고는 쏟아지는 눈을 받아먹는다.

"아저씨, 나처럼 누워 봐. 눈이 더 맛있어."

만복도 진철 옆에 대자로 드러누워 입을 한껏 벌린 채 흩날리는 함박눈을 혀끝으로 받아먹었다.

"맛있다."

이윽고 손을 잡고 모래사장 위를 함께 거닐던 형우와 은숙도 만복과 진철 옆에 자리를 잡고 앉는다.

"은숙 씬 이따 무슨 소원 빌 거예요?"

"비밀인데요!"

"에이, 그러지 말고 말해 봐요."

"안 돼요. 미리 말하면 부정 탄단 말예요."

"아쉽다. 똑같은 소원 빌려고 했는데…."

"그럼 형우씨 소원은 뭔데요?"

"나도 비밀이에요!"

"난 알 거 같은데."

형우가 놀란 척하며 은숙을 빤히 쳐다보자 은숙도 질세라 생글거리며 장난을 이어 갔다.

"그렇게 놀랄 거 없어요. 노총각이 비는 소원이라면 뻔한 거 아니겠어요? ㅎㅎㅎ"

"그럼 은숙씨 소원도 그거예요?"

"전 아니거든요!"

"얼굴 빨개진 거 보니까 맞는데 뭘. 부끄러워 말아요. 난 그 마음 다 이해하니까."

"아니라니까요!"

"빨개진 얼굴로 화내니까 더 귀엽네. 하하하."

"그만 놀려요!"

은숙이 작은 손으로 앙증맞게 형우를 마구 때리자 형우는 엄살을 떨면서도 좋아 어쩔 줄을 모른다. 이윽고 형우가 은숙을 덥석 끌어안자 만복과 진철이 잽싸게 두 손으로 눈을 가린다.

"은숙씨, 내가 엄청난 걸 하나 발견했는데 한번 볼래요?"

은숙이 호기심 가득한 얼굴로 두 눈을 반짝거리자 형우가 품속에서 뭔가를 꺼내서는 은숙의 작은 손에 쥐어 주었다.

"어머, 이 사진 나한테도 있어요!"

그것은 열여섯 살 된 형우와 젊은 만복이 공연 후 천사보육원 아이들과 함께 기념 촬영을 한 사진이었다. 빛바랜 사진 속에선 열 살 진철과 여섯 살 은숙이 젊은 만복과 까까머리 중학생인 형우의 손을 꼬옥 붙잡고 환하게 웃고 있었다.

"은숙씨랑 나랑 이때 벌써 손을 잡았더라구요. 이런 걸 인연이라고 해야 하나, 운명이라고 해야 하나."
"기적이요!"

어느덧 붉은 태양이 고개를 내밀며 세상의 어둠을 몰아내고 있었다.

색소폰과 아코디언

© 권미경, 2022

초판 1쇄 발행 2022년 9월 15일

지은이	권미경
펴낸이	이기봉
편집	좋은땅 편집팀
펴낸곳	도서출판 좋은땅
주소	서울특별시 마포구 양화로12길 26 지월드빌딩 (서교동 395-7)
전화	02)374-8616~7
팩스	02)374-8614
이메일	gworldbook@naver.com
홈페이지	www.g-world.co.kr

ISBN   979-11-388-1237-5 (03810)

- 가격은 뒤표지에 있습니다.
- 이 책은 저작권법에 의하여 보호를 받는 저작물이므로 무단 전재와 복제를 금합니다.
- 파본은 구입하신 서점에서 교환해 드립니다.